रिश्तों का बखेड़ा

notionpress.com

रिश्तों का बखेड़ा

मुकेश जगदीश आनंद

notionpress.com

Notion Press

Old No. 38, New No. 6
McNichols Road, Chetpet
Chennai - 600 031

First Published by Notion Press 2017

ISBN 978-1-948096-63-8
HC: 979-8-89519-392-1

अध्याय–१

ऑफिस का काम खत्म होने के बाद मैंने एक पल के लिए राहत की सांस ली। वह ऑफिस आज भी बिल्कुल वैसा ही था, जैसा कि सात साल पहले। दरवाजे, खिड़कियां, दीवारों का रंग और वर्कर्स, कुछ भी तो नहीं बदला था। मैं उस ऑफिस में अठारह साल की उम्र से काम कर रहा था और जिंदगी का यह इतना कीमती व बड़ा समय कब गुजरा? पता ही नहीं चला। दिन मोटी–मोटी फाइलों के पेपर पलटने में गुजरता और रात उन फाइलों के सपने देखने में। क्या करता? और पिछली जिंदगी, वह तो कुछ कोरे पन्नों सी लगती है, जिस पर मैं ऐसा कुछ नहीं लिख पाया जिससे लोग कहते, ''देखो वो राज जा रहा है।''

मेरा नाम राज है। यह नाम अपको फिल्मी जरूर लग सकता है, लेकिन मैं कोई हीरो नहीं हूँ। पर हां, मेरी भी एक दुनिया है। राज आनंद की दुनिया। जिसकी कहानी किसी फिल्मी स्टोरी से कम नहीं है। इतने उतार–चढ़ाव तो किसी फिल्म में भी नहीं होंगे, जितने आपको मेरी जिंदगी में देखने को मिलेंगे। कभी यह प्यार से रूबरू कराती है तो कभी तमाम जख्मों से। कभी यह आपके चेहरे पर गाढ़ी मुस्कान बिखेरेगी तो कभी आंखें आंसुओं से भरेगी। यह कहानी हर उस शख्स की कहानी हो सकती है जो साधारण जिंदगी जी रहा हो, पर उसके सपने असाधारण हों और इन्हीं असाधारण सपनों की वजह से उसकी जिंदगी में हजारों नाटक हुए हों। ढेर सारे बवाल खड़े हुए हों।

पर अभी स्थिति बिल्कुल अलग है। समय गुजरता जा रहा है। कुछ वक्त से तो जिंदगी कोरे पन्नों सी लगती है, जिन्हें बिना लिखे यूं ही पलटने की आदत सी पड़ गई है। परिवर्तन असंभव सा लगता है। ये पल, घण्टे व दिन यूं ही बेमकसद और बेवजह गुजरते जा रहे हैं। बिल्कुल आम लोगों की तरह। जब भी अपनी पिछली जिंदगी के बारे में सोचता हूं, तो अपने पास अफसोस और दिखावटी व मायूसी भरी हंसी के अलावा कुछ नहीं पाता। सबसे ज्यादा हैरानी होती है उस शक्ति के बारे में सोचकर जो मुझमें सोलह साल की उम्र में होती थी। कुछ बनने और कर दिखाने की शक्ति। सचमुच इतने सारे सपने पाल रखे थे कि अगर आज वो पूरे होते तो यह पूरी सदी राज आनंद के नाम होती।

अचानक ट्रिन–ट्रिन की आवाज हुई। ध्यान अतीत की यादों से निकलकर दीवार पर टंगी व सजीव सी प्रतीत होने वाली घड़ी पर पहुंचा। पांच बज चुके थे। कुछ देर तक उस घड़ी को अपलक निहारने के बाद मैंने अपना सात साल पुराना बैग उठाया, फिर निराशा भरी सांस लेते हुए ऑफिस से बाहर निकल आया।

उस दिन शाम कुछ ज्यादा ही उबाऊ थी। उस पर ऑफिस के बाहर बस का इंतजार। तीन बसें जा चुकी थीं, जो लोगों से बुरी तरह लदी हुई थीं। बस न मिलने के तनाव से चेहरा बिल्कुल लाल पड़ चुका था। करीब आधे घण्टे बाद एक और बस आई, जिस पर लटककर घर पहुंचा। घर पहुंचकर देखा कि दरवाजे के बाहर एक कार खड़ी है। शायद ऐसा पहली बार था जब कोई हमारे घर कार से आया था। दरवाजा खोलकर अंदर जाकर देखा तो पता लगा कि कुछ नए लोग हैं, जो शायद मेरी पहचान के नहीं थे। उन्हें नमस्ते करने के बाद मैं अंदर कमरे में चला गया।

कुछ समय बाद लम्बे कदमों से मां भीतर आईं और बोलीं, ''बेटा कुछ लोग तुमसे मिलने आए हैं।''

''मुझसे?'' मैंने हैरानी से पूछा। यह थोड़ा अजीब था। पर मैं चुपचाप उठकर जाने लगा। तभी मां ने बांह पकड़ी और बोलीं, ''इन कपड़ों में?''

''क्यों, क्या खराबी है इन कपड़ों में?''

''तू नहीं समझेगा। पच्चीस का हो गया है, पर फिर भी बच्चों सी बातें करता है। ले ये कोट–पेन्ट पहन ले।''

''कोट–पेन्ट?''

''हां कोट–पेन्ट।''

''मां, मैं कहीं विलायत जा रहा हूं क्या? इतनी गर्मी है और ये कोट–पेन्ट।''

''अब मेरी मनेगा भी और हां जल्द करना।''

मां इतना कहकर और वे कपड़े हाथों में थमाकर फिर उसी कमरे में चली गईं जिसमें वे मेहमान बैठे थे। हकीकत तो यह थी कि मैं समझ ही नहीं पा रहा था कि आखिर यह झमेला है क्या? वे लोग मुझसे मिलना चाहते हैं तो ये नए कपड़े क्यों?

ज्यादा सोचना सही नहीं समझा। फटाफट वे नए कपड़े पहने। अपने मनपसंद जूते चुने और स्टाइलिश बाल काढ़कर उन लोगों के पास पहुंचा। एक बार फिर से उन्हें नमस्ते करके मां की बराबर वाली सीट पर बैठ गया। सामने एक आदमी और औरत थे। वे शायद पति–पत्नी होंगे। साथ में हमारे पड़ोसी श्रीधर शर्मा जी भी मौजूद थे। मुझे लगा वे हमारे रिश्तेदार होंगे, जो शायद पहली बार यहां आए होंगे। फिलहाल एक अजीब से प्राणी की तरह मैं उनके बीच में बैठा था।

मेरा स्वभाव कुछ अलग था। मुझे अकेलापन पसंद था और लोगों से बात करने में घबराहट होती थी। इस स्वभाव के कारण मां भी मुझे सुनाती रहती थीं, पर उसका असर तभी तक रहता, जब तक उनके शब्दों की गूंज मेरे कानों में रहती थी। कभी–कभी तो लगता कि मां ठीक कहती हैं, इस बात पर गौर करनी चाहिए। नए–नए दोस्त और रिश्ते बनाने चाहिए। पर जब भी इस रास्ते पर चलने की कोशिश करता तो लड़खड़ा जाता। महसूस होता कि ये सब मेरे बस की बात नहीं। शायद इस जन्म में तो बिल्कुल भी नहीं।

परिस्थिति यहां भी बिल्कुल वैसी ही थी। मैं चुपचाप बैठा जरूर था पर हाथ–पैर कांप रहे थे, जिन्हें रोकने की असफल कोशिश लगातार जारी थी। कुछ समय के लिए वहां शांति सी फैल गयी। मैंने नजरें चुराकर सामने बैठे दम्पत्ति को देखा। मुझे देखकर वे मुस्कुराए। उनकी मुस्कुराहट के साथ ही मेरी नजरें सहसा ही नीचे झुक गयीं।

अगले ही पल उनमें बैठे उस युवक ने प्रश्न किया, "तुम्हारा नाम क्या है बेटा?"

"जी, राज आनंद।"

"अच्छा नाम है। क्या करते हो?"

"जी शास्त्री नगर में आयकर विभाग में नौकरी है।"

"अच्छा! तो सरकारी नौकरी है। किस्मत वाले हो, वरना आजकल सरकारी नौकरी कहां मिलती है। सब पागलों की तरह पीछे लगे हैं, पर मिलती ही नहीं। हमारे घर के अलावा रिश्तेदारों में कोई सरकारी नौकरी पर नहीं है। घरवाले लाखों रुपये रिश्वत देने को तैयार हैं पर फिर भी बात नहीं बन रही। पर हमारे दोनों बेटे बड़े ही मेहनती हैं। बड़ा लड़का रेलवे में इंजीनियर है और छोटा नेशनल स्कूल ऑफ ड्रामा से अभिनय में डिग्री कर रहा है। अरे हां, मैं पूछ रहा था कि तुम कितने दिनों से यह नौकरी कर रहे हो।"

"जी सात साल से।"

"अरे वाह! ये तो बड़ी अच्छी बात है। इसका मतलब है कि काफी कम उम्र में ही नौकरी लग गई। फिर तो आगे की पढ़ाई बंद करनी पड़ी होगी। वैसे मेरा मानना है कि नौकरी के बाद भी पढ़ाई बंद नहीं करनी चाहिए। कुछ न कुछ करते ही रहना चाहिए। इंसान को कभी भी संतुष्ट नहीं होना चाहिए। संतुष्टि तो मृत्यु के समान है। मेरे दोनों बेटे खूब पढ़ना चाहते हैं। खूब सारी डिग्रियां इकट्ठी करना चाहते हैं, ताकि उनके लिए कई सारे रास्ते बन सकें और वे आगे जा सकें। काफी आगे। वैसे इस बारे में तुम्हारा क्या ख्याल है?"

"जी आप सही कहते हैं।"

"वैरी गुड और कोई परेशानी वाली बात भी नहीं है। बी.ए. का प्राइवेट फॉर्म भर दो। इम्तिहान के समय अवकाश लेकर परीक्षा दे दो। हमारी कनिका ने भी इस साल बी.एस.सी की डिग्री पूरी कर ली है। वह भी बायो ग्रुप में।"

"क्या?"

"हां बी.एस.सी और अब वह एम.बी.बी.एस करना चाहती है।"

"कनिका?"

"हां, वह डॉक्टर बनना चाहती है। बहुत बड़ी डॉक्टर। तुम्हें उससे मिलकर बहुत अच्छा लगेगा। वैसे इस बारे में तुम्हारा क्या इरादा है?"

"जी किस बारे में?"

"शादी के बारे में। मैंने अभी बताया न कि कनिका ने बी.एस.सी की डिग्री पूरी कर ली है। हमारी ओर से कोई देरी नहीं होगी। बस एक बार तुम कनिका को देखकर पसंद कर लो।"

इन शब्दों के साथ ही उस व्यक्ति ने अपना मुंह बंद किया। ये आखिरी शब्द सुनते ही मुझे चार सौ चालीस वोल्ट का करंट लगा। एक तेज झटका जिससे मैं पूरी तरह हिल गया। सिर इतनी तेजी से चकराया कि सामने सब कुछ घूमता हुआ नजर आ रहा था। सांस बीच में ही रुक गई, जिसे ऊपर–नीचे सरकाने में भी पूरी ताकत लगानी पड़ रही थी। लगा किसी ने लोहे का पिघला दहकता लाल द्रव कानों में डाल दिया हो। रक्त कांच की तरह जमने लगा। स्थिति तो यह थी कि मैं बेहोश होकर गिरने ही वाला था कि अपने आपको संभाला। सामने देखा तो मां मुस्कुरा रही थीं।

उन लोगों ने विदा ली और अगले कुछ पलों में वे हमारी आंखों से ओझल हो गए। मैं आखिरी पल तक उस ओझल होती कार को देखता रहा, जो मेरी शांत जिंदगी में ज्वार–भाटा पैदा कर गई थी।

जिंदगी का एक महत्वपूर्ण हिस्सा गुजर चुका था। अहसास हुआ कि अब मैं बड़ा हो चुका हूँ। बचपन और किशोरावस्था के प्यारे दिन मुझसे अब छिन चुके हैं। साथ ही वो समय भी जिसमें मैंने काफी कुछ करने

की योजनाएं तैयार की थीं। नौकरी के सात सालों में पहली बार अपने आपका और इस दौड़ते समय का अहसास हुआ। ऐसा पहली बार था जब समय इतना ठहर गया था। इस समय को मैं गहराई से महसूस कर सकता था। देखते ही देखते यह गहराई मुझे अतीत के गहरे सागर में डुबोती चली गई।

आज तो मानो वक्त जैसे बदला लेने को चला था। आज उन सारी यादों का कच्चा चिट्ठा खुल गया था, जिन्हें मैं जाने–अनजाने में प्यार करते हुए भी अनदेखा करता था। बचपन के शरारती दिनों से लेकर हाईस्कूल की पढ़ाई वाली रातों तक। दोस्तों के कॉलेज वाले साथ से लेकर नौकरी की झिक–झिक तक। कितने अच्छे थे बचपन के वे दिन। बिना कोई परवाह किए बेबुनियादी कल्पनाएं करना, फिर उन्हें सच मनवाने की दोस्तों से जिद करना। अच्छी तरह याद हैं वे दिन जब मैं अपने चंचल स्वभाव के कारण जाना जाता था। दुनिया का सबसे बड़ा अमीर, खुश और कामयाब आदमी बनने के सपने देखता था। इतनी छोटी उम्र में इतने सपने थे कि मानो पूरा संसार उनमें समा जाए। मानो पूरा अंतरिक्ष ही ख्वाबों में सिमट गया हो। सब कुछ था। सबका लाडला था। सबका प्यार बरसता था।

पलक झपकते ही सारा प्यार आंखों से ओझल हो गया। लोग मुझे जताने लगे कि मैं अब बच्चा नहीं रहा और बचपन में लगे सारे पंख तो उस दिन कट गए जब पिताजी का आकस्मिक निधन हो गया। उस समय उम्र यही कोई सोलह वर्ष रही होगी। मेरी सपनों वाली दुनिया की अभी शुरुआत भी नहीं हो पाई थी और दुःखों के इस जंजाल ने चारों ओर से घेर लिया। जीवन में कुछ कर दिखाने का जोश अब शुरू होने से पहले ही खत्म होता नजर आने लगा। कंधों पर जिम्मेदारियों के दूसरे भार जो आ गए थे। इनसे बचना नामुमकिन था।

हम दिल्ली के चांदनी चौक में एक किराए के मकान में रहते थे। अब गुजारा करने का दूसरा कोई साधन न था। पिताजी जो काम करते थे उसी से घर का खर्च चलता था। घर चलाने की सारी जिम्मेदारियां अब मेरे कंधों पर आ गई थीं, जिन्हें हर हालत में निभाना था।

समय धीरे–धीरे रेंग रहा था। जिंदगी में कम खुशियां होते हुए भी एक बेहद प्यारी खुशी हमारा इंतजार कर रही थी। मेरी मेहनत रंग लाई और जल्द ही आयकर विभाग में सरकारी नौकरी मिल गई। जिंदगी में फिर से नए बदलाव होने शुरू हो गए। सरकार हर महीने दस हजार की मोटी गड्डी मेरे सामने फेंकती, जो उस समय गुजारा करने के लिए काफी थी। मां खुश थी। इसलिए मैं भी खुश था।

समय तेजी से गुजरता गया। मैं कब बीस, बाईस और पच्चीस का हो गया, पता ही नहीं चला? मानो एक लम्बी सी रात का सपना हो। पर कुछ भी हो सरकारी नौकरी के होते समाज में इज्जत थी। लोग मुझे सभ्य, सुशील और जिम्मेदार समझते थे और शायद इससे मैं खुश था। पर यह खुशी वैसी नहीं थी, जिसकी कल्पना मैं सोलह साल की उम्र में किया करता था। हां सचमुच, इस दिखावटी खुशी में जीते हुए उस सच्ची खुशी को मैं भूल चुका था। क्या करता? मजबूरन उसकी तलाश ही बंद करनी पड़ी।

ध्यान अतीत की यादों से निकलकर वर्तमान में आ गया। सामने देखा तो मां खड़ी थीं। कुछ समय चुप रहने के बाद वे बोलीं, ''कहां खोया हुआ है? इतनी देर से आवाज लगा रही हूं। सुनता ही नहीं।''

''ये सब क्या है मां?'' मैंने सवाल किया।

''क्या?''

''ये लोग?''

''ये बृजभूषण जी थे। जयपुर से आए थे। तेरे रिश्ते के लिए। अपने पड़ोसी शर्मा जी की पहचान वाले हैं।''

''पर मां इतनी जल्दी शादी की क्या जरूरत हैं?''

''क्या कहा? इतनी जल्दी। अरे पगले उम्र तो देख अपनी। पच्चीस का हो गया है। तेरे साथ वाले सभी लड़कों की शादियां हो गई हैं। कुछ के तो बच्चे भी हैं।''

''पर मां आपको तो पता ही है मैं उन लड़कों जैसा नहीं हूँ और एक–दो साल रुकने में कोई परेशानी थोड़े ही है।''

''मैं पूरे भरोसे से कह सकती हूँ कि तू दो साल बाद भी यही कहेगा। मैं तेरी परेशानी समझती हूँ। तुझे लोगों के साथ तालमेल बैठाने में परेशानी होती है न। पर बेटा हमें समय के साथ बदलना चाहिए। समय किसी के लिए नहीं रुकता। परिवर्तन प्रकृति का नियम है। मैं जानती हूँ तुझे इस समय एक पत्नि की जरूरत है और मुझे एक बहु की।''

''लेकिन मां मुझे वक्त चाहिए। वक्त चाहिए उन कोशिशों के लिए जो अभी अधूरी हैं। वक्त चाहिए उन वादों के लिए जो मैंने अपने आप से किए हैं, जिनकी वजह से मैं अपनी अलग पहचान बना सकता हूँ। मैंने बड़े–बड़े सपने देखे हैं मां, जो मुझे पूरे करने हैं।''

''मैं सब जानती हूं बेटा। पर हमें रिश्तों को भी अहमियत देनी चाहिए।''

''मैं पीछे रह गया मां। मुझे समय के साथ चलने के लिए बहुत लम्बी दौड़ लगानी पड़ेगी। शादी करके मैं पीछे रह जाऊंगा। मेरे सपने अधूरे रह जाएंगे।''

''तू गलत सोच रहा है बेटा। तेरी पत्नि तेरे सपनों को पूरा करने में मदद करेगी। शादी करने के बाद तू अपने मकसद में जरूर कामयाब होगा।''

''पर?''

''पर–वर कुछ नहीं। इस रविवार को हम बहु देखने जयपुर जा रहे हैं।''

अध्याय–२

उस खास रविवार के दिन सूरज की पहली किरण के साथ ही मुझे एक शानदार सूट के साथ तैयार कर दिया गया। साथ में हमारे पड़ोसी श्रीधर शर्मा भी थे। रेलवे स्टेशन पर लौहपथगामिनी हमारे इंतजार में पलकें बिछाए खड़ी थी। कहने को तो मैं पच्चीस का हो गया था पर मन में किसी बच्चे की तरह अजीबोगरीब ख्याल आ रहे थे। जैसे–काश यह कोई सपना हो, ट्रेन खराब हो जाए और मैं अभी ट्रेन से कूदकर रफूचक्कर हो जाऊं। पर मैं भी जानता था कि ये सब बेबुनियादी विचार थे। बिल्कुल ख्याली पुलाव।

ट्रेन लगातार बढ़ रही थी और मेरी धड़कनें भी। अचानक ड्राइवर ने ब्रेक मारे। सामने देखा तो जयपुर का स्टेशन था। अब सीने में दिल कहीं तेजी से उछल रहा था। पर सारी दिमागी कसरतें बंद हो चुकी थीं। अब जो भी होने वाला था वो बिल्कुल प्रत्यक्ष था।

हम बृजभूषण जी के घर पहुंचे। उनका घर हमारे घर से कहीं ज्यादा बड़ा था। मैं सब कुछ बड़ी ही बारीकी से देख रहा था, इतने में ही बृजभूषण जी आए। उन्होंने हाथ जोड़कर हमारा स्वागत किया। अंदर कमरे में हमसे बात करने के लिए सामने सोफे पर दो लड़के बैठे थे। वे निश्चित ही बृजभूषण जी के बेटे होंगे। वही बेटे जिनकी तारीफ करते बृजभूषण जी थकते न थे और वे थे भी तारीफ के लायक। उनके पास मुझसे कहीं ज्यादा डिग्रियां थीं। उनके बोलने का लहजा, कपड़े और व्यक्तित्व, सब मुझ पर भारी थे। वे अंग्रेजी के लम्बे–चौड़े पंच मार रहे

थे, जो समझ से परे थे। एक अजीब से प्राणी की तरह मैं उनका उत्तर यस, नो और थैंक्स में ही दे रहा था। इससे ज्यादा शायद मैं कुछ कर भी नहीं सकता था। हालत तो यह थी कि उनके सामने मैं झूठी एक्टिंग और दिखावा करके थक चुका था।

इसी बीच मेरी जिंदगी में कनिका ने दस्तक दी। कोई इतना मासूम और खूबसूरत भी हो सकता है, पहले कभी नहीं सोचा था। उसकी पहली झलक दिल में उतरने वाली थी। उसे देखते ही मैं बेजान हो गया था और अपलक उसे निहारता जा रहा था। अगर मैं शायर होता तो उसकी खूबसूरती की तारीफ में शायरी की हजारों किताबें लिख देता। उसकी हल्की मुस्कान से लग रहा था कि मानो आस–पास का वातावरण बसंतमय हो गया हो। मेरी किस्मत में उसकी दस्तक किसी राहगीर को मंजिल मिलने जैसी थी। मानो किसी रेगिस्तान में भटकते मुसाफिर को अचानक झरना मिल गया हो। वो किसी पहाड़ पर बिछी बर्फ की सफेद चादर जैसी थी, जिसकी खूबसूरती को शब्दों में बयां कर पाना एवरेस्ट की चोटी फतेह करने जैसा था। उसकी खूबसूरती की तुलना फूलों की उस घाटी से की जा सकती थी, जिसमें हजारों किस्म के रंग–बिरंगे फूल खिले हों।

मुझसे शादी के लिए कनिका की 'हां' मेरे जैसे बेवकूफ से दिखने वाले लड़के के लिए एक नया जीवन मिलने जैसा था। उससे मिले चार दिन हो चुके थे और दिन–रात आंखों के सामने उसी का चेहरा रहता। यह सब क्या था? मैं नहीं जानता था, पर हां जिंदगी बेहद प्यारी और दिलचस्प हो गई थी। इस उलझन भरी जिंदगी में लगने लगा था कि मेरे हिस्से में भी खुशियां लिखी हैं। अपने आपको इतना हल्का कभी महसूस नहीं किया था, मानो मैं आसमां में बादलों की तरह तैर रहा हूं।

समय ने एक बार फिर अपनी रफ्तार पकड़ी। 6 मई, 1995 को हमारी शादी हो गई। सचमुच अब जिंदगी बिल्कुल बदल गई थी। यह मेरी सोच से कहीं ज्यादा खूबसूरत थी। कनिका रोजाना 6 बजे सुबह की चाय के साथ उठा देती थी। सुबह की उसकी पहली झलक मनमोहक

होती थी। उसके बाद वह रसोईघर में कैद हो जाती और मैं ऑफिस की तैयारी में। दो घंटे की इसी आंख–मिचौली के बाद रोजाना की तरह मुझे एक टिफिन और कनिका की एक प्यारी सी मुस्कान के साथ विदा कर दिया जाता।

समय गुजरता जा रहा था। मुझे लग रहा था कि मैं खुश हूं। एक छोटा घर है, नौकरी है और जिंदगी में रंग भरने वाली एक प्यारी सी पत्नी है। पर क्या जिन्दगी यहीं खत्म हो जाती है? क्या इसके आगे भी कुछ और है? जिंदगी में जो मैंने पाया, क्या मैं बस उसी का हकदार था? क्या समय के साथ जिंदगी में कुछ छूटता जा रहा था? न चाहते हुए भी न जाने कहां से ये सवाल मेरे दिलोदिमाग पर दस्तक दिए जा रहे थे? इनका उत्तर मैं चाहते हुए भी नहीं दे पा रहा था।

खुद को सच्चाई से कब तक छुपाता? आदमखोर बाघ चाहे शिकार करना बंद कर दे, पर उसका स्वभाव कभी नहीं बदलता। वह हमेशा उग्र ही रहता है। न चाहते हुए भी इन अनसुलझे सवालों का ज्वार–भाटा मन में उमड़ने लगता और जब इन सवालों का तूफान आता तो मैं पूरी तरह हिल जाता। रोंगटे खड़े हो जाते। इन सवालों का जवाब दिए बिना चैन नहीं पड़ता। मेरा अशांत मन मुंहतोड़ जवाब दे ही डालता कि राज आनन्द एक खोखला शख्स है, जो अपने आप से बड़े–बड़े वादे तो कर लेता है, पर उन्हें पूरा नहीं करता। फिर क्या, डर सताने लगता कि यह जिंदगी कहीं इसी तरह सवाल बनकर ही न रह जाए?

मुझे एक बीमारी थी। लोगों की आंखों में झांककर उनके मन की बात पढ़ लेने की बीमारी। लोगों की हंसी के पीछे दर्द और उदासी देखने की बीमारी। जब भी अपनी मां की आंखों में देखता, एक दिखावटी खुशी नजर आती। हालाकि उनके चेहरे पर मुस्कान होती थी, पर न जाने क्यों उस मुस्कान के पीछे मायूसी दिखाई देती? मैं उनकी नजरों में एक हीरो जरूर था, पर इतना तो वे भी जानती थीं कि जिंदगी यहीं खत्म नहीं हो जाती। पूरी दुनिया बड़े–बड़े डॉक्टर, इंजीनियर, बिजनेसमैन और फिल्म स्टार्स से भरी हुई है, जिनके सामने मेरी औकात कहीं तक भी नहीं ठहरती। यह सिर्फ मेरी ही कहानी नहीं है। यह हर उस शख्स

की कहानी भी हो सकती है, जो दस हजार की नौकरी करता है और सोचता है कि उसका परिवार उससे खुश और संतुष्ट है।

प्रश्न सिर्फ मां का ही नहीं था। प्रश्न उस लड़की का भी था जो अब मेरी जिंदगी का एक अभिन्न हिस्सा बन चुकी थी। भगवान ने जिसे सिर्फ मेरे लिए बनाया था। कनिका जब भी किसी काम में व्यस्त होती, मैं उसकी आंखों में झांककर देखता। मैं जानता था वो खुश रहने का नाटक होता था। वह मुस्कान भी झूठी होती थी, जिसे वह अक्सर अपने चेहरे पर ले आती थी, ताकि मुझे लगे कि वह खुश है। उसके चेहरे पर आने वाले सारे हाव–भाव सब कुछ बयां कर जाते। लगता मानो तितली की तरह चंचल रहने वाली एक लड़की को चारदीवारी में कैद कर दिया गया हो। मानो हकीकत के सामने उसने घुटने टेक दिए हों और हकीकत यह थी कि वह समझ चुकी थी कि मुझे इसी शख्स के साथ ऐसे ही पूरी जिंदगी बितानी पड़ेगी। इससे पल्लू बांधा है तो जिंदगी इसी हालत में काटनी पड़ेगी।

हमें जिंदगी में परिस्थितियों और सवालों से भागना नहीं चाहिए। उनका डटकर सामना करना चाहिए। कनिका की खुशियों की तलाश करना मेरा फर्ज था। उसके परिवार, सहेलियों और रिश्तेदारों से उसके बारे में जो सामने आया वो शरीर को सुन्न कर देने वाला था। उसे नए–नए कपड़े व ज्वेलरी खरीदना पसंद था। शायद जयपुर में फैशन की शुरुआत ही उससे होती। थिएटर में फिल्में देखना उसे बेहद पसंद था। शाहरुख खान उसका सूपर–हीरो था। वह अक्सर अपनी सहेलियों से कहती थी कि देखना उसका हमसफर भी किसी शाहरुख खान से कम नहीं होगा। पूरी दुनिया में घूमने–फिरने का सपना संजोने वाली चुलबुली लड़की अब बिल्कुल शांत पड़ चुकी थी। यहां तक कि उसने अपने डॉक्टर बनने के ख्वाब को भी शायद भुला दिया था। कारण साफ था। उसे पता चल चुका था कि इन हालातों में वो अपना कोई भी सपना पूरा नहीं कर सकती थी। वो अपनी शादी का सपना एक राजकुमार के साथ देखती थी, एक ऐसा राजकुमार जो उसकी हर इच्छा को पूरा कर सके। पर क्या ऐसा हो पाया था? शायद बिल्कुल भी नहीं।

अपने और अपने परिवार से जुड़े सपनों को पूरा करने के लिये इस बार मन बना लिया। पक्का मन। सोचने मात्र से कुछ नहीं होता। आज दुनिया में लोग अपनी जिंदगी को फर्श से अर्श पर ले जाते हैं। फिर मैं क्यों नहीं? इस बार खोखले इरादों की जगह मजबूत मन ने ले ली थी। महान और कामयाब लोगों के विचारों को पढ़ना शुरू कर दिया, क्योंकि जब तक नींव मजबूत न हो तो इमारत भी मजबूत नहीं बनती। महान लोगों के विचारों को पढ़कर पता लगा कि हम अपने प्रयासों से खुद कामयाब हो सकते हैं, पर जिंदगी यहीं खत्म नहीं हो जाती। हमें दूसरों की कामयाबी के लिये काम करना चाहिए। लोगों को साथ लेकर चलना चाहिए। ऐसे लोगों की कामयाबी के लिए काम करना चाहिए, जिसकी उन्हें वास्तव में जरूरत है। जो खोए और भटके हुए हैं, ऐसे लोगों को सही राह दिखाकर उन्हें कामयाबी दिलाना इस दुनिया का सबसे पवित्र कार्य होता है। अगर हम ऐसा करते हैं, तो हमें सच्ची और सही मायनों में कामयाबी मिलेगी। हमारे पास सब कुछ होगा। हां सब कुछ, क्योंकि जो लोग फूल बेचते हैं उनके हाथों में खुशबू रह ही जाती है।

इसी विचार को दिमाग में रखकर अपने जीने का तरीका बदलना शुरू कर दिया। जरूरतमंद लोगों की मदद करने की खुशी को शब्दों में बयां करना मुश्किल है। अब हर जगह खुशियाँ–ही–खुशियाँ महसूस होनी शुरू हो गईं। रोजाना की तरह उस दिन भी ऑफिस से छुट्टी की घण्टी बजी, मन हुआ घर बस या टैंपो से नहीं, पैदल ही चला जाए। कम–से–कम एक दिन तो जिंदगी को एक अलग अंदाज़ में जीना चाहिए। अपने आस–पास की चीजों और लोगों को बारीकी से देखना चाहिए। मेरा यह अदभुत कदम कमाल का था। ये सड़कें, दीवारें, लोग और मौसम, सब कुछ बदले–बदले से नजर आ रहे थे। दो वक्त की रोटी के लिए लोगों का संघर्ष आज साफ–साफ नजर आ रहा था। गरीब रोटी कमाने के लिए दौड़ रहे थे और अमीर पचाने के लिए। नौजवान कारों से घूम रहे थे और बूढ़े रिक्शों से सवारियाँ ढो रहे थे। जीवन का यह संघर्ष शायद हर किसी को आखिरी सांस तक करना था।

मैं इस तरह के अनेकों विचारों की उथल–पुथल में आगे बढ़ता जा रहा था। अचानक कदम रुके, नजर वहां की एक विशेष कलाकृति

पर पड़ी। वह एक थिएटर था। मैं अक्सर वहां से गुजरते हुए उसे देखता था, पर कभी भी उस पर ज्यादा ध्यान नहीं दिया। पर न जाने क्यों लग रहा था कि आज उसे करीब से देखा जाए? वहां के लोगों की जिंदगी को नजदीक से जिया जाए। चाहे थोड़े ही समय के लिए ही क्यों न। वहां लोग बहुत खुश थे, वे अपनी मन पसंद फिल्म जो देखने वाले थे। हां, कुछ लोग परेशान भी नजर आ रहे थे। शायद उन्हें फिल्म देखने का टिकट नहीं मिल पाया था। कुछ भी हो, वहां जिंदगी कुछ समय के लिए ठहर गई थी।

वापस जाने के लिए पलटा ही था कि किसी ने मेरा हाथ पकड़ा। पीछे मुड़कर देखा तो एक छोटा सा दस–बारह वर्ष का बच्चा खड़ा था। जनवरी का महीना था, कड़ाके की सर्दी में भी उसके वदन पर एक पतली सी शर्ट और एक छोटा नेकर था। वह वाकई में बड़ा ही अजीबोगरीब था। मैं उसे अपलक निहार ही रहा था कि अगले ही पल वह अपने दांत किटकिटाते हुए बोला, ''साब फिल्म के लिए टिकट चाहिए? मेरे पास है।''

''क्या तुम टिकट बेचत हो?'' मैंने सवाल किया।

''हां, ब्लैक में।''

''ब्लैक में?''

''हां साब, टिकट का रेट है सौ रुपये और अपुन के पास से दो सौ का मिलेगा। ले लो साब, वरना बहुत पछताओगे। इतनी अच्छी फिल्म देखने का मौका निकल जाएगा आपके हाथों से।''

''तो क्या तुम यही काम करते हो? टिकट ब्लैक करने का।''

''क्या बताऊँ साब? जो मिलता है करना ही पड़ता है। अपुन अपने परिवार के लिए सब कुछ करता है।''

''अच्छा तुम्हारा नाम क्या है?''

''क्या साब इस झमेले के लिए अपुन के पास टैम नहीं है। अभी टिकट चाहिए तो बोलो, वरना इस लास्ट टिकट के बहुत दीवाने हैं यहां पर। अभी आवाज लगाऊँ तो लाइन लग जाएगी।''

''नहीं–नहीं ऐसा मत करना, मुझे वो चाहिए।''

''हां तो जल्दी पैसे निकालो। पूरे दो सौ।''

''अच्छा! क्या तुम यह फिल्म नहीं देखोगे? शाहरुख खान की है।''

''नहीं साब अपनी जिंदगी में ये सब कहां? ये तो आप जैसे बड़े लोगों के लिए मनोरंजन की चीज है। अपुन के लिए तो गुजारे का एक जरिया है। रोजी–रोटी कमाने का सबसे अच्छा तरीका। ऊपर वाले का रहम हो और ऐसी फिल्में लगती रहें तो कम–से–कम दो वक्त की रोटी तो टैम से मिले। वरना अपने लिए तो दो वक्त की रोटी के भी लाहले हैं।''

''तुम इतने छोटे होकर भी काम करते हो। ठीक है, तुम अपने बारे में बताओ। नये–नये लोगों के बारे में जानने में मुझे बड़ा मजा आता है।''

''माफ करना साब। मैं यहां बैठकर आपको अपनी रामकथा सुनाने नहीं आया। वो क्या है टैम की कमती है न।''

''टाइम तो अपने पास भी कम है। पर क्या है कि अभी फिल्म शुरू होने में आधा घण्टा है, इसलिए कह रहा हूं। हकीकत तो यह है कि मुझसे अकेले रहा ही नहीं जाता। हालाकि मेरी पहचान के यहां काफी लोग हैं। पर उनसे मिलके उनका वही रोने–धोने वाला चेहरा देखना पड़ेगा। वह तो चलो बर्दाश्त कर भी लो, पर उनकी दर्द भरी दास्ताएं–जैसे बुरा हाल है, बहुत घाटा हो रहा है, पत्नि यहां आए बगैर नहीं मानती बगैरह–बगैरह सुननी पड़ेंगी। जो मजा नए दोस्त बनाने और अजनबी लोगों से मिलने में आता है वो उनमें कहां? क्यों? क्या कहते हो बनोगे मेरे दोस्त?''

''क्या साब आप तो अंगुली पकड़कर सीधे हाथ ही पकड़ने को चल दिए। आप अपनी उम्र तो देखो, आपके सामने बच्चा हूं और आप चले दोस्ती करने। वैसे भी दोस्ती के लिए जान–पहचान की जरूरत होती है। हम पहली बार मिल रहे हैं, हमारी दोस्ती कैसे हो सकती है?''

''दोस्ती और प्यार करने की कोई उम्र नहीं होती। तुम्हें जानकर हैरानी होगी कि मेरे ज्यादातर दोस्त बच्चे और बूढ़े हैं। पता है क्यों?

क्योंकि वे मासूम होते हैं, उनका मन साफ होता है। ऐसे लोगों का मन अच्छी–अच्छी बातों और भावनाओं से भरा होता है।''

''अपुन को दोस्ती–वोस्ती पसंद नहीं है। अपना तो बस एक ही फण्डा है–अकेले रहो, मस्त रहो। दिन–भर दौड़कर दो वक्त की रोटी का जुगाड़ करो, चाहे किसी भी तरीके से। दोस्ती करने के लिए किसके पास टैम है? अपुन के पास तो नहीं है। इंसान अकेले मजे ले तो अच्छा है, दोस्ती–वोस्ती तो फालतू का ड्रामा है।''

''वैसे तुम्हारा तरीका भी बुरा नहीं है, पर यह अपने टाइप का नहीं है। अपने हिसाब से तो खाली समय शैतान का घर होता है। भगवान ने इतनी प्यारी दुनिया बनाई है। इतने अच्छे लोग बनाए हैं। फिर खाली टाइम पास क्यों? अब यहीं देखो, मेरी सोच तुम्हारी सोच की तरह होती तो हम लोग मिल–पाते क्या? हमारी जान–पहचान होती क्या? तुम मुझे टिकट बेचते, फिर तुम अपने रास्ते और मैं अपने। अकेलेपन में जिंदगी कब गुजरती है? पता ही नहीं चलता।''

''आप अपनी जगह पर ठीक हो साब। पर जहां खड़े होकर मैं कह रहा हूं वो भी ठीक है। अपुन का भी दिल टूटा है, इसलिए अपुन ऐसी बातें कर रहा है। अपुन ने कई सारे दोस्त बनाए और वे सब अपुन को छोड़कर चले गए। दोस्तों के बिछड़ने से दिल में दर्द होता है साब। इसलिए यह झमेला ही खत्म कर दिया। अब तो अपुन ने मन बना लिया है कि अकेले मस्ती में ही जिंदगी गुजारनी है। दोस्तों ने दिल तोड़–तोड़कर कमजोर बना दिया है। कहीं ऐसा न हो कि यह काम करना ही बंद कर दे। ऐसी दोस्ती किस काम की। इतनी उम्र तो नहीं, जितने अपुन ने सबक सीखे हैं साब।''

''मुझे लगता है कि तुम्हें कोई अच्छा दोस्त मिला ही नहीं, तभी तुम ऐसी बातें कर रहे हो।''

''आप भी कैसी बातें करते हो साब? अब किसी के चेहरे पर थोड़े ही लिखा है कि वह धोखा देगा और लिखा भी होगा तो अपुन पढ़ेगा कैसे? अपुन अनपढ़–गंवार जो ठहरा।''

''पर दोस्ती में यह सब नहीं देखा जाता। बस एक–दूसरे पर विश्वास होना चाहिए।''

''आप अच्छी बातें करते हो साब, वरना लोग हम जैसे गरीबों को कहां मुंह लगाते हैं।''

''मैं बातों के साथ दोस्ती भी अच्छी कर लेता हूं। मैं एक बार फिर कहता हूं, बनोगे मेरे दोस्त?''

''साब आपने कोट–पेन्ट पहने हैं और अपुन के शरीर पर फटी हुई कमीज है। दोनो में जमीन–आसमान का फर्क है। आपको लगता है कि हमारी दोस्ती हो पायेगी?''

''अच्छा! तुम्हें क्या लगता है?''

''मुझे लगता है नहीं।''

''चलो खैर छोड़ो, बातें बहुत हो गईं। दोस्ती न सही, वहां सामने वाले होटल में चलकर एक–एक चाय पीते हैं। हमारी मुलाकात के नाम इतना तो बनता है।''

''अपुन को बड़े होटलों की चाय पसंद नहीं है साब।''

''क्यों?''

''उसमें मजा नहीं आता, फीकी होती है न। फीकी चाय भी कोई चाय होती है क्या?''

''अरे! ये तो तुमने मेरे मन की बात छीन ली, फीकी चाय तो मुझे भी पसन्द नहीं है। पर मेरे पास एक बहुत बढ़िया सुझाव है।''

''कौन सा?''

''हम लोग खूब मीठी चाय बनवाऐगें, फिर भी फीकी रही तो हम चीनी मंगवाकर और डाल लेंगे।''

''ठीक है। लेकिन चीनी के लिए आप बोलोगे।''

''ठीक है।''

हमने एक साथ चाय पी। उसकी अपुन–तपुन वाली भाषा मुझे कुछ ज्यादा ही प्रभावित कर रही थी। उससे बात करते हुए न जाने क्या हो गया था? जहां किसी से बात करने में भी परेशानी होती थी, वहीं उसके साथ बड़ी ही सहजता का अनुभव हो रहा था। वह अपने आप में वाकई एक विचित्र प्राणी था। इतना छोटा होते हुए भी उसमें मानो रहस्य के अपार भण्डार हों। जब मैंने उसे एक गर्म मफलर देना चाहा, ताकि उसे ठण्ड से कुछ राहत मिल सके तो उसने उसके लिए मना कर दिया और वहाँ से जाते हुए बोला, ''रहने दो साब। अपुन भी देखना चाहता है कि ये जिंदगी टोनी पर कितने सितम ढाती है।''

फिल्म देखी, यह कमाल की थी। शायद इसीलिए शाहरुख खान को बॉलीवुड का बादशाह कहते हैं। फिल्म का शो ग्यारह बजे खत्म हुआ था। इतनी रात को वहां से घर तक बस नहीं मिलने वाली थी। घर करीब तीन किमी दूर था। एक बार फिर मस्ती में पैदल चलना शुरू कर दिया। हर पल जिंदगी के एक अलग अनुभव से रूबरू हो रहा था। करीब आधे घण्टे बाद घर पहुंचा और बिना किसी आहट के धीरे से दरवाजा खोला। सामने खाने की टेबल पर कनिका इंतजार कर रही थी। मैं उसे अपलक देखे जा रहा था। तनाव से उसका चेहरा लाल पड़ गया था। वह बार–बार घड़ी को देख रही थी। जब भी वह घड़ी की ओर नजरें घुमाती, उसके चेहरे पर घबराहट और बढ़ जाती। आज अहसास हो रहा था कि इस छोटे से परिवार में मेरी कितनी अहमियत है। आज समझ में आ रहा था कि मैं भी इस संसार का एक खास इंसान हूँ, जिसकी पत्नि उसे बेहद प्यार करती है।

एक हल्की आहट के साथ मैंने दरवाजा खोला। थोड़ी एक्टिंग की और चेहरे पर थकान ले आया। दरवाजा खुलते ही वह मेरी ओर आई और बोली, ''आज आपको इतनी देर कैसे हो गई? आज तक आप कभी इतने लेट नहीं हुए न, इसलिए चिंता हो रही थी।''

''कुछ नहीं, वो ऑफिस में एक जरूरी काम आ गया था। बॉस ने कहा अभी करना जरूरी है, इसलिए रुकना पड़ा।''

''अच्छा! मुझे यूं ही चिंता हो रही थी।''

''लेकिन तुम अभी तक जाग रही हो। समय तो देखो बारह बजे हैं। अब तक तुम्हें खाना खाकर सो जाना चाहिए था।''

''मैं आपके बगैर खाना कैसे खा सकती थी?''

''पर तुम्हे भूख लग रही होगी। तुम्हें इतने समय तक भूखा नहीं रहना चाहिए था।''

''मन में अजीबोगरीब ख्याल आ रहे थे। भूख तो आस–पास भी नहीं भटक रही थी।''

''तो क्या अभी भी भूख नहीं लग रही? मुझे तो बहुत तेज भूख लगी है।''

''हाँ, लगी है न। पहले आप खा लीजिए, मैं भी खा लूंगी।''

''साथ–साथ खाते हैं न। तुम्हें भूखा देखकर मैं भी ठीक से नहीं खा पाऊंगा।''

''ठीक है, आप इतनी जिद कर रहे हो तो....। आप जानते हैं न, कल क्या है?''

''हाँ, शुक्रवार है।''

''कुछ और भी है, जो काफी स्पेशल है।''

''हाँ, कल शाहरुख खान की नई मूवी रिलीज़ हो रही है।''

''अच्छा! लेकिन मैं उसके बारे में बात नहीं कर रही। कल छः मई है।''

'तो?'

''छः मई, हमारी शादी की पहली वेडिंग–एनीवर्सरी।''

''ओह! सॉरी, पता नहीं कैसे भूल गया?''

''तो कल क्या प्रोग्राम है?''

''मैं कल सुबह बॉस से छुट्टी के लिए बोल देता हूँ। हम किसी लाँग ड्राइव पर घूमने जाऐंगें और फिर शाहरुख खान की मूवी देखेंगे।''

''आज आपको हो क्या गया है? बार–बार शाहरुख खान का नाम क्यों ले रहे हो?''

''मुझे शाहरुख खान पसंद है। वह मेरा फेवरेट एक्टर है। क्या तुम्हें शाहरुख और उसकी फिल्में पसंद नहीं हैं?''

''नहीं।''

''पक्का?''

''हां।''

''और घूमना?''

''घूमना भी नहीं। मैं अक्सर अपनी सहेलियों की वेडिंग एनीवर्सरी पर जाती रहती थी। वहां अच्छी–अच्छी पार्टियां होती थीं। मेरी सबसे अच्छी दो सहेलियां यहीं दिल्ली में भी रहती हैं। आपको एतराज न हो तो मैं उन्हें कल खाने पर बुला लूं।''

''भला मुझे क्यों एतराज होगा? पर तुमने पहले कभी नहीं बताया कि यहां तुम्हारी सहेलियां भी रहती हैं।''

''बस ध्यान नहीं रहा।''

''ठीक है कल शाम को उन्हें खाने पर बुला लो। मैं भी अपने ऑफिस के दो चार दोस्तों को बुला लेता हूँ।''

''हां, हम शाम को एक छोटी सी पार्टी रख लेंगे। आज का खाना काफी स्पेशल रहा। आपसे अच्छी–अच्छी बातें भी हुईं।''

''वाकई, यह एक बेहतरीन डिनर रहा। ओके! कल शाहरुख खान की मूवी और लॉंग–ड्राइव न सही पर कल मुझे छुट्टी तो लेनी ही पड़ेगी, क्योंकि कल शाम की पार्टी की तैयारियां भी तो करनी हैं।''

''ओके, जैसा आप ठीक समझें।''

उस समय कनिका के चेहरे पर जो हल्की मुस्कान थी, उसकी अलग ही बात थी। उसमें बनावटी कुछ भी नहीं था। नई सुबह की दस्तक के साथ ही शादी की सालगिरह की तैयारियां शुरू हो गईं। हम पूरे दिन भर इधर–उधर दीवानों की तरह मौज–मस्ती करते रहे। हमने ढेर सारी खरीददारी की। शाहरुख खान की फिल्म भी देखी। लग रहा था मानो समय थम गया हो। लगा मानो जिंदगी बस आज ही की हो।

इसे अच्छी तरह जी लेना चाहिए। शाम का नज़ारा भी देखने लायक था। सुनसान से रहने वाले उस घर में आज खूब धूम मची थी। कनिका अपनी सहेलियों से मिलकर काफी खुश थी। वह उनसे आज दिल खोलकर मिल लेना चाहती थी। उसकी हंसी के ठहाकों की आवाज से वह घर पहली बार गूंज रहा था, इससे उसके चहेरे की रौनक देखने लायक थी। सचमुच वह बेहद प्यारी लग रही थी।

अध्याय–३

जिंदगी नया मोड़ ले रही थी। इसे बदलने का मेरे पास एक अच्छा मौका था। मन हजारों विचारों से घिरा हुआ था। विश्वास था कि एक बड़ी कामयाबी मिलेगी। कामयाबी के रास्ते पर आप अकेले रहकर तेज जरूर चल सकते हैं, पर ज्यादा दूर तक नहीं। अकेले आपकी कामयाबी कोई मायने नहीं रखती। बड़ी कामयाबी लोगों को साथ लेकर ही मिलती है। मुझे एक बड़ी कामयाबी चाहिए थी। इसलिए महापुरुषों और अनुभवी लोगों द्वारा बताया गया रास्ता दिखाई दे रहा था और एक चेहरा दिखाई दे रहा था–टोनी। यह अपने आप में एक बड़ी चुनौती थी। वैसे भी छोटे–मोटे कामों में मजा नहीं आता। खेलना हो तो बड़ा गेम खेलो। उसकी कामयाबी मेरे लिए इसलिए भी मायने रखती थी क्योंकि वह आज जिस स्थिति में जिंदगी गुजार रहा है, शायद यही जिंदगी जीते हुए मर भी जाएगा। यह अपने–आप में कितनी बड़ी बात होगी कि उसमें कामयाबी की भूख जगाई जाए। वह अपने इन हालातों से निकलकर एक हीरे की तरह कामयाबी की चमक में चमके और कितनी बड़ी बात होगी कि उसकी कामयाबी के पीछे राज आनंद होगा।

जैसा हम सोचते हैं, अक्सर वैसा नहीं होता। मुझे लगा कि मैं सुगंधा थिएटर जाऊंगा, टोनी वहां मिलेगा और सारी चीजें सही हो जाऐंगी। पर ऐसा नहीं हुआ। महीना भर लगातार उसे वहां ढूंढने के बाद भी उसका कहीं कोई अता–पता न था। यह शायद मेरे सब्र का इम्तिहान था। हर किसी कार्य की एक सीमा होती है। एक स्थिति के बाद चीजें हद से

बाहर हो जाती हैं। यहां भी स्थिति बिल्कुल वैसी ही थी। लाख कोशिशों के बावजूद भी मैं टोनी को नहीं ढूंढ पाया। अब लगने लगा था कि कुछ सपने पूरे होने के लिए नहीं होते।

वह एक साधारण सी सुबह थी। मुझे मेरे विभाग में प्रमोशन मिलने वाला था, जिसके साक्षात्कार के लिए देहरादून जाना था। दिल्ली के चांदनी चौक से सुबह आठ बजे ट्रेन थी और बारह बजे इन्टरव्यू। ट्रेन समय पर देहरादून के लिए रवाना हुई। ट्रेन अभी ठीक से गति भी न पकड़ पाई होगी कि अचानक शरीर में एक जोर का झटका लगा। चार सौ चालीस वोल्ट का एक करंट। सामने स्टेशन पर टोनी था। उसकी एक झलक से मन को जो तसल्ली मिली उसे यहां बयां कर पाना मुश्किल है। ट्रेन लगातार रफ्तार पकड़ती जा रही थी और सामने एक बहुत बड़ी दुविधा थी। समझ नहीं आ रहा था कि अब क्या करना चाहिए? एक ओर साक्षात्कार था जिसकी वजह से एक अधिकारी बनने का मौका था और दूसरी ओर मेरे सपनों को पूरा करने की वजह। ट्रेन छोड़ता तो साक्षात्कार छूट सकता था और वहां से जाता तो टोनी से मिलने की आस। दोनों ही स्थितियां तराजू के पलड़ों पर अपनी बराबर की दावेदारी जता रही थीं।

एक गहरी सांस ली और आगे बिना कुछ सोचे समझे ट्रेन से छलांग लगा दी। कूदने के बाद जो मेरी हालत हुई, वह मेरी सोच से कहीं ज्यादा बद्तर थी। चोट लगने के कारण माथे से खून बह रहा था और घुटने से चलने में परेशानी हो रही थी। हम दुनिया को जिस नजरिए से देखते और इसके बारे में सोचते हैं, अक्सर यह वैसी नहीं होती। यह हमारी सोच से कहीं परे, रहस्यमयी होती है। टोनी और उसकी हालत को देखकर हाथ–पांव सुन्न हो गए। जीवन की एक ऐसी सच्चाई से रूबरू हुआ, जिसके बारे में पहले कभी सोचा न था। वहां सात–आठ भीख मांगने वाले बच्चे थे, जिनकी दयनीय हालत देखने लायक थी। सभी के कपड़े फटे–पुराने और मैले–कुचैले थे। वे सब एक जगह बैठकर वहां आने–जाने वाले लोगों का मुंह ताक रहे थे, ताकि कोई तो उनके सामने चंद पैसे फेंक दे, जिससे वे अपने जालिम पेट की आग बुझा सकें। उस भूख को मिटा सकें जिससे वे बेचैन हैं। उनके मासूम चेहरे

उनके संघर्ष को साफ–साफ बयां कर रहे थे। उन सब बच्चों में एक कोने पर टोनी भी बैठा था।

मैं उन बच्चों के पास जाकर बैठ गया। सभी डरे सहमे से एक दूसरे से चिपक गए। हां, कुछ बच्चों को उम्मीद थी कि मैं उनकी मदद करूंगा। टोनी की नजरें सामने आसमान में थीं वह चुपचाप आसमां में कुछ ढूंढने की कोशिश कर रहा था। मेरी हल्की सी आहट से उसका ध्यान मुझ पर पहुंचा, फिर एक मायूसी भरी हंसी के साथ उसने अपनी गर्दन नीचे झुका ली।

"क्यों टोनी पहचाना नहीं मुझे?" मैंने सवाल किया।

"पहचान लिया साब।"

"क्या बात आजकल थिएटर के आस–पास दिखाई नहीं देते? तुम्हें पता है लोग तुम्हारे बगैर कितने परेशान हैं? खासकर मैं। उस दिन से तुम आज मिल रहे हो। क्यों? ब्लैक में टिकट बेचना छोड़ दिया क्या?"

"हाँ साब, ये दुनिया चैन से कहां जीने देती है। जिंदगी बड़ी बेरहम है साब।"

"मगर हुआ क्या?"

"मत पूछो साब इस कहानी को। घाव शरीर पर अभी भी ताजे हैं। उस बारे में सोचूंगा भी तो दर्द और बढ़ जाएगा।"

"टोनी, दर्द बांटने से बढ़ता नहीं, बल्कि कम होता है।"

"पर साब ये सब आप क्यों पूछ रहे हो? हम छोटे लोग हैं, आज तक किसी ने हमारी चिंता नहीं की। फिर आप क्यों? हमें माफ करो साब, हमें किसी की हमदर्दी नहीं चाहिए। मांग–तांग कर अपना पेट भर लेंगे। पेट नहीं भी भरेगा तो कौन–सी आफत आ जाएगी। अब तो जुल्म सहने की आदत सी पड़ गई है। कल से कुछ नहीं खाया साब, फिर भी जिंदा तो हैं न हम।"

"मैं तुम्हारी भावनाओं को समझ सकता हूँ टोनी। पर मुझे अपने बारे में बताओ।"

"ठीक है साब, अगर आप सुनना ही चाहते हो तो शुरू से सुनो। जब आप अपुन को वो हॉल के पास मिले थे तो आपने अपुन की एक अलग ही तस्वीर बनाई होगी। पर सच्चाई कुछ और ही है, जो आपके सामने है। साब हम जैसे लोगों का न तो कोई घर होता है, और न ही मज़हब। पैदा होने के बाद जब अपुन को होश आया और आँखें खोलीं तो सामने अनगिनत रेलगाड़ियां थीं और उनकी धड़धड़ की आवाज़। फिर जिंदगी कैसे आगे बढ़ रही थी यह सोचना अपुन का काम नहीं था? करता भी तो क्या? पेट भरने के लिए हमारे साथ वाले जो लोग करते, मैं भी वही करने लगा। उनके पीछे–पीछे हो लिया। साब यह पेट भरने के लिए अपुन ने जितनी गालियां, थप्पड़ और लातें खाई हैं न, उसके जख्म आज भी ताजा हैं। सच पूछो तो आज भी यही हाल है। अब से कुछ टैम पहले अपुन को लगा कि अपुन इस तरह नहीं रह पाएगा। लगा कि मैं भूखा मरने के लिए पैदा नहीं हुआ हूँ। मुझे इस फुटपाथ पर ठोकरें नहीं खानी हैं। अपुन का भी पेट है, जो इज्जत की रोटी चाहता है। यही सोचकर बाहर निकलना शुरू कर दिया। पैसे कमाने के पैंतरे सीखने लगा। एक आदमी ने अपुन को टिकट ब्लैक करने का धंधा बताया, पहले ही दिन अच्छी कमाई हुई। इसी बीच आपसे मुलाकात हुई। उसके अगले दिन पुलिस का छापा पड़ने से मैं पकड़ा गया। साब इतनी मार पड़ी कि रूह कांप उठी। दाहिने पैर की हड्डी तक तोड़ दी सालों ने। दो महीने तक जेल में रखा। कुत्तों जैसी हालत बना दी। अपुन ने कौन सा बड़ा गुनाह किया था साब? इन बच्चों की खातिर, जो अपुन के सगे भी नहीं हैं, कुछ वक्त का खाना और चैन की सांसें ही तो मांगे थे। ये बेरहम दुनिया दो वक्त की रोटी तो देने से रही, दी तो ठोकरें, गालियां और धक्के। अब तो बस एक ही सपना है, किसी तरह इस स्टेशन पर ही जिंदगी गुजर जाए। यूं ही चलते–फिरते मौत गले लगा ले।"

टोनी ने अपने शब्दों को खत्म किया। उसकी आंखों में आँसू थे। कुछ देर चुपचाप वहां ठहरने के बाद वह वहां से उठा, फिर उसके इशारे पर बाकी बच्चे भी उसके पीछे–पीछे हो लिए। मैं चुपचाप उन्हें देखता रहा, उन बच्चों के सामने कुछ भी बोलने का साहस नहीं था मुझमें।

साक्षात्कार भी हाथ से निकल गया। मैं वक्त पर पहुंच ही नहीं पाया। दोस्त और परिवार के लोग मेरी इस बेवकूफी के लिए ताने दे रहे थे। एक बार तो मुझे भी लगा कि मुझे अपने साक्षात्कार को वरीयता देनी चाहिए थी। पर अब पछतावे के अलावा कुछ नहीं बचा था।

उस रात आँखों में नीद न थी। दिमाग अजीबोगरीब सवालों से घिरा हुआ था। कहीं तो जिंदगी इतनी खुशनुमा और रंगीन है कि लोग हर समय मौज–मस्ती के रंग में डूबे रहते हैं और कहीं टोनी की तरह रात को भूखे सोते हैं। कहीं पर लोगों के पास अकूत दौलत है और कहीं लोग अपनी बुरी किस्मत के थपेड़े खाते हैं। टोनी को लेकर जो मैंने ख्वाब देखा था, वह अब दूर होता नजर आ रहा था। टोनी की कामयाबी अब बड़ी ही मुश्किल लग रही थी।

इस घटना को महीना भर हो गया था। एक बार फिर वे सब वादे याद आए जो अपने आप से किए थे। मैं अपने उस मिशन को कैसे छोड़ सकता था जो मेरी जिंदगी, टोनी और उन बेसहारा बच्चों के साथ जुड़ा था? एक बार फिर अपने आपको तैयार किया। ऑफिस के बाद सीधे चांदनी चौक रेलवे स्टेशन पहुंचा। स्टेशन पर बेहिसाब भीड़ थी। चारों ओर घना कोहरा और गजब की ठण्ड थी। काफी देर तक ढूंढने के बाद एक कोने में वे सब बच्चे मिले। जिंदगी को जीने के संघर्ष की एक अलग तस्वीर सामने आई। सारे बच्चे ठण्ड से बेचैन थे, इसलिए चुपचाप एक दूसरे से लिपटे हुए, एक दूसरे का सहारा बनने की कोशिश में थे।

इस चुप्पी को एक आहट ने तोड़ दिया। रेलवे–पुलिस का एक कर्मचारी वहां आया और उन बच्चों के बने हुए उस गुच्छे पर अपना एक मोटा सा बेंत जड़ दिया। सारे बच्चे किसी फुलझड़ी की तरह बिखरकर खड़े हो गए। फिर क्या, उस सिपाही को देखकर उनके होश उड़ गए और अगले ही पल वे वहां से भाग खड़े हुए। वहां से दूर एक झाड़ी की आड़ में वे फिर से उसी तरह लिपट गए। यह सब देखकर एक बार फिर से दिल भर आया। बिना समय गंवाए उन बच्चों के पास पहुंचा। उन बच्चों में टोनी नहीं था। बच्चों से पूछने पर पता लगा कि वह उनसे दो दिन से नहीं मिला। उनका कहना था कि वे उसके बिना

कुछ नहीं हैं। टोनी उन्हें खाने के पैसे देता है, उन्हें जिंदगी जीने के तरीके सिखाता है।

करीब पांच घण्टे के लम्बे इंतजार के बाद शाम को टोनी वहां पहुंचा। उसकी हालत देखने लायक थी। वह शराब के नशे में धुत लहराता चलता हुआ सिगरेट के धुंए के घेरेदार छल्ले छोड़ रहा था। अपनी लड़खड़ाती जुबान में वह बोला, "हैलो साब। कैसे हो?"

"कहाँ से आ रहे हो टोनी? ये सब क्या है? तुमने शराब पी है।"

"हां साब। आज लगा ली। बड़ी टेंशन हो रही थी, इसलिए चढ़ा ली।"

"अपनी उम्र तो देखो और बच्चे तुम्हारे बगैर कितने परेशान थे। कहां थे दो दिन से?"

"बच्चे तो जिंदगी भर पेरशान रहेंगे साब। उन्हें रहने दो। अपुन की भी जिंदगी है। कुछ तो लुत्फ उठाने दो इसका।"

"जिंदगी का लुत्फ! तुम्हें क्या लगता है, जहां इस समय तुम खड़े हो वहां जिंदगी का लुत्फ उठाया जा सकता है?"

"ये इण्डिया है साब, यहां हर किसी को कुछ भी सोचने और करने की आज़ादी है। आज तक अपुन को लगता था कि सिगरेट, जुआ और शराब सब बेकार हैं। क्या रखा है इनमें? पर अपुन गलत था। आज समझ आया, जिंदगी तो इन्हीं में है। खाओ, पिओ और ऐश करो। पता नहीं लोग जरा–जरा सी बातों के लिए नियम–कानून क्यों बना लेते हैं? शायद हम भूल चुके हैं कि मौत कभी भी आ सकती है।"

"अच्छा! तुम तो काफी जानकार हो गए हो।"

"ये सब मैं कहां बोल रहा हूं साब। वो तो आज थोड़ी लगा ली है न इसलिए। पर हां कुछ भी गलत नहीं कह रहा, जो भी अपुन बोल रे ला है न साब कतई सही बोल रे ला है। साब आज पहली बार शराब पी कर लगा कि इसी में सब कुछ है। यही जिंदगी है।"

"तुम जिसे जिंदगी समझ रहे हो वो जिंदगी नहीं मौत है। एक ऐसी बीमारी है जो इंसान को धीरे–धीरे खोखला करती है। जिंदगी बहुत प्यारी होती है टोनी। तुम इसे बदल सकते हो। समझने की कोशिश करो।"

"कोशिश तो की थी साब। पर दर्द और बेइज्जती के अलावा कुछ नहीं मिला। ये सब ढकोसले हैं साब। जिंदगी प्यारी होती है अमीर लोगों की। आप जैसे लोगों की। बारह साल का एक छोटा सा बच्चा इन दस बच्चों की देखभाल करता है। उनके सुख–दुःख और खाने–पीने का ध्यान रखता है। वो जिंदगी कैसे जी सकता है? ये वो बच्चे हैं साब जो अपुन को फुटपाथ पर मिले थे, बिल्कुल अनाथ। लोग बच्चे तो पेदा कर लेते हैं, पर उन्हें संभाल नहीं पाते। इन बच्चों के चक्कर में जिंदगी झंड हो गई है। पर इन्हें छोड़ने का भी मन नहीं करता। बेचारे जाऐंगे भी तो कहां?"

"तुम एक मजबूत इंसान हो टोनी। भगवान सब देख रहा है। मैं जानता हूं एक दिन तुम यहां से निकलकर एक अच्छी जिंदगी की शुरुआत करोगे। लेकिन सही रास्ते पर चलकर।"

"हम दो कौड़ी की औकात वाले लोग, क्या नई जिंदगी की शुरूआत करेंगे? अपने मां–बाप, दादा–दादी सबको यहीं तड़पकर मरते देखा है मैंने।"

"टोनी, यह जरूरी नहीं कि वे लोग अच्छी जिंदगी नहीं जी पाए तो तुम भी नहीं जी पाओगे। मैं तुम्हारी मदद करूंगा। इन मासूम बच्चों की खातिर हमें कोशिश करनी चाहिए। दुनिया में सैकड़ों लोगों ने कोशिश करके अपने आपको बदला है। आज उनके पास पैसा है, इज्जत है और अच्छा घर है।"

"क्यों टेंशन ले रहे हो साब? साथ में अपुन को भी दे रहे हो। लग रहा था कि अपुन के सारे गम शराब की प्याली में डूब जाएंगे, चाहे कुछ समय के लिए ही क्यों न। क्यों आदर्श और पुराण की बातें करके उन्हें वापस बुलाना चाहते हो?"

"ये सब इंसान के टूट जाने के निशान हैं। इंसान का जब विनाश शुरू होता है, तब वह ऐसी बातें करता है। मैं नहीं जानता कि तुमसे मेरा क्या रिश्ता है? पर न जाने क्यों मुझे लगता है कि इस दुनिया में टोनी अकेला है और मुझे उसकी मदद करनी चाहिए।"

"आप किस–किस की मदद करोगे साब? अपुन जैसे पता नहीं कितने टोनी दर–दर की ठोकरें खाते फिरते हैं। अपुन को इसी हाल में

छोड़ दो साब। अपुन इसी दुनिया में रहना चाहता है, इन छोटे बच्चों को अपुन की जरूरत है।''

''तुम सोच रहे हो इस हालत में रहकर तुम इनकी जरूरतें पूरी कर रहे हो। तुम्हें यही लगता है न कि भगवान ने तुम्हारे साथ धोखा किया है और लोग तुम्हे ठोकरें मारते हैं, तो यह सच है और बदलेगा भी नहीं, क्योंकि तुम अपने आपको बदलने की कोशिश नहीं कर रहे हो। किसी–न–किसी को तो शुरुआत करनी ही पड़ेगी टोनी। इसमें मैं तुम्हारी मदद करूंगा। तुम्हें पढ़ाऊंगा–लिखाऊंगा। तुम्हे एक अच्छी नौकरी मिल सकती है। तुम्हारे साथ इन बच्चों को भी नई ज़िंदगी मिल सकती है। परिस्थितियों से डरना सीखो टोनी। ये दिनों–दिन बद्तर होती जा रही हैं। गरीब पैदा होना हमारा गुनाह नहीं है, गरीब मर जाना हमारा गुनाह है। विनाश रोकना और उन्नति करना इंसान के हाथों में है। अगर हम आज एक अच्छे काम की शुरुआत करेंगे तो कल हमारे जीवन में खुशियां जरूर आऐंगीं।''

''ये सारी बातें अपुन के भेजे से बाहर हैं साब। ये अपने टाइप की नहीं हैं। आप गलत जगह कोशिश कर रहे हो। अपना टाइम बर्बाद मत करो साब।''

''टोनी मेरी बात को समझने की कोशिश करो।''

''समझने की कोशिश आप नहीं कर रहे हो साब। जो आप सोच रहे हो वो नहीं हो सकता। अपुन के दादा जी एक बात कहकर गए थे कि हम जहां हैं वहीं अच्छे हैं। अमीर लोगों के पास बेइंतिहा दौलत, सुख–चैन और अच्छी जिंदगी हो सकती है पर उनके साथ भगवान नहीं होता। वो हमारे साथ है। हम जैसी भी हालत में हैं, सब उसकी मर्जी है। उसकी मर्जी के बगैर तो एक पत्ता भी नहीं हिल सकता, फिर हमारी क्या औकात है? सुख–दुःख आते रहते हैं। भगवान ने हमें इस जन्म में गरीब बनाया है। ढेर सारे दुःख और परेशानियां दी हैं, पर कोई बात नहीं, अगले जन्म में हम अमीर बनकर इस दुनिया पर राज करेंगे। अच्छे दिनों के इंतजार के लिए ये दुःख तो झेलने ही पड़ेंगे।''

''तुम यह क्या कह रहे हो टोनी?''

"मैं सच कह रहा हूं साब। अपुन के दादा जी एक बात और बोलते थे कि ये अमीर लोग इस जन्म में तो खूब मस्ती कर रहे हैं, पर अगली बार ऐसा नहीं होगा। अगले जन्म में वे बद्तर जिंदगी जीने वाले हैं और अच्छी जिंदगी को जीने के लिए हमें यह दर्द सहन करना ही पड़ेगा। हर पेरशानी, हर दर्द हमें याद दिलाता है कि भगवान हमारे साथ है, वो अपुन और इन बच्चों को एक प्यारी जिंदगी बख्सेगा।"

"टोनी तुम गलत सोच रहे हो। तुम्हारे दादा जी गलत भी तो हो सकते हैं।"

"नहीं हो सकते साब। सब उनकी इज्जत करते थे। वे हमें ढेर सारी कहानियां ओर ज्ञान की बातें बताते थे। वे कभी गलत नहीं हो सकते।"

"ये सब बातें तुम इसलिए कर रहे हो क्योंकि तुम सच्चाई का सामना नहीं कर सकते।"

"मुझे तो लगता है सच्चाई जानकर आप घबरा रहे हो साब।"

"कैसी सच्चाई?"

"इस जन्म में अच्छी जिंदगी तो आप भी गुजार रहे हो साब। अब आपको डर लगने लगा होगा कि आने वाला वक्त कितना बुरा होने वाला है।"

"ये सब फालतू की बातें हैं। जो है सब यहीं है, नया जन्म किसने देखा है? क्या नए जन्म के इंतज़ार में तुम यूं ही हाथ–पर–हाथ रखकर बैठे रहोगे?"

"हां साहब, कोई गड़बड़ करके अपुन दादा जी के उसूलों के साथ कोई छेड़छाड़ नहीं करना चाहता।"

"तो क्या यह तुम्हारा आखिरी फैसला है?"

"हाँ।"

"एक बार और सोच लो टोनी। जब समय निकल जाता है तो हमारे पास पछताने के अलावा और कोई चारा नहीं रहता और पछतावा कितना दर्दनाक होता है, कोई मुझसे पूछे। तुम्हारे आगे मैंने दोस्ती का

हाथ बढ़ाया है टोनी, कहीं ऐसा न हो कि कल तुम चाहो और मेरे निशां दूर–दूर तक न हों। जो अब है उसे बदलकर जीने की कोशिश करो। कहीं ऐसा ना हो अगले जन्म के चक्कर में इस जन्म को बर्बाद कर दो। हम ढेर सारी प्लानिंग करेंगे और कुछ करके दिखाएंगे। कल शाम को मैं तुम्हारा इंतजार सुगंधा थिएटर पर करूंगा। अगर तुम आए तो ठीक है वरना मैं भूल जाऊंगा कि कोई टोनी भी है। मैं जा रहा हूँ।''

दिल में मायूसी और आंखों में लाली लेकर मैं चुपचाप वहां से निकल आया। दिलो–दिमाग कल शाम आने वाले परिणाम पर टिका था। डर था कि कहीं ऐसा न हो कि एक बार फिर से मुझे मेरा मकसद छूटता नजर आए। मैं सुगंधा थिएटर पहुंचा। वहां माहौल काफी जबरदस्त था। लोग खुशियां मना रहे थे। पर मेरी खुशी का कहीं अता–पता न था। जिसका डर था वही हुआ। रात के नौ बज गए थे। अब घर जाने के अलावा और कोई रास्ता न था। मजबूरन वहां से आना पड़ा। शायद अब सारी हदें टूट गई थीं। इस बार निश्चित ही हिम्मत ने जवाब दे दिया और तय किया कि टोनी को भूलना ही सही होगा। अपनी कामयाबी के लिए एक नया रास्ता चुनना होगा। जिंदगी एक बार फिर सामान्य हो गई। घर से ऑफिस और ऑफिस से घर। रास्ते बदलकर मंजिल को पाना इतना आसान नहीं होता। एक बार फिर सब कुछ छूट गया था। चारों ओर निराशा ही निराशा थी।

अध्याय–४

करीब छः महीने सामान्य जिंदगी जीने के बाद लगा कि कुछ तो गलत हुआ है। मैंने टोनी को एक खास मकसद के लिए जरूर चुना था, पर इंसानियत यह नहीं कहती कि उससे पूरी तरह ही अलग हो जाओ। लगा कि उससे फिर मिलना चाहिए। सिर्फ हाल–चाल पूछने के लिए। चांदनी–चौक रेलवे स्टेशन पर इस बार टोनी और उन बच्चों को ढूंढने में ज्यादा परेशानी नहीं हुई। वे सब एक कोने में घेरा बनाए बैठे थे। पास जाकर जो दृश्य देखा वह असहनीय था। पूरा शरीर ठण्डा सा पड़ गया। रक्त मानो कांच की तरह जमने लगा। आंखे फटी रह गईं, जिनमें जल्द ही नमी भर आई। टोनी की बांहों में पांच–छः वर्ष की एक बच्ची थी। बाकी सब बच्चे एकटुक मूर्ति की भांति उस बच्ची को ताक रहे थे। हकीकत मालूम पड़ी कि वह बच्ची बिल्कुल मृत थी। उसका मासूम चेहरा खून से लथपथ बुरी तरह कुचला पड़ा था, जो उसे एक भयानक रूप दे रहा था। टोनी की आंखों से लगातार आंसू बह रहे थे, जो बूंद–बूंद करके उस बच्ची के चेहरे पे टपक रहे थे। लग रहा था कि वह बच्ची अपनी मौत के गम में खुद रो रही हो। मैं भी चुपचाप अपलक उस बच्ची के चेहरे पर निगाहें गड़ाए उनके घेरे का एक सदस्य बन गया। टोनी को मेरे वहां होने का अहसास हुआ। उसने अपनी नजरें उठाकर मेरी ओर देखा। एक विकृत सी दर्द भरी हंसी के साथ वह बोला, ''कहो साब कैसे हो? बड़े दिनों बाद मिलने आए।''

''हाँ, पर ये सब क्या है टोनी, इस बच्ची की मौत कैसे हुई?''

''यह सब आम बात है साब, हम लोगों में अक्सर होती रहती है। यूं ही चलते फिरते।''

''ये तुम क्या कह रहे हो? एक बच्ची की मौत हुई है और तुम इसे एक आम घटना बता रहे हो।''

''साब आप लोगों के यहां जिंदगी कीमती है न, इसलिए किसी की मौत होना बड़ी बात होगी। यहां तो जिंदगी मौत से बद्तर होती है। यहां मौत होना इस क्रूर संसार से मुक्ति मिलना है। पर पता नहीं क्यों जब भी हमारा कोई साथी इस संसार से जाता है, ये आंखें भर आती हैं?''

''टोनी ये तुम क्या बोले जा रहे हो?''

''सही बोल रहा हूं साब। आप इस पचड़े में न ही पड़ो तो ज्यादा अच्छा है। झमेला है फालतू का। हर रेलवे स्टेशन, फुटपाथ और गंदे नालों पर हमारी लाशें अक्सर मिलती हैं। कोई गिनती नहीं है साब। मरने की वजह भी जानने की कोशिश नहीं करता कोई। मेरी पांच साल की बहन के साथ एक आदमी ने बलात्कार किया और फिर गला दबाकर उसकी हत्या। मैं उस आदमी को जानता हूँ साब, पर कुछ नहीं कर सकता। अगले जन्म में मेरा पहला बदला उसी से होगा।''

''पर इस बच्ची की मौत कैसे हुई?''

''इसका नाम चिंकी है साब। हम सबमें सबसे प्यारी थी। दो दिन से भूखी थी, इसलिए मांग–तांग कर पेट की भूख मिटाने की कोशिश कर रही थी बेचारी। पर गालियों और धक्कों के अलावा कुछ नहीं मिल रहा था। वो उसका उदास चेहरा अपुन कैसे भूल सकता है? जब उसे एक जगह से ना सुनकर दूसरी जगह जाना पड़ता। पर अपुन नहीं जानता था कि उसकी उदासी मौत बन जाएगी। रेलवे पुलिस के एक कर्मचारी ने पहले चिंकी के पेट पर लात मारी, फिर जोर का धक्का दिया। वह प्लेटफॉर्म से सीधे पटरियों पर जा गिरी। अचानक ट्रेन आई और उसकी चपेट में आकर वह कुचल गई। उसका तड़पता हुआ शरीर अभी भी इन आंखों के सामने नाच रहा है। साब उसके तड़पते हुए शरीर ने कुछ तो उम्मीद की होगी कि कोई उसे बचा ले। अस्पताल में भर्ती करा दे। बेचारी उम्मीद कर रही थी कि कोई तो उसे बचा लेगा और

उसे जिंदगी मिल जाएगी। पर उसे कोई उठाने तक को तैयार न था। टैम के साथ उसकी तड़प धीमी पड़ती गई और देखते ही देखते उसकी सांसें बंद हो गईं।"

"ये तुम क्या बोल रहे हो? अगर ऐसा है तो उस पुलिस वाले की रिपोर्ट करो स्टेशन मास्टर से। उस पर केस चलेगा, वो जेल के अंदर होगा।"

"कैसे रिपोर्ट करें साब? हम अनपढ़, गंवार और फुटपाथ वाले लोगों की रिपोर्ट का कोई मतलब नहीं होता। फिर उसका फायदा क्या? क्या एक छोटी सी रिपोर्ट एक मासूम बच्ची को उसकी जिंदगी लौटा सकती है? मुझे मेरी चिंकी वापस दे सकती है। हम लोग किस–किस की और कब तक रिपोर्ट करेंगे? साब आए दिन ऐसे केस होते रहते हैं।"

"लेकिन ये सब कब तक चलेगा? तुम्हें कोई–न–कोई ठोस कदम जरूर उठाना चाहिए। इतनी कीमती जिंदगी को तुम कीड़े–मकोड़ों की तरह जी रहे हो।"

"उपदेश देना आसान है साब। आपमें और हममें जमीन आसमान का फर्क है। जहां आप खड़े हो वहां ये बातें सही हैं। दो दिन हमारी जिंदगी तो जीकर देखो साब, सब भूल जाओगे। खैर छोड़िए ये बातें। अभी के लिए अपुन माफी चाहता है। जाना है न। अपुन को कोई बड़ा सा गंदा नाला देखना है।"

"किस लिए?"

"चिंकी की लाश उस नाले में फेंकनी है साब।"

"तो क्या तुम उसे दफनाओगे नहीं?"

"नहीं साब, अभी तक जितनी मौतें हुई है सब किसी न किसी गंदे नाले में दफन हुई हैं। अच्छा! अपुन चलता है साब। सांसें रहीं तो फिर मिलेंगे।"

टोनी ने इन आखिरी शब्दों के साथ चिंकी की लाश को अपनी बांहो में उठाया और वहां से रवाना हो गया। बाकी बच्चे भी उसके पीछे–पीछे हो लिए। मैं भी अपने कदम कैसे रोक पाता? उस टोली के पीछे मैं भी

हो लिया। योजना के मुताबिक वे सब करीब एक किमी0 दूर एक बड़े से गंदे नाले के पास पहुंचे। उन्होंने नाले के किनारे चिंकी की लाश को रखा। वे उसे आखिरी बार जी भरके देख लेना चाहते थे। देखते ही देखते टोनी के साथ सारे बच्चे फूट–फूट कर रोने लगे। सारे बच्चे चिंकी की लाश से लिपटकर दहाड़े मारकर रो रहे थे। उनकी चीखों से वह सुनसान सा वातावरण भयाभय हो उठा। शायद भगवान का दिल भी पिघल गया होगा, इसलिए वहां एकाएक मूसलाधार बारिश होने लगी। आंखों से आंसू टपकाता हुआ मैं भी चुपचाप खड़ा उस दर्दनाक घटना को देख रहा था।

करीब आधे घण्टे चले उस विलाप के बाद एक बार फिर वहां सन्नाटा छा गया। बारिश भी रुक गई थी। टोनी ने चिंकी को एक बार फिर से बांहो में उठाया और उस गहरे नाले में फेंक दिया। उसकी लाश को सब लोग टकटकी लगाए तब तक देखते रहे जब तक वह सबकी आंखों से ओझल न हो गई।

किसी को भी विश्वास नहीं हो रहा था कि चिंकी उनसे अलग हो चुकी है। सुध–बुध खोए वे सारे बच्चे एक बार फिर उस नाले के पास बैठ गए और विलाप करने लगे। उनकी आंखों से लगातार आंसू बह रहे थे। अचानक टोनी ने प्रश्न किया, ''साब दूसरा जीवन वास्तव में ही नहीं होता क्या?''

टोनी का यह प्रश्न उस सन्नाटे के साथ मेरे सीने को भी चीरता चला गया। मतलब साफ था, वह अपने दादाजी और खुद के बनाए गए उसूलों से थक चुका था। परिवर्तन किस्मत की चौखट पर दस्तक दे रहा था। नई जिंदगी की शुरुआत शायद हो चुकी थी। मैंने उन सबकी आंखों में देखा था, वे सब एक ऐसी जिंदगी की तलाश में थे जिसमें उन्हें सम्मान के साथ दो वक्त की रोटी मिल सके।

टोनी और उन बच्चों के नए जीवन की शुरुआत को लेकर मैंने जो सपने संजो रखे थे, अब उन्हें पूरा करने का वक्त था। वे कुल दस बच्चे थे और टोनी उनमें सबसे बड़ा था। सबसे पहला काम उनके रहन–सहन और शिक्षा की व्यवस्था का था। उन बच्चों के रहने के लिए अपने मकान

में दो कमरों का एक सेट दे दिया। अच्छे बिस्तर और पक्की छत देखकर उन बच्चों के चेहरे पर जो मुस्कान व खुशी थी, वह देखने लायक थी। बस इसी खुशी की तलाश ही तो मैं कर रहा था। उनके खिलखिलाते चेहरे की हंसी से घर की रौनक में चार–चांद लग गए थे।

सबसे पहले टोनी के साथ–साथ उन बच्चों की पढ़ाई–लिखाई की व्यवस्था करनी थी। आयकर विभाग के मेरे ऑफिस वालों ने भी इस मुहिम में मेरा साथ दिया। हमने मिलकर कुछ अध्यापकों द्वारा उनकी पढ़ाई–लिखाई करवाना सुनिश्चित किया। यह सब कनिका के लिए भी प्रेरणा की बात थी। वह रोजाना खाली वक्त में उन बच्चों को पढ़ाई–लिखाई के साथ अच्छी चीजें सिखाने में मदद करती। इससे उसे आंतरिक खुशी मिलती। मेरे इस नए कदम से वह बेहद खुश थी।

करीब दो साल तक टोनी और उन बच्चों को पढ़ाने–लिखाने के साथ अच्छा खाना और कपड़े दिए गए। उनके इस बदलाव से दिल को सुकून मिलता। लगता मानो सच्ची कामयाबी यह रुपया–पैसा नहीं है, बल्कि उन जरूरतमंद लोगों के लिए खुशियां ढूंढना है, जिनकी उन्हें सच में जरूरत है। कनिका के चेहरे पर अब वो सच्ची मुस्कान भी देखी जा सकती थी, जिसकी तलाश मैं अक्सर किया करता था। उसे अब लगने लगा था कि सच्ची खुशी अपने शौक पूरे करने में नहीं बल्कि जरूरतमंद लोगों की मदद करने में है। नए–नए कपड़े और ज्वेलरी खरीदने की उसकी चाहत भी अब कम होती जा रही थी, उसकी जगह अब उन बच्चों के प्यार ने ले ली थी।

टोनी की उम्र करीब तेरह वर्ष हो चुकी थी। उसने पढ़ाई–लिखाई और अच्छी आदतें सीखने में अपनी काबिलियत को सिद्ध किया। उसकी सीखने की ललक गजब की थी। अब उसे भी लगने लगा था कि उसकी यह जिंदगी पहले की अपेक्षा कहीं ज्यादा बेहतर है। अब वो वक्त आ गया था जब टोनी के निर्माण में अपनी भागीदारी को सही मायनों में सिद्ध करना था। हमने छोटे स्तर से व्यापार करने का मन बनाया क्योंकि हर बड़े बिज़नेस की शुरुआत छोटे स्तर से ही होती है। फिर बड़े–बड़े रिस्क लेकर हम व्यापार में आगे जा सकते हैं।

हमने छोटे बच्चों के कपड़े बेचने का व्यापार करना तय किया। दिल्ली में इस व्यापार के चलने की कहीं अधिक संभावनाएं थीं। टोनी भी इससे काफी खुश था। वह रोजाना बच्चों के साथ गलियों में कपड़े बेचता और उससे हुई आमदनी को देखकर फूला न समाता। बिज़नेस दिनों–दिन तरक्की कर रहा था।

हमारा घर चांदनी चौक में एक रोड के किनारे पर ही था, जहां से कपड़ों का व्यापार बड़े अच्छे ढंग से किया जा सकता था। हमने इस मौके का फायदा उठाना चाहा। हमने अपने घर को बिज़नेस के लिए तैयार कर लिया और परिणाम हमारी सोच से भी ज्यादा मिला। वहां दिन भर लोगों की भीड़ लगी रहती। कनिका, टोनी और वे सब बच्चे दिनभर बिज़नेस करते। रोजाना का मुनाफा भी दिनों–दिन बढ़ता जा रहा था।

मैंने टोनी से सलाह की और अपने व्यापार को एक नया रूप देने के बारे में सोचा। हमने चांदनी चौक में ही एक बड़ा सा हॉल किराए पर लिया, जहां हमने कपड़ा बनाने के लिए धागा बनाना शुरू कर दिया। करीब सौ लोगों को काम पर लगाया गया। बनाया गया कच्चा माल कंपनियों को बेचा जाने लगा। टोनी के साथ मैं और कनिका बिज़नेस को आगे बढ़ाने में दिन–रात मेहनत कर रहे थे।

हमने सरकार से लोन लिया और नोएडा में कपड़ा बनाने की बहुत बड़ी फैक्ट्री की नींव रखी। यह हकीकत बिल्कुल एक सपने की तरह लग रही थी। टोनी और उन बच्चों को कोट–पेंट व टाई में देखकर मेरा सपना सच होता नजर आ रहा था। हमने कंपनी का नाम 'टोनी डिसूजा कंपनी' रखना तय किया। हालाकि टोनी इसके बिल्कुल खिलाफ था, वह मेरे नाम पर कंपनी का नाम रखना चाहता था। पर टोनी और उसके नाम को ऊंचाइयों पर देखना ही मेरा सपना था।

टोनी को ऊंचाइयों पर देखने के अपने इस सपने को पूरा करने के लिए मैंने नौकरी छोड़ दी। मां, कनिका और दोस्त इस फैसले के बिल्कुल खिलाफ थे, पर मंजिल पाने के लिए यह त्याग भी जरूरी था। अब मैं और टोनी दिन–रात उस कंपनी में काम करते। यह दिनों–दिन अपना आकार बढ़ाती जा रही थी। फिर हमने पीछे मुड़कर नहीं देखा।

पांच साल में ही टोनी डिसूजा कंपनी ने वो कर दिखाया जो हमने सपने में भी नहीं सोचा था। इलैक्ट्रॉनिक, टू–व्हीलर, फोर–व्हीलर, कागज और पेयपदार्थ, यह हर क्षेत्र में बढ़ती जा रही थी। टोनी का नाम अब भारत ही नहीं पूरे विश्व में फैल चुका था। देश–विदेश में उसके सम्मान के लिए समारोह होने लगे। अठारह वर्ष का टोनी दुनिया का सबसे कम उम्र का बिज़नेसमैन बनकर उभरा। लोग उससे मिलने के लिए दीवाने रहते। इतिहास तो तब बना जब उसका नाम दुनिया के सबसे अधिक प्रभावशाली पचास लोगों में आया।

जिस टोनी के निर्माण की कल्पना मैंने वर्षों पहले की थी, वह अब पूरा हो चुका था। पूरी दुनिया में उसका नाम था, पर मैं कहीं नहीं था। हालाकि मेरे लिए यह सवाल नाजायज़ था, पर फिर भी न जाने क्यों यह बार–बार आ जाता था? टोनी की हजारों करोड़ की कंपनियों में राज आनंद की कीमत दो कौड़ी की भी न थी। कंपनी में दुनिया के बड़े–बड़े पढ़े–लिखे लोग ऊंचे ओहदों पर थे, जो कंपनी को एक नई दिशा देकर आगे बढ़ा रहे थे। यह सच था कि इतने बुद्धिजीवि लोगों के सामने मेरी अक्ल और औकात दो पैसे की साबित होती। टोनी और कंपनी मैनेजमेंट को अब मेरे वो तरीके भी नापसंद आने लगे थे जो कंपनी को आगे बढ़ाने के लिए मेरे दिमाग में आते थे। न जाने अब क्यों लगने लगा था कि कंपनी में टोनी का कद जितना बढ़ता जा रहा था, मेरा उतना ही छोटा होता जा रहा था? पर फिर भी मैं खुश था और टोनी मेरी जिंदगी का हीरो था, क्योंकि चाहे ज्यादा लोगों को इसके बारे में पता न हो पर मैं खुद तो जनता ही था कि टोनी डिसूजा का निर्माण राज आनंद ने किया है।

अध्याय–५

उस दिन टोनी डिसूजा कंपनी के सभी बड़े मैनेजर्स की मीटिंग थी। मीटिंग में कई सारे जरूरी फैसले लिए जाने थे। मैं कंपनी का छोटा–मोटा काम देखता था, पर फिर भी मुझे उस मीटिंग में बुलाया गया। टोनी व कंपनी के मैनेजमेंट ने कंपनी की उन्नति के लिए अनेकों फैसले लिए। अनेक लोगों को कंपनी से बाहर का रास्ता दिखाया गया और कुछ नए लोगों को नौकरियां दी गईं। अचम्भे की बात थी कि बाहर निकाले गए लोगों में मेरा नाम भी था। कंपनी के मैनेजमेंट का कहना था कि कंपनी की भलाई के लिए उन्होंने यह फैसला लिया है। अगर कंपनी को ऊंचाई पर ले जाना है तो कम पढ़े–लिखे लोगों की जगह उन लोगों को नौकरी देनी होगी जो अधिक पढ़े–लिखे व अनुभवी हैं। अजीब बात यह थी कि इस निर्णय पर टोनी कुछ नहीं बोला।

उस पल सीने में जो दर्द हो रहा था, वह बर्दाश्त से बाहर था। जिस कंपनी की एक–एक ईंट पर राज आनंद का नाम लिखा था, आज वो बिल्कुल पराई हो गई थी। अपने आपको इतना टूटकर बिखरे हुए कभी न देखा था। उस समय मैं फूट–फूट कर रोने के अलावा कुछ नहीं कर सकता था। आज दुनियादारी से ही इतना विश्वास उठ चुका था कि इस शब्द से ही नफरत होने लगी थी।

इस बुरे वक्त में अगर कोई मेरे साथ था तो कनिका। उसने मुझे साहस दिया और कहा कि, "हम एक नई शुरुआत करेंगे। बुरे वक्त में हमें हिम्मत से काम लेना होगा।"

"पर कनिका अब कुछ भी करने की हिम्मत नहीं है। मैंने टोनी के लिए क्या नहीं किया? अपना सब कुछ लुटा दिया, यहां तक कि अपनी नौकरी भी।"

"आज हर कोई उगते सूरज को सलाम करता है। आज टोनी के पास सब कुछ है। दुनिया बस उसी को जानती है, उसकी कामयाबी के पीछे किसका हाथ है, उसे नहीं। पर इसमें आपका कोई दोष नहीं है। आपने तो एक महान काम किया है। जिस कंपनी को आपने बनाया, आज आप उसी से बाहर हो, इससे आपकी महानता कम नहीं होगी। मुझे विश्वास है कि हम इस विषम परिस्थिति में भी ऊपर उठने की ताकत रखते हैं।"

"पर हमारे पास कुछ नहीं हैं। न पैसा और न ही कुछ करने की ताकत।"

"पर हौसला तो है न। इंसान के आगे बढ़ने के लिए बस यही काफी है।"

"टोनी के लिए मैं इतना पराया हो जाऊंगा, यह मैंने कभी नहीं सोचा था। सब कुछ लुटाने के बाद भी आज मेरे पास आंसुओं के अलावा कुछ नहीं है। कंपनी से मिलने वाले पैसे भी कंपनी की तरक्की में लगा दिए। पर आज मिला तो....।"

"हमें अपने बुरे वक्त से भी सीखना चाहिए। अगर हम गौर से देखें तो यह हमें सबक देकर जाता है। टोनी जैसे इंसान से भी हमें सबक मिला है कि अगर आप में काबिलियत है तो इससे आप खुद अपना निर्माण करें। अपना कीमती वक्त दूसरों के लिए खर्च न करें।"

"मैं तुम्हारे लिए भी कुछ नहीं कर पाया। शादी से पहले कितने सपने थे तुम्हारे। जगह–जगह घूमने के, खरीददारी करने के और एक अच्छी जिंदगी जीने के। पर मैं कोई भी सपना पूरा न कर सका। यहां तक कि तुम्हारा डॉक्टर बनने का सपना भी अधूरा ही रह गया।"

"पहले मुझे भी ऐसा ही लगता था। पर अब समझ आता है कि जिंदगी वो नहीं है जो हमें विरासत में मिलती है। सच्ची जिंदगी तो वो होती है जिसे

हम खुद बनाते हैं। इससे मुझे कोई फर्क नहीं पड़ता कि मुझे ऐशो–आराम की चीजें नहीं मिलीं। पर मुझे आप जैसा पति मिला है, जिसे मैं बेहद प्यार करती हूँ। अगर आपका साथ रहा तो दुनिया की बड़ी–से–बड़ी खुशी भी पाई जा सकती है। मैं डॉक्टर भी बन सकती हूँ और आप में वो हिम्मत भी है कि आप टोनी डिसूज़ा से भी बड़ी कंपनी खड़ी कर सकते हो।''

''तुम्हारे जैसा हमसफर पाकर मैं धन्य हो गया हूँ कनिका। तुम सही कहती हो, इंसान के लिए मंजिल मिलना ही सब कुछ नहीं है, रास्तों पर चलना भी बहुत मायने रखता है। तुमने मुझे मेरी काबिलियत का अहसास कराया है। हम दोनों मिलकर एक बार फिर कोशिश करेंगे। मैं जानता हूँ जिंदगी खूबसूरत होगी। बिल्कुल तुम्हारी तरह।''

कनिका की बातों से जो हौसला मिला उसने एक बार फिर जीवन जीने का नज़रिया बदल दिया। कनिका जैसी हमसफर के साथ मैं सौ बार भी गिरकर ऊपर उठ सकता था।

करीब हफ्ते भर बाद टोनी का फोन आया। उसने मुझे मिलने के लिए चांदनी–चौक रेलवे स्टेशन बुलाया। वह एक जरूरी बात करना चाहता था। वक्त पर मैं वहां पहुँच गया। वह वहां पहले से ही मौजूद था। यह वही जगह थी जहां वह बच्चों के साथ अपने पुराने दिन गुजारता था। वह उस जगह को ध्यान से देखकर हल्की मुस्कान के साथ हँस रहा था। मेरे वहां पहुंचने की आहट से उसने मेरी ओर पलटकर देखा और बोला, ''आओ मि0 राज आनंद। मेरे पुराने घर में आपका स्वागत है। आने में कोई तकलीफ तो नहीं हुई आपको।''

''मुझे यहां क्यों बुलाया है टोनी? जल्दी बोलो।''

''इतनी भी क्या जल्दी है राज साहब? बैठकर बात करते हैं न। यहां आते ही बचपन वाली पुरानी यादें ताजा हो गईं। पहले तो आप यहां घण्टों बैठते थे और हम जैसे लावारिश बच्चों को उपदेश देते थे और आज आपको यहां से जाने की जल्दी है।''

''मुद्दे की बात करो टोनी। इन सब बातों के लिए मेरे पास वक्त नहीं है। मुझे यहां क्यों बुलाया है, जल्दी बताओ?''

"शिष्य अपने गुरू को क्यों याद करता है? कुछ मांगने के लिए ही न। इसलिए मैंने भी आपको याद किया है। पर समझ नहीं आ रहा कैसे मांगू? आपने पहले से ही इतना कुछ दिया हुआ है। रुपया–पैसा, इज्जत और नाम, सब आपकी ही देन हैं। अब तो आपसे मांगते हुए भी शर्म आने लगी है।"

"तुम अपनी ये प्रेमगाथा बंद करो और साफ–साफ बोलो बात क्या है?"

"आप जल्दी बहुत करते हो राज साहब। जल्दी–जल्दी हमें पढ़ाया–लिखाया और व्यापार सिखाया। जल्दी से हमें आसमान की ऊंचाईयों पर बैठा दिया। कुछ तो सोच–समझकर तसल्ली में काम किया करो। मैं तो आपके भले की ही कह रहा हूँ। जल्दबाजी में आप धोखा खा जाते हो।"

"मैं जा रहा हूँ टोनी। मेरे पास वक्त नहीं है।"

"अरे! अरे! रुको राज साहब। आप पूरी बात सुने बगैर कैसे जा सकते हो? चलो ठीक है। मुद्दे पर आते हैं। वैसे तो आपने इस नाचीज़ को बहुत कुछ दिया है। पर अंत में एक उपकार और कर दो। मैं आपका यह अंतिम अहसान जिंदगी भर नहीं भूलूंगा, पर राज साहब मुझे लगता है कि तुम बुरा मान जाओगे। मैं जो मांगने वाला हूँ वो चीज अपने आप में नायाब है, पर आपको इसके बदले में बहुत कुछ मिलेगा। यह आपकी सोच से भी परे होगा। कंपनी के मैनेजमेंट में तुम्हारी जगह, दिल्ली में एक बड़ा बंगला, कार और एक ब्लैंक चैक, जिस पर तुम जितनी चाहो उतनी रकम भर सकते हो। आप भी हैरान होंगे न राज साहब कि टोनी मुझे ये सब दे रहा है और मेरे पास ऐसा क्या है जिसकी कीमत इतनी बड़ी हो सकती है?"

"तुम साफ–साफ बोलो टोनी तुम्हें क्या चाहिए?"

"राज साहब मुझे कनिका चाहिए।"

"क्या?"

"हां, मुझे वो अच्छी लगती है। आप उसे मेरे लिए छोड़ दो। बदले में जितनी चाहो उतनी दौलत ले सकते हो।"

''तुम अपनी गंदी जुबान से उसका नाम मत लो। औकात में रहकर बोलो टोनी। तुम्हे पता भी है कि तुम क्या बोल रहे हो?''

''मै क्या करूं साहब? समझाने की कौशिश करता हूँ पर ये दिल नहीं मानता। मैं कनिका को बहुत चाहता हूँ। मेरी भी एक अजीब कहानी है। मैं तो प्यार के बारे में कुछ जानता ही नहीं था। पर यह तब की बात है जब सारे बच्चों के साथ आप मुझे पहली बार घर लाए थे और मैंने पहली बार उसे देखा था। आप यकीन नहीं करेंगे राज साहब, तेरह साल के इस लौंडे में मैडम को देखते ही जवानी का जोश जाग गया था। पांच साल हो गए हैं राज साहब, ऐसा कोई दिन और कोई लम्हा नहीं है जब मैंने कनिका को याद नहीं किया। हर वक्त उसका चेहरा मेरी आंखों के आगे घूमता रहता है। दिन भर उसकी खूशबू को महसूस करता हूँ और रात भर उसके सपने देखता हूं। वो मेरे सांस लेने का ज़रिया है राज साहब। उसे मेरे लिए छोड़ दो।''

''तुम्हारा दिमाग खराब हो गया है। तुमने मेरे साथ धोखा किया है। कनिका तुम्हें अपने बच्चे की तरह मानती थी। घिन आती है तुम्हारी ऐसी सोच पर।''

''कुछ भी कहो राज साहब, टोनी कनिका का दीवाना है। वो उसकी पहली और आखिरी मोहब्बत है। राज साहब आपने ही तो सिखाया है, जिसे सच्चे दिल से चाहो उसे पाकर रहो। ये टोनी की दीवानगी है, चाहे सही रास्ते पर चलना पड़े या गलत, मंजिल को पाना अब टोनी की आदत बन चुकी है।''

''कितना गलत था मैं जो तुझ जैसे नाली के कीड़े को अपने घर में जगह दी और जीने का तरीका सिखाया।''

''कुछ भी कहो राज साहब अपुन आपका बुरा नहीं मानेगा। आपकी जगह कोई और होता तो अभी तक उसकी गर्दन उसके धड़ से अलग हो गई होती। अपुन आपको सोचने का दो दिन का वक्त देता है। किसी के साथ जबरदस्ती करना अपुन को पसंद नहीं। इसलिए ये दो दिन दिए हैं। अपुन नहीं जानता कि आपका फैसला क्या आएगा? पर दो दिन बाद आपकी किस्मत का फैसला खुद टोनी डिसूज़ा करेगा।''

इतना कहकर टोनी वहां से चला गया। सारी हदों को पार कर उसका राक्षसी रूप चौंका देने वाला था। यह सच था कि अभी उसके पास सब कुछ था और उसके सामने मेरी ताकत बिल्कुल बौनी थी। पर कनिका को बचाने के लिए मैं कुछ भी कर सकता था। किसी भी हद से गुजर सकता था। पर टोनी भी कम न था, वह भी अपनी औकात से कहीं तक भी गिर सकता था। हमें मजबूर बनाने और हम पर जुल्म करने के लिए उसके पास किसी चीज की कमी न थी। उसकी घटिया औकात का घटिया नमूना हमें तब देखने को मिला जब दो दिन बाद हमारे घर पर पुलिस वाले कुछ कागजात लेकर आए और बोले कि यह मकान अवैध है। इस पर टोनी डिसूज़ा का कब्जा है। यह वाकई हमारे होश उड़ने वाला था। हमारे पास मकान के कागज थे, पर वे लोग हमारी सुनने को तैयार न थे। उन्होंने हमारा सामान बाहर फेंक दिया। हम बेघर हो चुके थे। टोनी अभी भी मुझे घुटने टेकने पर मजबूर कर रहा था। पर बुरे वक्त में ही इंसान की परख होती है। हमने दिल्ली हाईकोर्ट में अपने घर पर अवैध कब्जे के खिलाफ केस ठोक दिया। छः महीने चले उस मुकदमे में सच्चाई की जीत हुई। हमें घर वापस मिल गया और उसमें हम दोबारा रहने लगे।

मुझे लगने लगा था कि जिंदगी से संघर्ष करते हुए मैं जीत जाऊंगा। पर यह नहीं पता था कि संघर्ष की वजह ही शून्य में विलीन हो जाएगी। उस साधारण सी शाम ने निर्दयता की सीमा को पार करते हुए अपनी सारी हदें तोड़ दीं। उस समय कनिका गर्भवती थी और मैं पूरे दिन भर रिक्सा चलाने के बाद उसके लिए दवाई लेकर घर आया था। हजारों मुसीबतें होने के बावजूद भी जिस कनिका का मुस्कुराता व आत्मविश्वास बढ़ाने वाला चेहरा मिलता था, वहां खून के गाढ़े लाल धब्बे मिले। चेहरा पसीने से तर हो गया। मैं भगवान से प्रार्थना कर रहा था कि कोई अनहोनी न हो। पर दरवाजा खोलकर देखा तो होश उड़ गए। ज़िंदगी ने पूरी तरह बर्बाद कर दिया था। सामने कनिका व मां की खून से लथपथ लाशें पड़ी थीं, जो उनकी मौत को बेहद भयंकर रूप दे रही थीं। उनके मासूम चेहरे खून से सने होने के कारण अत्यंत भयाभय प्रतीत हो रहे थे। मौत के वक्त उनके तड़पने की दास्तां उनकी मौजूदा हालत

को चीख–चीख कर बयां कर रही थी और दीवारों पर उनके खून के निशां उनकी मौत से जिंदगी के लिए जंग को साफ–साफ दर्शा रहे थे।

मैं फूट–फूट कर रोने लगा। वह बरामदा मेरी उन चीखों से गुंजार उठा। सोचने लगा काश मौत के वक्त मैं उनके पास होता और उन्हे बचा लेता। पर जिंदगी इतनी जल्दी इतना बड़ा धोखा देगी, सोचा न था। मैं मन को समझाने की कोशिश कर रहा था कि काश यह कोई बुरा सपना हो। वह समय पूरी तरह से ठहर गया था। जब कोई अपना बिछड़ता है तो बेइंतिहा दर्द होता है। मैं रोता हुआ मां के रक्तरंजित चेहरे पर नजरें गड़ाए उनके पास जाकर बैठ गया। उनकी कनपटी के मांस के चिथड़े उनके चेहरे पर आ गए थे, जिन्होंने चेहरे पर भयानक सी दिखने वाली लाल परत बना ली थी। उनके बिखरे बाल, जो उनके चेहरे को छुपाने की कोशिश में थे, चेहरा और ज्यादा डरावना बना रहे थे।

एक बेटा अपनी मां की मौत पर इस तरह बैठा हो, वह कुछ न कर पाया हो, इससे बड़ा उसके माथे पर कलंक कोई हो सकता है क्या? इन जरा से लम्हों मे वे सभी यादें ताजा हो गई थीं, जो एक बेटे की मां के साथ जुड़ी होती हैं। ममतामयी भावनाओं ने मुझे चारों ओर से घेर लिया था। बचपन में अंगुली पकड़कर चलने से लेकर जवानी के लाड़–प्यार तक। इस दर्द ने उन सभी यादों को इतना करीब कर दिया था कि वे सभी अच्छी तरह महसूस हो रही थीं। हालाकि वे सब सुकून देने वाली थीं, पर उस समय वे सभी दर्द भरी प्रतीत हो रही थीं।

भूतकाल इतनी बड़ी बर्बादी लेकर आएगा, कभी सोचा न था। आज मां के मृत शरीर को देखकर खुद को इतना छोटा महसूस कर रहा था कि मानो खुद पर लानत महसूस हो रही थी। लानत थी उन फर्जों के लिए जो एक बेटे के हिस्से में मां के लिए होते हैं और वे पूरे न हुए हों।

सोचा था मां के लिए उन खुशियों को तलाशकर लाऊंगा जिनकी वे हकदार थीं। मैं अपनी क्षमताओं को उनके सामने सिद्ध करना चाहता था। उन्हें और करीब से जानना चाहता था। आज मन पश्चाताप से इसलिए भी भरा था कि मैं उनके आखिरी वक्त में उनसे लिपटकर रो न सका। उनके प्यार और काबिलियत को दुनिया के सामने लाना

चाहता था। एक सच्ची मां होने के नाते उन्होंने मुझे पश्चाताप के उस गहरे समुद्र में डुबो दिया था जिसका दूर–दूर तक भी अंत न था। आज हालत जहाज के उस पंछी की तरह थी, जिसे किनारे की तलाश हो ताकि वह अपनी मां की चंद इच्छाओं को पूरा कर सके। पर उस किनारे ने अपना बजूद ही खो दिया था। उसके दूर–दूर तक भी निशां न थे। मैं बुरी तरह तड़प रहा था कि आखिर ये सब कैसे हो गया?

आज इस बेटे को पश्चाताप इसलिए भी हो रहा था कि वह अपनी मां के रहते अपनी काबिलियत नहीं दिखा सका। क्या–क्या सपने सजाए थे? सोचा था कि मां के सामने अपने आपको सिद्ध करने के लिए अभी तो बहुत वक्त है। मां ने उसकी प्रतिभा का तो बस एक छोटा सा नजारा देखा है। अभी पूरी जिंदगी पड़ी है, पूरी दास्तां सुनाने को। पर दुःख था कि अब यह दास्तां भी अधूरी रह जाएगी।

मां की मौत से सबसे ज्यादा दुःख इस बात से भी हो रहा था कि पिताजी की अस्थियां अभी भी घर में ही रखी हुई थीं और मां चाहती थीं कि हम दोनों साथ जाकर उन्हें हरिद्वार में बहाएं। वे अक्सर पिताजी की अस्थियों वाले मटके को हाथ में लेकर खोई हुई सी कुछ सोचती रहती थीं। पर कितना बदनसीब निकला मैं कि उनकी यह इच्छा भी पूरी न कर पाया।

मां की इच्छा थी कि वे जीवन में एक बार चार धाम यात्रा जरूर जाएं। यह यात्रा वे अपने बेटे और बहु दोनों के साथ करना चाहती थीं। अगर वे ऐसा कर पातीं तो मन को कितनी तसल्ली मिलती। पर अब सब कुछ खत्म हो चुका था। मां कनिका को बहुत प्यार करती थीं। वे अक्सर कहती रहती थीं कि पिछले जन्म में उन्होंने निश्चित ही पुण्य कर्म किए होंगे जो उन्हें इतनी अच्छी बहु मिली। वे मुझसे कहती रहती थीं कि कनिका को हमेशा खुश रखना, उसपे जरा भी आंच न आने पाए। उसे कभी ऐसी बात मत बोलना जिससे उसकी आंखों में आंसू आ जाएं। मां अक्सर कहती थीं कि वैसे तो वह हर हालात से खुद लड़ सकती है, पर वह तेरे बगैर अधूरी है। बेटा अगर कभी उसे दुःख होगा तो मुझे भी परेशानी होगी। मरने के बाद भी मेरी नजरें तुम्हारे प्यार पर रहेंगी।

चाहे कुछ भी करना पड़े, चाहे किसी भी हद से गुजरना पड़े पर दुःख का साया उसके आस–पास भी न भटकने देना।

समय का विनाश रुकने का नाम नहीं ले रहा था। कनिका की रक्तरंजित काया बरामदे के एक कोने में पड़ी हुई थी। जिस कनिका के चेहरे पर प्यार व सुकून के मामूली से अच्छे बुरे जज्बात देखने को मिलते थे, आज वो चेहरा खून से लथ–पथ था। ज़िंदगी खत्म होकर अपने परिवार से बिछड़ने का डर उसके चेहरे पे साफ नजर आ रहा था। मानो उसके सपनों का ताजमहल भाग्य के एक जरा से झटके से ही टूट गया हो। उसके चेहरे पर अनेकों भाव नजर आ रहे थे। वह सवाल कर रही थी कि यह क्या हो गया? उसकी जिंदगी इस तरह कैसे अधूरी रह सकती है? भगवान उसके साथ इतना बड़ा धोखा कैसे कर सकता है?

उस समय उसके हाथ में एक पत्र था, जिस पर जगह–जगह खून के धब्बे लगे थे। उसका पूरा शरीर छलनी हुआ पड़ा था। उसे बेतहाशा दर्द हो रहा था, पर फिर भी एक पेपर और पेन लेकर उसने यह पत्र लिखा। उसे पता था वह नहीं बचने वाली, इसलिए वह ढेर सारे अरमानों को साथ लिए नहीं मरना चाहती थी। वह लिखती है कि, ''मै जानती हूँ, जब आप यहां होंगे तो इस शरीर में सांसे नहीं होंगी, पर कितना अच्छा होता कि इन अंतिम पलों में आप मेरे साथ होते और आपसे चंद बातें हो पातीं। मुझे जिंदगी से कोई शिकवा नहीं होता अगर मेरा ये आखिरी वक्त आपकी बांहो में गुजरता। मैं आपसे दिल खोलकर बातें करना चाहती थी, पर क्या करती किस्मत ने धोखा दे दिया और इस पत्र में ही अपने अरमानों को समेटकर रह गई। मैं आपसे उस प्यार के लिए माफी चाहती हूँ जो मैं आपसे करती तो थी पर वह मेरे अंदर ही रह गया। यह सच था कि शादी के शुरुआती दिनों में मैं कुछ खोई–खाई सी रहती थी, पर जल्द ही आपके स्वभाव ने मुझे जीत लिया। आप मेरी जिंदगी के सूपर–हीरो हो। मुझे लगता था कि शाहरुख खान की दीवानगी मेरे सिर से कभी नहीं उतरेगी। पर मैं गलत थी। मेरे असली सूपर–स्टार तो आप ही हो। आपके सामने शाहरुख खान में वो बात कहां। काश मेरे पास वक्त होता और मैं यह सब आपके सामने ज़ाहिर कर पाती।

मेरा डॉक्टर बनने का सपना भी सपना ही रहा गया। तमन्ना थी कि आपके साथ मैं अपने इस ख्वाब को पूरा करूँ। मैंने सपना देखा था कि आपके नाम से एक बहुत बड़ा हॉस्पिटल होगा, जिसमें गरीब लोगों का मुफ्त में इलाज किया जाएगा। मैं जानती हूँ कि आपके साथ इस सपने को पूरा करके जिंदगी बेहद प्यारी होगी, पर पता नहीं भगवान इतना निर्दयी क्यों है?

मैं चाहती हूं आप एक नई जिंदगी शुरू करें। क्या हुआ जो मैं इस दुनिया में नहीं? पर मेरे प्यार की खुशबू हमेशा ही आपके आस–पास रहेगी। मेरा शरीर आपसे जुदा जरूर होगा पर मेरी रूह को आप हमेशा महसूस करेंगे। आपको प्यार करने को ये जन्म तो क्या सात जन्म भी थोड़े हैं और अंत में माफी मांगना चाहती हूँ मेरे द्वारा ली गईं उन सांसो के लिए जो मैंने उस ज़ालिम टोनी से हुए बलात्कार के बाद लीं। मैं अंतिम वक्त में आपसे मिलना चाहती थी। पर इस अपवित्र शरीर के साथ एक–एक लम्हा असहनीय प्रतीत हो रहा है। इसलिए मैं जा रही हूँ। हमेशा–हमेशा के लिए....अलविदा।''

कनिका की अंतिम सांसों के साथ उस पत्र का भी अंत हुआ। शरीर आग का गोला बनकर फटने को तैयार था। इसमें इस कदर दर्द था कि सांस लेना भी मुश्किल हो रहा था। शरीर की इस जलन को अब बस टोनी की मौत ही शांत कर सकती थी। पर उसे मारने के लिए जल्दबाजी करना, खुद मौत को गले लगाना था। मैंने मां और कनिका का दाह संस्कार किया। लग रहा था कि उनकी जलती लाशें बदले की पुकार कर रही हैं। उनकी चीखें वातावरण को चीरती हुईं आसमां में विलीन होती जा रही थीं। मन को शांत किया और टोनी की मौत को मूर्त रूप देने के लिए हथियारों के बाज़ार जा पहुंचा। जिंदगी में सोचा भी न था कि इस तरह का कदम भी उठाना पड़ेगा। पर इसमें हजारों मोड़ आते हैं और हमें जरूरत के हिसाब से अपना रास्ता चुनना पड़ता है।

मैंने एक पुराना सा दिखने वाला पिस्तौल खरीदा। टोनी को फोन किया और उसे मिलने के लिए घर बुलाया। न जाने वह कैसे मान गया? करीब एक घण्टे में बंदूकधारी चार लोगों के साथ वह आ गया। वह मेरे

पास आकर बैठ गया और बोला, "देखो राज साहब मैंने आपको समझाया था। मेरी कोई दुश्मनी नहीं थी आपसे। मैंने कहा था कि कनिका को मेरे लिए छोड़ दो। सब कुछ ठीक रहता। तुम्हें कंपनी में सम्मानजनक जगह मिलती। पैसा, गाड़ी और बंगला, सब कुछ मिलता। साथ में आपकी पत्नि और मां भी बची रहतीं। मैंने आपको मजबूरी बताई थी कि मैं कनिका के बगैर नहीं रह सकता। उसका गठीला वदन, गुलाबी होठ और नशीली आंखें मेरी रातों की नींद उड़ाते थे और राज साहब मेरी नींद उड़ाकर आप चैन की नींद सो रहे थे। यह सब आपका ही करा–धरा है। अगर आपने दिमाग से काम लिया होता तो इतना खून–खराबा नहीं होता। ये जो तुम दीवारें देख रहे हो न, ये खून से इस तरह लाल न होतीं। उस दिन मुझे पता लगा कि तुम घर से बाहर हो। जिस सौदे का प्रस्ताव मैंने तुम्हारे सामने रखा, वही कनिका के सामने भी रखा। वह बुरी तरह बिगड़ गई। बिल्कुल एक आदमखोर भूखी शेरनी की तरह। पर गुस्से में वह और भी खूबसूरत लग रही थी। मैं अपने आपको संभाल नहीं पाया। उसके जिस्म की चाहत के लिए मेरा पहला स्पर्श कमाल का था। पर वह बुरी तरह रोने लगी। मैं उसे लगातार समझा रहा था, पर वह मानने को तैयार न थी। मैं जबरदस्ती कैसे न करता? ऊपर से कबाब में हड्डी बनकर तुम्हारी मां बीच में आ गई। नाक में दम करने वाली इतनी सारी चीजें बर्दाश्त से बाहर हो रही थीं। मेरे मन की प्यास क्या मांग रही थी और मुझे क्या मिलता जा रहा था? मेरा खून खौलने लगा। मुझे एक जंगली कनिका की तलाश थी और वह डरी–सहमी सी माफी की गुहार लगा रही थी, फिर वह बुढ़िया भी लगातार मेरा विरोध करती जा रही थी। यहां तक कि उसने मेरे सिर पर लोहे की एक रोड तक मार दी। सब कुछ बर्दाश्त से बाहर होता गया। राज साहब टोनी का गुस्सा मतलब मौत की दस्तक। मैंने बुढ़िया को इतनी दर्दनाम मौत दी न, कि मौत भी कांप उठी होगी। अब मेरे और कनिका के बीच में कोई नहीं था। वहां मौजूद हवा भी नहीं। पर उसने मेरे साथ मार–पिटाई शुरू कर दी। मैं उसे समझाए जा रहा था पर वह मानने को तैयार ही नहीं थी। एक बार फिर मेरे हौसले ने जबाव दे दिया। मैं उसे तब तक मारता रहा जब तक कि वह अधमरी हालत में न पहुंच गई। वह अपनी इस

हालत की खुद जिम्मेदार थी। मैंने अपने जिस्म की भूख उसकी उसी हालत के रहते मिटाई, पर मैंने उसे जान से नहीं मारा था। लगता है वह कुछ ज्यादा ही पतिव्रता निकली, शायद उसने अपने आपको खुद ही मार लिया होगा। देखो राज साहब जो हुआ उसे भूल जाओ। मैं अपनी गलती मानता हूँ और आपको भी गलती सुधारने का मौका देता हूँ। मैं 'टोनी डिसूजा कंपनी' में आज भी बांहे फैलाए आपका स्वागत करता हूँ। लाओ हाथ आगे करो, एक बार हम फिर से दोस्ती का हाथ मिलाते हैं। हमारी यह दोस्ती इस बार और भी ज्यादा तहलका मचाएगी। क्यों क्या कहते हो?"

टोनी ने अपना मुह बंद किया। कुछ पलों के लिए वहां सन्नाटा सा छा गया। उसके साथ आए सिक्यूरिटी–गार्ड्स भी उसकी बातों को सुनकर भौचक्के से खड़े थे। वहां जरा भी आहट न थी। टोनी का हाथ अभी भी आगे बढ़ा हुआ था। मेरे सीने की जलन अपने चरम पर पहुंच गई। मैंने अपना पिस्तौल वाला हाथ आगे बढ़ाया और उसके सीने में पिस्तौल की सारी छः गोलियां उतार दीं। वह बिना कुछ बोले एक ओर को गिर गया। इस घटना को देखकर वहां मौजूद चारों गार्ड्स ने मुझ पर बंदूकें तान लीं। मुझे लगा वे मेरे शरीर को छलनी कर देंगे। पर ऐसा नहीं हुआ और कुछ ही समय में उन्होंने अपनी बंदूकें नीचे कर लीं व नीचे सिर झुकाकर खड़े हो गए। मै वहां से चुपचाप निकल आया।

अब दिल में दर्द होते हुए भी सुकून था। अब जीने का कोई मकसद तो नहीं बचा था, फिर भी चंद बची सांसों के साथ मां, पापा व कनिका की अस्थियां लेकर हरिद्वार आ गया और उन्हें गंगा के सुपुर्द कर दिया। पास के बस स्टेशन पर जाकर सुध–बुध खोए एक बेंच पर जाकर लेट गया और आने वाली जिंदगी के बारे में सोचने लगा। इसी सोच–विचार में कब आंख लग गई, पता ही नहीं चला?

अध्याय—६

शाम छः बजे एक भीड़ की बुदबुदाहट से नींद खुल गई। करीब बीस—पच्चीस लोगों की भीड़ सामने लगे टी.वी. स्क्रीन को घेरे हुई थी। चबूतरे से उठा और उस विशेष समाचार को देखने लगा, जिसमें तीन खूंखार चोरों के बारे में बताया जा रहा था। इन तीन चोरों ने हरिद्वार और देहरादून में काफी आतंक फैला रखा था। बड़ी से बड़ी डकैती के कारनामे उनके नाम थे। सारे लोग उनसे परेशान थे। पुलिस ने एक बड़ी बैंक रॉबरी के वक्त उन्हें पकड़ा था और अब कल सुबह चार बजे उन्हें हरिद्वार जेल से तिहाड़ जेल, दिल्ली के लिए भेजा जाना था।

खबर खत्म हुई, साथ ही वहां मौजूद भीड़ भी। मैं फिर से उसी चबूतरे पर आकर बैठ गया। रात के दस बजे होंगे। नींद आस—पास भी न थी। मन न जाने क्यों उस टी.वी. स्क्रीन पर चल रही घटना में जिंदगी के नए सफर की शुरुआत ढूंढ रहा था? यह सही था या गलत, मैं नहीं जानता था पर एक बार जिंदगी में विश्वास, रिश्तों और आस की धज्जियां उड़ जाने के बाद सही और गलत मायने नहीं रखता। पर हां दिमाग में एक ही बात चल रही थी कि उन चोरों को पुलिस की कस्टडी से छुड़ाना है। यह वाकई मजेदार होगा और सब कुछ ठीक—ठाक रहा तो जिंदगी की बाकी की दौड़ उन चोरों के साथ दौड़ी जाएगी।

एक झटके के साथ उस चबूतरे से उठा। जेब खंगाली तो मात्र पचास रुपये निकले। शायद काफी थे। उन पैसों से बारूद खरीदी और एक गजब की तरकीब के साथ सुबह के इंतजार में फिर से उसी चबूतरे पर आकर लेट गया।

ठीक तीन बजे अचानक आंख खुली। काम को अंजाम देने का वक्त हो चुका था। बारूद के उस थैले के साथ उस रास्ते पर पहुंचा, जहां से उन चोरों की वैन गुजरने वाली थी। अपनी योजना के तहत कुल्हाड़ी से उस रास्ते पर एक मोटा सा पेड़ काटकर गिरा दिया, फिर उसी पेड़ के पास वाली एक झाड़ी के पीछे वैन रुकने का इंतजार करने लगा।

समय पर वैन आई। सब कुछ ठीक–ठाक था। पेड़ गिरा होने के कारण वैन पेड़ के पास आकर रुक गई। पुलिस के एक आदमी ने स्थिति का जायज़ा लिया। उस पुलिस वाले ने हथकड़ी लगे उन तीनों चोरों को वैन से उतारा और पेड़ को हटाने का आदेश दिया। शायद और कोई चारा भी न था। सब योजना के मुताबिक चल रहा था। उन तीन चोरों के साथ पुलिस के चार सिपाही भी उस पेड़ को हटाने की कोशिश में लग गए। योजना को अंतिम रूप देने का समय आ गया था। मैंने गहरी सांस ली। बारूद के उस थैले में आग लगाकर उस वैन के पास फेंक दिया। एक धमाका हुआ, तेज धमाका। चारों ओर लाली छा गई, धुएं ने पूरे वातावरण को अपनी गिरफ्त में कर लिया। पुलिस वाले कुछ न समझे थे, पर चोरों के पास वहां से भागने का अच्छा मौका था। मैंने उन्हें एक इशारे के साथ वहां से भागने को कहा। वे सब कुछ समझ गए और हम लोग दूर जंगल में जाकर छुप गए।

हम चारों लोग वन के रास्ते देहरादून के घने जंगलों में पहुंचे, जहां एक रहस्यमयी जगह पर उनके रुकने का ठिकाना था। उसके बारे में शायद कोई न जानता होगा। उन तीनों ने मुझे गले लगाकर धन्यवाद दिया और उनके साथ एक नई जिंदगी की शुरुआत के लिए स्वागत किया।

हम एक दूसरे को अच्छी तरह जान लेना चाहते थे। उन तीनों के नाम जोसफ, जावेद और अंशुमन थे। जोसफ एक पतले और लम्बे कद का ईसाई लड़का था। उम्र यही कोई तीस–बत्तीस वर्ष होगी। मासूमियत और शांति सिर्फ चेहरे से झलकती थी, अंदर तो आग की ऊंची–ऊंची लपटें थीं। यह शख्स दुनिया को जीतने के लिए कुछ भी कर सकता था। आंखों में बड़े–बड़े सपने और दिल में जुनून लिए यह शख्स एक बड़ी सोच के साथ उन दोनों लोगों के साथ अपनी जिंदगी गुजार रहा था।

समाज में कोई भी शख्स किसी गलत राह पर यूं ही नहीं चल देता। उस पर चलने का कोई विकराल कारण होता है। जोसफ के पापा इंडियन आर्मी के चीफ थे। शहर में उनकी इज्जत थी, उनके परिवार के बारे में हर कोई जानता था। वे चण्डीगढ़ शहर के काफी प्रतिष्ठित व्यक्ति थे। घर में मम्मी–पापा के अलावा एक छोटी बहन भी थी। बहन पढ़ाई कर रही थी और मां एक कुशल ग्रहणी थीं। जोसफ ने शहर में ही कम्प्यूटर बेचने का बिज़नेस कर रखा था। उसे जिंदगी काफी आशाओं से भरी प्रतीत होती।

इतनी खूबसूरत जिंदगी ने विनाश का रूप ले लिया। जो सब कुछ ठीक–ठाक चल रहा था अब वह बर्बादी की ओर जा पहुंचा। जोसफ के पापा जॉन साहब के साथ एक घटना घटी, जिससे उनकी जिंदगी पूरी तरह से बर्बाद हो गई। उन दिनों कश्मीर–घाटी में आतंकवादी हमले चल रहे थे। जॉन साहब को सौ लोगों की फोर्स के साथ कश्मीर बुला लिया गया। उन्होंने वहां अपनी समझदारी व हिम्मत का परिचय दिया और महीना भर तक सुरक्षा व्यवस्था बनाए रखी। सब कुछ शांत हो गया। जॉन साहब ने निर्णय लिया कि उन्हें अपनी फोर्स के साथ वापस लौट जाना चाहिए। अभी कश्मीर छोड़ भी न पाए होंगे कि एक बहुत बड़ी योजना के तहत आतंकवादियों ने कश्मीर पर फिर हमला कर दिया। सारी सैना को उल्टे पांव वापस बॉर्डर पर जाना पड़ा। देखा कि बॉर्डर पर लगातार गोलियां चल रही हैं। इतना बड़ा हमला इतिहास में शायद पहली बार हुआ होगा। जॉन साहब भी पीछे हटने वाले कहां थे। उन्होंने पूरी सेना के साथ आतंकवादी लोगों को पीछे हटने पर मजबूर कर दिया। पर हकीकत तो यह थी कि इस भिड़ंत में दोनों ओर से लोग मारे जा रहे थे। इंडियन आर्मी के अब मुट्ठी भर लोग बचे थे।

जॉन साहब जान चुके थे कि अब मौत निश्चित है और इस मौत को उन्होंने वीरता से स्वीकार करने का फैसला किया। समय अपना भयंकर रूप दिखा रहा था, अब वह समय भी आया जब जॉन साहब ने पीछे मुड़कर देखा तो उन्हें कोई नजर नहीं आया और सामने भीड़ नजर आ रही थी। जॉन साहब ने हिम्मत नहीं हारी। सारे आतंकवादियों का

डटकर सामना किया, अपनी योग्यता के दम पर एक–एक आतंकवादी को मार गिराया।

मौत नसीब में नहीं थी, इसलिए मिली नहीं। जॉन साहब पहाड़ की एक तलहटी में जा गिरे, जहां एक नदी बह रही थी। वे दो दिन तक अधमरी हालत में नदी के किनारे पर पड़े रहे। मौत अभी भी चारों ओर से दस्तक दे रही थी। पर जॉन साहब का देशप्रेम उसे भी हराने की लगातार कोशिश कर रहा था। अंत में जीत जॉन साहब की ही हुई।

परिस्थितियों से लड़ते हुए जॉन साहब आर्मी–हेडक्वार्टर पहंचे। वहां जाकर देखा तो उनके होश उड़ गए। सब लोग उन्हें हैरानी से देख रहे थे। उन्हें बिना कोई कारण बताए पुलिस ने गिरफ्तार कर लिया। उन्होंने उस झमेले के बारे में पूछने की कोशिश की पर उन्हें कुछ नहीं बताया गया। परिवार को इसकी सूचना मिली, वे उनसे मिलने पहुंचे और उन्हें सारी घटना बताई। घटना सुनकर जॉन साहब के पैरों तले से जमीन खिसक गई। सच्चाई यह थी कि आर्मी हेडक्वार्टर के साथ पूरे देश में यह गलतफहमी फैली हुई थी कि जॉन साहब उन आतंकवादियों से मिले हुए थे। वे जानकर आर्मी के कम जवानों को कश्मीर ले गए। आतंकवादियों ने पूरी आर्मी को मार दिया और उन्हें छोड़ दिया। यह खबर मीडिया में खुद आतंकवादियों ने फैलाई थी। शायद देश में फूट डालने के लिए। पर सच्चाई सिर्फ जॉन साहब ही जानते थे, या उनका परिवार।

इस घटना ने जॉन साहब और उनके परिवार को बर्बाद कर दिया। लोगों ने उनके घर पर पत्थर फेंके। जोसफ की कम्प्यूटर शॉप में आग लगा दी। जोसफ ने अपने पिता को जेल से निकालने और उन्हे निर्दोष साबित करने के लिए कोर्ट में केस ठोक दिया। करीब छः महीने तक चले केस में सच्चाई की जीत हुई। अब जॉन साहब को उम्मीद थी कि वे फिर से आर्मी जॉइन कर पाऐंगे, पर ऐसा नहीं हो पाया। उनकी वर्दी छीन ली गई और उन्हें आम जिंदगी जीने के लिए छोड़ दिया गया।

अब जिंदगी काफी बदल चुकी थी। जोसफ ने कम्प्यूटर का बिजनेस शुरू करने के लिए जो कर्ज लिया था, अब वह चुकाना

बाकी था और अगर वे उसे जल्द ही जमा नहीं करते तो वे उसके बोझ से इतना दब जाते कि कभी निकल नहीं पाते। इससे बचने का अब केवल एक ही रास्ता था–घर बेचकर उसे चुकाने का। ऐसा ही हुआ, उन्हें घर बेचकर कर्जा चुकाना पड़ा। अब जोसफ अपने परिवार के साथ बिल्कुल बेघर हो चुका था। वे सब रुड़की चले गए और वहां जाकर किराए के एक छोटे से घर में रहने लगे। वहां रहते हुए जोसफ ने घर का खर्च चलाने के लिए एक फैक्ट्री में काम करना शुरू कर दिया। पर किस्मत शायद इससे भी राजी न थी। उस आतंकवादी घटना और अपनी वर्दी छिनने के गम से जॉन साहब का मानसिक संतुलन बिगड़ गया। वे अजीब–अजीब सी हरकतें करने लगे। पर स्थिति ने अपनी सीमा को लांघते हुए विनाश की ओर कदम बढ़ा दिया। जॉन साहब का बिगड़ा हुआ मानसिक संतुलन पागलपन की हद को भी पार कर गया। कभी वे चुपचाप कहीं खोए रहते और कभी भड़ककर अपने आप में ही बड़बड़ाते रहते। उन्हें चीजों का आभास होना खत्म हो गया था।

उस शाम तो जोसफ पर मानो आकाश की टूट पड़ा जब जॉन साहब सुधबुध खोए घर से बाहर सड़क पर आ गए और एक ट्रक के साथ हुई टक्कर में मारे गए। पर यह समय हिम्मत खोने का नहीं बल्कि हिम्मत से काम लेकर अपनी मां और बहन की देखभाल करने का था। जोसफ अभी भी फैक्ट्री में लगातार काम कर रहा था जिससे घर का किराया चल जाता और दो वक्त की रोटी खाने को मिल जाती। उस पर जो जिम्मेदारियां थीं वह उस काम से उन्हें कभी भी पूरी नहीं कर पाता। सबसे बड़ी जिम्मेदारी थी बहन की शादी की, जो उसे समय के साथ थोड़ा–थोड़ा करके निगलती जा रही थी। जोसफ को अब विश्वास होने लगा था कि वह मेहनत और ईमानदारी से पेट भरने के अलावा कुछ नहीं कर सकता। उसने ठान लिया कि उसे कुछ अलग करना ही होगा ताकि वह अपनी बहन की शादी कर सके और एक साधारण सी रात, अपनी मां और बहन को बिना बताए घर से भाग आया और साथ ही एक चिट्ठी छोड़ आया, जिसमें लिखा था कि वह जल्द ही लौटेगा। उसकी मां और बहन को उसका इंतजार करना चाहिए।

जोसफ ने अपनी कहानी को विराम दिया। उसे घर से भागे करीब छः महीने हो गए हैं। आज वह दून–टाइगर्स का एक हिस्सा है। वह जल्द ही घर वापस जाएगा। वह जानता है कि उसकी मां और बहन उससे नाराज होंगे, पर यह ज्यादा दिन तक नहीं चलेगा। वह जल्द ही उन्हें मना लेगा और सब कुछ ठीक–ठाक हो जाएगा। यह जोसफ की दर्द भरी दास्तां थी। कहानी सुनकर मेरा दिल भर आया और ईश्वर से प्रार्थना की कि वह जल्द ही अपने घर लौट जाए।

उनमें दूसरे व्यक्ति का नाम जावेद था। वह ऊंचे कद और भारी शरीर का एक मुसलमान व्यक्ति था और दून टाइगर्स का सरदार। वह उत्तर प्रदेश के मुरादाबाद शहर का रहने वाला था। उम्र यही कोई चालीस साल। जावेद के जीवन की कहानी भी कम रोमांचक न थी। एक साधारण छात्र अपने जीवन में डॉक्टर, इंजीनियर, पायलेट या फिर टीचर बनने की आशा रखता है। पर जावेद मियां को इनमें से कुछ भी पसंद नहीं था। उसे पढ़ाई–लिखाई ही पसंद न थी। क्लाश में टीचर ब्लैक–बोर्ड पर पढ़ाता और इन जनाब की नजरें खिड़की के बाहर रोड पर रहतीं। इसलिए वह रोजाना किसी न किसी टीचर से पिटता रहता और इस मार को वह किस तरह बर्दाश्त करता, यह सिर्फ जावेद खान ही जानता था। वह अक्सर सोचता रहता कि यह पिटाई वह सिर्फ इसलिए बर्दाश्त कर रहा है क्योंकि अभी वह छोटा है। उसने तीसरी कक्षा में ही उन टीचर्स की लिस्ट बना ली थी जो उसे सबसे ज्यादा मारते थे। वह उस लिस्ट को हमेशा पास में ही रखता था और सोचता रहता था कि वह जल्द ही बड़ा हो जाए ताकि अपना बदला ले सके।

जिस बच्चे की सोच ही ऐसी हो वह स्कूल में कितने दिनों तक टिक पाता। अपने टीचर्स को दुश्मन समझने वाले जावेद खान ने पांचवीं के बाद पढ़ाई छोड़ने का निश्चय कर लिया। फिर क्या था? एक साधारण से दिन वह किताबों के बैग में कुछ पत्थर रखकर ले गया। उसे सबसे ज्यादा परेशान करने वाले टीचर का पीरियड आया। बाकी दिनों की अपेक्षा उस दिन जावेद के शरीर में कुछ ज्यादा ही बेचैनी थी। वह टीचर क्लाश में आकर चुपचाप पढ़ाने लगा। जावेद ब्लैक–बोर्ड पर लिखे अक्षरों

की अपेक्षा उस टीचर का चेहरा देख रहा था, जिसे कुछ ही समय बाद खून से लाल हो जाना था।

पीरियड खत्म हुआ, टीचर मुस्कुराता हुआ कमरे से बाहर जाने लगा। अभी वह कमरे का दरवाजा भी पार न कर पाया था कि जावेद के हाथ से एक पत्थर छूटा, वह भी अचूक निशाने के साथ। पत्थर टीचर के सिर पर जा लगा। उसका चेहरा खून से लथपथ हो गया। वह टीचर वहीं बेहोश होकर गिर गया। एक साधारण सी प्रक्रिया से उसी समय जावेद का नाम काट दिया। जावेद के पिता इकबाल खां अब समझ चुके थे कि उनके कहने का जावेद पर अब कोई असर नहीं होने वाला। अब तो केवल एक ही रास्ता था कि घर पर ही सही तालीम देकर बेटे को बिज़नेस के काबिल बनाया जाए।

समय बीतता जा रहा था। अब जावेद अट्ठाइस वर्षीय नौजवान था। पिता को बेटे से ढेर सारी उम्मीदें थीं और वैसे भी इकबाल मियां अब बूढ़े हो चुके थे, उन्हें कारोबार में जावेद की जरूरत थी। बेटे की पढ़ाई को वे सालों पहले ही भुला चुके थे, अब तो बस एक ही उम्मीद थी कि जावेद अपने अतीत को भूलकर नए तरीके से जीवन को जी सके।

इकबाल साहब का पीतल के बर्तन बनाने का कारखाना था, जिससे काफी अच्छी आमदनी हो रही थी। उन्होंने जावेद को फैक्ट्री ले जाना शुरू कर दिया। जावेद जल्द ही कामकाज में काफी कुशल हो गया, जिससे इकबाल साहब के कंधे का बोझ काफी हद तक हल्का हो गया था। जावेद आंतरिक रूप से भी बदल चुका था, यह कहना तो मुश्किल था, पर हां वह रोजाना सुबह नौ बजे फैक्ट्री चला जाता और शाम को सात बजे ही आता। इस बीच वह काफी मेहनत करता, यहां तक कि कंपनी का करोबार भी लगातार बढ़ता जा रहा था। जिंदगी बड़ी प्यारी थी क्योंकि यह विभिन्नताओं से भरी थी, इसमें खुदा भी उनकी मदद कर रहा था।

समय सब कुछ बदल देता है। जावेद यह खुद नहीं जानता था कि वास्तव में उसे जिंदगी में क्या करना है? पर वह ऐसी जिंदगी नहीं चाहता था, जैसी अभी वह जी रहा था। यह इज्जत, शोहरत और पहचान

सब उसे दीमक की तरह लगते थे जो उसे अंदर ही अंदर खोखला करते जा रहे थे। वह इस नीरस जिंदगी से दूर जाकर रोमांचक जिंदगी जीना चाहता था, वह खुद जावेद खान की जिंदगी जीना चाहता था।

रात के ग्यारह बजे थे। जावेद थियेटर से पिक्चर देख कर आ रहा था। वह एक साधारण सी रात थी, पर उसकी आने वाली जिंदगी की कहानी वहीं से लिखनी शुरू हो गई। जावेद को रास्ते में बेहोशी की हालत में दो आदमी मिले। पहले तो उसने उन्हें नज़रअंदाज़ किया पर बाद में सोचा उनकी मदद करनी चाहिए। उन दोनों की जेब से मिले पहचानपत्र में लिखे पते पर जावेद ने उन दोनों को पहुंचा दिया। घर पंहुचते ही दोनों को होश आ गया। उन्होंने जावेद से रात वहीं गुजारने के लिए बोला। जावेद भी आसानी से मान गया। जावेद ने उन दोनों से ढेर सारी बातें कीं। लगा वे पुराने दोस्त हों।

उन दोनों ने जावेद को एक अलग तरह का बिज़नेस करने और ढेर सारा पैसा कमाने के बारे में बताया। जावेद को उसकी उदास जिंदगी में कुछ नया होता नजर आ रहा था। बिल्कुल वैसा ही जिसकी उसे तलाश अक्सर रहा करती थी। वास्तव में वे लोग ड्रग्स, पिस्तौल, हैण्डग्रेनेड आदि की स्मगलिंग किया करते थे। जावेद को यह काम अच्छा लगा। इसलिए नहीं कि उसमें ढेर सारा पैसा था, बल्कि इसलिए क्योंकि भाई को खतरे पसंद थे और यह काम काफी खतरनाक था। जावेद भाई ऐसी जिंदगी ही तो चाहते थे जहां समय पल–पल नया मोड़ ले लेता हो। कब कहां से गोलियां, तलवारे और चाकू चल जाएं, कुछ पता नहीं? इन कामों से भाई को आंतरिक खुशी मिलती थी।

जावेद का यह काम परिवार वालों से कब तक छुपता? वह तो अपनी दास्तां चीख–चीख कर बयां कर रहा था। अब बात पुलिस तक पहुंच गई। पुलिस के पास जावेद के खिलाफ कई सारे सबूत थे। पर इकबाल साहब के आचरण और उनके प्रतिष्ठित व्यक्ति होने के कारण वे लोग चुप थे। पर पानी सिर से उतरता जा रहा था। पुलिस वालों को मजबूर होना पड़ा था और वह समय आ ही गया जब पुलिस वालों को जावेद के घर हथकड़ी लेकर आना पड़ा। इकबाल साहब जानते थे कि

उनका बेटा गलत रास्ते पर चल रहा है, पर वह उनके हाथों से इतना छूट जाएगा, सोचा न था। पर हकीकत बांहें पसारे खड़ी थी, सब कुछ साफ–साफ था।

जावेद जेल से भाग उठा। पर स्थिति तो बद् से बद्तर तब हो गई जब उसके न मिलने पर पुलिस ने परिवार वालों को परेशान करना शुरू कर दिया। पर जावेद अब इतना आगे आ गया था कि उसका वहां से वापस लौटना मुश्किल लग रहा था। उसके पास बस एक ही रास्ता बचा था, जो उसने अपनाया भी। वह घर से चुपचाप, बिना किसी को बताए भाग आया और देहरादून आकर जोसफ और अंशुमन के साथ दून–टाइगर्स ग्रुप बनाया।

इस ग्रुप का आखिरी व खास सदस्य था–अंशुमन। वह पच्चीस वर्षीय, एक नेपाली लड़का था। वह एक गरीब परिवार से था। परिवार में मां, पापा और एक बड़ी बहन थी। परिवार में कमाई का कोई खास साधन न था। परिवार के सभी लोग छोटा–मोटा काम करके गुजारा करते थे। मां–बाप रूखी–सूखी खाकर गुजारा कर रहे थे, क्योंकि ज्यादातर पैसा तो अंशुमन की पढ़ाई में लग जाता था। अंशुमन के पापा रामबहादुर जी को अपने बेटे से काफी उम्मीदें थीं। इन उम्मीदों की क्या कीमत थी? यह अंशुमन की मेहनत भी चीख–चीख कर बयां कर रही थी। वह खूब मेहनत करके पढ़ाई की एक–एक सीढ़ी को पार करता जा रहा था। बड़ी बहन सूज़ी भी अपने छोटे भाई की पढ़ाई में काफी मदद कर रही थी, उसने अपने छोटे भाई की पढ़ाई के लिए खुद की पढ़ाई छोड़ दी। इसके अलावा वह चटाई बुनती, कपड़ों पर कढ़ाई करती और लकड़ियां बेचती, ताकि उसके भाई की पढ़ाई में कोई अड़चन न आ सके। अपने परिवार के इस त्याग और इतनी नाजुक हालत को देखकर अंशुमन की आँखे भर आतीं।

इन्ही आंसुओं की शक्ति ने आखिर अंशुमन को अंतिम सीढ़ी तक पहुंचा ही दिया। अंशुमन ने नेपाल से गणित में एम०एस०सी की पढ़ाई पूरी की। उसे और उसके परिवार को इसी दिन का इंतजार था। उन्हें लगता था कि अंशुमन की पढ़ाई के बाद उसके लिए नौकरी बांहे पसारे खड़ी होगी।

जैसा सोचा था, वैसा नहीं निकला। नेपाल सरकार ने जल्द ही बता दिया कि उसकी डिग्रियों की कीमत उनकी नजरों में दो कौड़ी की है। इस हकीकत से अंशुमन को जो दर्द मिला, इससे वह एक पागल की तरह बौखला उठा। बिल्कुल उसी छात्र की तरह जो बड़े–बड़े सपनों के साथ पढ़ाई करता है। दिन–रात जागकर डिग्रियां हांसिल करने की कोशिश करता है। फिर पागलों की तरह ऑफिसों के चक्कर काटता है। कभी उसके पास पैसे नहीं होते, तो कभी वह घण्टों साइकिल चलाकर अपने साक्षात्कार तक पहुंचता है। पर उसे निराशा व खाली सपनों के अलावा कुछ नहीं मिलता। घर में उसे निकम्मा और मोहल्ले में आवारा समझा जाता है। ऐसी हालत में कोई भी छात्र क्या करेगा? इसका उत्तर कौन नहीं जानता? अगर आपने ढेर सारी डिग्रियां इकट्ठी कर रखीं है और नौकरी ढूंठते हुए कुत्तों जैसी हालत हो गई हो तो एक समय ऐसा भी आता है जब आप अपने क्रोध की अग्नि को इतना ज्यादा प्रज्जवलित कर देते हो कि वे सब जलकर राख हो जाएं।

बिल्कुल यही घटना अंशुमन के साथ भी घटित हो चुकी थी। बस अंतर यह था कि अंशुमन ने अपनी सारी डिग्रियां सचमुच आग में जला दीं। अब उसे जो भी करना था अपनी काबिलियत के दम पर करना था।

उस खास दिन, हालातों से जूझते दिमाग ने जवाब दे दिया। फिर क्या था? वह घर वालों को बिना बताए घर से भाग आया। वह भारत आ गया और इसी बीच उसकी मुलाकात जावेद और जोसफ से हुई। आज वह उनके साथ मिलकर दून–टाइगर्स का नाम करने के पथ पर अग्रसर है।

एक लम्बी सांस के साथ अंशुमन ने अपनी कहानी को विराम दिया। हम चारों की आंखों में आंसू भर आए। सब लोग बिना कुछ बोले सोच के गहरे सागर में डूबे थे। एक ओर हम चारों के बिस्तर लगे थे। हम चुपचाप उन पर जाकर लेट गए। आज हर कोई अपनी अतीत की यादों में खोया था। किसी को भी अपनी सुध–बुध नहीं थी। मेरी हालत तो उन सबसे ज्यादा बुरी थी।

अध्याय–७

सुबह हुई। हमने एक दूसरे को अच्छी तरह जान लिया था। मैंने भी अपनी पूरी दास्तां उन्हें बताई। सबकी दास्ताएं दर्द भरी थीं और सब एक दूसरे के दर्द की दवा बन सकते थे। दून–टाइगर्स को एक और शख्स मिल चुका था। हमने यह नाम दुनिया भर में फैलाने का प्रण कर लिया, हालाकि इस ग्रुप में रहकर हम जो भी काम करने वाले थे वे कतई भी नैतिक न थे। पर जिनके साथ अनैतिकता की सारी हदें पार करने वाली घटनाएं घटित हो गई हों, वे नैतिकता के बारे में कैसे सोच सकते हैं?

हमने एक जबरदस्त घटना को अंजाम देने का फैसला किया। एक ट्रेन लूटने का। मेरी जिंदगी का एक खास अनुभव। सुबह के चार बजे थे। जनवरी की उस रात में सर्दी अपने यौवन के जादू को रह–रहकर दिखा रही थी, पर हमने भी इस जादू पर हावी होने का फैसला कर लिया। हम अपनी सुधबुध खोए अतमस्ती में दीवाने से रात के इस यौवन को करीब से महसूस करने के लिए सड़कों पर उतर आए। वह दिन हमारे लिए सबसे खास साबित होने वाला था, क्योंकि उस दिन की घटना के बाद दून–टाइगर्स की किस्मत ही बदलने वाली थी। हम देहरादून–हरिद्वार रेलवे लाइन पर आकर ठहर गए और उस विशेष पेसेंजर ट्रेन का बेसब्री से इंतजार करने लगे। मौसम के बदलने की रफ्तार लाजवाब थी। आकाश में जो घने बादल थे अब वे घने कोहरे की वजह से बिल्कुल विलुप्त हो चुके थे। सर्दी बर्दाश्त से बाहर थी।

पर जिनके इरादे मजबूत होते हैं उन्हें कोई चिंता नहीं होती। वे कभी भी अपने मार्ग से विचलित नहीं होते।

इंतजार खत्म हुआ। कहीं दूर से ट्रेन की पतली सी सीटी सुनाई दी। हम सभी ने अपने आपको तैयार कर लिया। पटरियों के बीच में हमने एक बम लगा दिया ताकि वह समय आने पर फट सके। इस बड़े काम को अंजाम देने के लिए मैंने एक गहरी सांस ली। सामने ट्रेन तेज रोशनी के साथ आगे बढ़ रही थी। एक जबरदस्त धमाके के साथ बम फटा। ट्रेन धीरे–धीरे कदमों के साथ रुक गई। ड्राइवर शायद सब कुछ समझ चुका था, इसलिए वह सीट के पीछे छुपने की कोशिश कर रहा था। बाकी सवारियां बम के धमाके से डर जरूर गई थीं पर आगे क्या होने वाला था? इससे वे अंजान थीं। पर यह सब समझने के लिए उन्हें ज्यादा इंतजार नहीं करना पड़ा।

पूरी ट्रेन ए०सी० थी और अमीर लोगों से भरी हुई। ट्रेन के रुकते ही हम चारों ने पहले डिब्बे में धावा बोल दिया। लोगों की चीख पुकारों से पूरा वातावरण गूंज उठा। उस सर्द रात में भी वहां काफी गर्मी हो गई और हर कोई अपने आपको बचाने लग गया। पर उनके सामने कोई विकल्प न था। डिब्बों के सारे दरवाजे–खिड़कियां बंद कर दिए गए। सब लोग फंसी मछली की तरह तड़पने लगे। जिनके पास कीमती सामान और जेवरात थे उनके चेहरे लाल और पसीने से तर हो गए थे। करीब एक घण्टे में ही पूरी ट्रेन को तबाह कर दिया। हमें ढेर सारा रुपया–पैसा, कीमती सामान और जेवरात मिले।

हम नाम कमाना चाहते थे और सोचते थे कि इसमें काफी वक्त लगेगा। पर ट्रेन वाली घटना ने मीडिया को हमारा दीवाना बना दिया। उन्होंने इस घटना को इतना मिर्च–मसाला लगाकर दिखाया कि हर जगह हम ही हम थे। लोगों में जबरदस्त दहशत भर गई। हम इस दहशत को बनाए रखना चाहते थे। देहरादून पुलिस ने हमें पकड़ने के लिए बाहर से फोर्स मंगा ली। वे दीवानों की तरह हमें ढूंढ रहे थे। यह सच था कि हम उनका सामना नहीं कर सकते थे। इसलिए हमने दिमाग से काम लिया और तय किया कि देहरादून को छोड़ना होगा।

हम केरल के जंगलों में चले गए। वहां का मौसम बेहद प्यारा था। यहां के लोग भी ज्यादा पढ़े–लिखे थे, जिन्हें बेवकूफ बनाकर उनसे माल लूटना बेहद आसान था। हम वेश बदलकर वहां आसानी से घूम सकते थे। हम अपनी पुरानी जिंदगी को भुलाकर काफी खुश थे और इस नई जिंदगी का आनंद उठा रहे थे। समय तेजी से गुजर रहा था।

दुनियादारी से बेखबर होकर करीब पांच साल तक हम केरल के जंगलों में रहे। जिंदगी में और कुछ करने की चाह न थी। पूरी दुनिया में दून–टाइगर्स का नाम था, पूरी दुनिया में हमारा खौफ था और पुलिस को हमारी भनक तक न थी।

उस साधारण सी रात हम अगले दिन की योजना बना रहे थे। चारों लोग एक घेरे में बैठे दिमागी घोड़े दौड़ा रहे थे। चारों ओर शांति थी। बस कहीं दूर से झींगुरों की पतली व मधुर आवाज़ उस गहरी शांति में दखल देने की कोशिश कर रही थी। उस शांति को चीरती हुई एक तेज आवाज़ हमारी ओर बढ़ रही थी। हम कुछ समझ पाते, इससे पहले ही हमारे सामने एक हैलीकॉप्टर आकर रुका। इस असामान्य घटना से हम बुरी तरह घबरा गए। हम कोई प्रतिक्रिया कर पाते उससे पहले ही उस हैलीकॉप्टर से तीन लोग उतरे। वे हमारे पास आकर खड़े हो गए। उनमें से बीच वाला आदमी बोला, "हैलो दून–टाइगर्स, कैसे हैं आप लोग?"

उनके इस छोटे से सवाल ने हमारे सामने अनेकों प्रश्नचिन्ह खड़े कर दिए थे। उनमें से एक आदमी फिर बोला, "हमें अपना दुश्मन मत समझो। हम तो आप लोगों के शुभ–चिंतक हैं।"

इतना कहकर वे हमारे पास आकर बैठ गए। वे लम्बे–चौड़े कद–काठी के खतरनाक से दिखने वाले मुसलमान लोग लग रहे थे। उनकी लम्बी दाढ़ी और सिर पर बंधा कपड़ा उनके मंसूबों में एक अलग ही अध्याय जोड़ रहा था। काफी देर बाद जावेद ने सवाल किया, "आप लोग हमें कैसे जानते हो?"

"हम लोग आपके बारे में सब कुछ जानते हैं, आपके घर, परिवार, पसंद, नापसंद सब कुछ।"

"आप लोग यहां क्यों आए हैं?"

"प्यासा नदी के पास क्यों आता है? अपनी प्यास बुझाने के लिए ही न। इसलिए हम भी आए हैं। अल्लाह के रहमोकरम से आप लोग हमें मिल गए हैं, यह हमारे लिए बहुत बड़ी बात है। ये जिंदगी बड़ी उलझी हुई है, अल्लाह ने आप जैसो को बनाया ताकि हमारी परेशानियां हल हो सकें। दून–टाइगर्स के मंसूबे बड़े हैं, इसलिए हम यहां है।" उनमें से एक बोला।

"हम तो छोटे–मोटे चोर हैं। पता नहीं आप लोगों को हमारे बारे मे ये सब जानकारियां कहां से मिली हैं?"

"कोई भी छोटा बड़ा नहीं होता। हमारे इरादे ही हमारा कद तय करते हैं। दून–टाइगर्स का कद बढ़ता जा रहा है। आप लोग काफी आगे जाने वाले हैं।"

"हम तो अपनी रोजी–रोटी के लिए काम कर रहे हैं। कभी घर से आवारा लोगों की तरह निकले थे। किस्मत ने चारों को साथ मिला दिया। आज खानाबदोशों की जिंदगी जी रहे हैं।"
"ये जंगली पेड़–पौधे तो मुझे भी बहुत पसंद हैं, पर इस जंगल में रहकर तरक्की कैसे हो सकती है? तरक्की के बगैर जिंदगी बेकार है और ये फूल–पत्तियां, पेड़–पौधे और चंद रैंगने वाले खतरनाक जीव आपको कैसे कामयाब कर सकते हैं?"

"अच्छा जनाब फिर आप ही बताइए हमें क्या करना चाहिए?"

"हमें एक दूसरे की मदद करनी चाहिए। हम आपकी मदद कर सकते हैं और आप हमारी।"

"जनाब हम आपकी मदद कैसे कर सकते हैं?" जावेद ने सवाल किया।

"पहले वादा करो। जो हमारे दिमाग में चल रहा है, उसे आप लोग पूरा करोगे। हम जानते हैं आपमें वो कूवत है, बस इरादा पक्का करने की जरूरत है।"

"वो भी हो जाएगा। आप अपना प्रस्ताव तो रखिए।"

''आप लोगों को एक कत्ल करना है।''

''क्या कहा? कत्ल!''

''हां कत्ल।''

''आप ये क्या कह रहे हैं जनाब? हमने आज तक बस छोटी–मोटी चोरियां ही की हैं। जरूरत पड़ी तो कोई बड़ी डकैती। पर किसी का खून नहीं। इंसानों की जान लेना हमारा काम नहीं है जनाब। जनाब आप गलत जगह आए हैं।''

''आप लोगों के मुंह से ऐसी बात सुनने मिलेगी, हमने सोचा भी न था। जो डरते हैं वे कभी आगे नहीं बढ़ते। ज़िंदगी में खतरे उठाने ही चाहिए। चोरी–चकारी, लूट–पाट क्या रखा है इनमें? एक बार ऐसा काम करो कि खुद पर फक्र हो और इतना पैसा कमा सको कि सात पुश्तें बैठकर खा सकें।''

''क्या करें जनाब डरना पड़ता है? बड़ा बनने के चक्कर में इंसान मौजूदा वजूद भी खो देता है।''

''ज़िंदगी में अगले पल का पता नहीं और हम इसे डर–डर कर जीते हैं। आप हमारे बारे में नहीं जानते हैं, पर हमने बहुत मेहनत की और आज खुदा की रहमत से एक बड़ा मुकाम हांसिल किया है। कभी हम भी आप लोगों की तरह ही निकले थे इस राह पर। लेकिन हमने पीछे मुड़कर नहीं देखा। जावेद भाई आपने जीवन में एक बात सीखी होगी, जो जितने बड़े खतरे उठाता है, वो उतना ही बड़ा बन जाता है।''

जावेद कुछ देर के लिए चुप पड़ गया। अब हमें भी लगने लगा था कि वे लोग सही कह रहे हैं और वैसे भी हमें पैसों की जरूरत तो थी ही। इसलिए हम लोग भी उनकी बातों के भंवर में फंसते जा रहे थे। वहां कुछ समय के लिए शांति सी फैल गई। हमने एक दूसरे की ओर देखा। अंत में जावेद ने चुप्पी तोड़ी और बोला, ''किसका मर्डर करना है?''

''भारत के प्रधानमंत्री का।''

''आप ये क्या बोल रहे हैं जनाब? आप तो सारी हदें ही पार कर गए। समुद्र में पानी खत्म हो सकता है। मछलियां बिना पानी के रह

सकती हैं, सूरज में गर्मी खत्म हो सकती है पर हमसे ये काम होना मुश्किल है। बेहद मुश्किल।''

''जावेद मियां आप हिम्मत बड़ी जल्दी हारते हो।''

''जनाब आप हमें माफ कीजिए। आप तो दून–टाइगर्स का नाम जड़ से ही मिटाना चाहते हैं। आप जानते भी हो किसके बारे में बात कर रहे हो? भारत के प्रधानमंत्री। हमें तो सुनकर ही चक्कर आ रहे हैं।''

''आप लोगों को इससे डर क्यों लग रहा है? इस कत्ल में हम आप लोगों का साथ देने वाले हैं।''

''पर ये मर्डर आप लोग हमसे ही क्यों करवाना चाहते हैं?''

''हम लोग यह काम एक बहुत बड़ी साजिश के साथ करना चाहते हैं। हम उससे एक बहुत बड़ी बेइज्जती का बदला उसी की भाषा में लेना चाहते हैं। अगर उसका मर्डर हम करते हैं तो छानबीन में सबसे पहले उंगली हमारी ओर ही उठेगी। सी.बी.आइ. दो दिन में केस सॉल्व कर देगी। हर कोई जानता है बड़ा मर्डर छोटे–मोटे कद वाले शख्स का काम नहीं होगा और आपके सामने बैठे शकील डॉन के नाम से पूरा भारत कांपता है। मैं यहां अपनी तारीफ करने नहीं आया हूं। आप लोगों के पास एक मौका लेकर आया हूँ। अमीर बनने का मौका। इस काम के लिए आप लोगों को पांच सौ करोड़ रुपये दिए जाएंगे। इतनी बड़ी रकम के बारे में कभी सोचा भी नहीं होगा आप लोगों ने।''

''पांच सौ करोड़! मैं जानता हूँ यह बहुत बड़ी रकम है। पर जनाब हम एक बार फिर कहते हैं, हम इतने रुपयों का क्या करेंगे?'' जावेद ने जवाब दिया।

''इंसान के पास पैसा आते ही, जिंदगी जीने के हजारों तरीके आ जाते हैं। आज शकील पचास हजार करोड़ का मालिक है। मैंने भी यह सफर आप ही की तरह इन जंगलों से ही शुरू किया था। पर जिस दिन से भाई इस रास्ते पर चला, कभी फिर पीछे मुड़कर नहीं देखा।''

''पर जनाब इतने बड़े देश के प्रधानमंत्री का कत्ल और आपको क्या लगता है हम बच पाऐंगे? बेमौत मारे जाऐंगे। फिर क्या फायदा होगा इस पैसे का?''

''आप लोग फिक्र न करें। इस काम के लिए आप लोगों को ट्रेनिंग दी जाएगी और एक अच्छा सा समय देखकर इस घटना को अंजाम दे दिया जाएगा। आप लोगों को महफूज बचाना हमारा काम है। सब कुछ इतने टैक्निकल तरीके से होगा कि किसी को कानों–कान खबर नहीं होगी। इस काम के बाद आप लोगों के पास इतना रुपया होगा कि फिर इस जंगल को झेलना नहीं पड़ेगा। जिंदगी बांहे पसारे खड़ी है, जिसमें खुशी, सुकून और ढेर सारी कामयाबी है। बस इसे गले लगाने की जरूरत है। क्यों? क्या कहते हो जावेद भाई?''

जावेद बिल्कुल खामोश था। शायद उन पैसों के आगे झुकता हुआ सा लग रहा था। पर वह ठीक से तय नहीं कर पा रहा था कि उसे क्या करना चाहिए? हम जानते थे कि इस काम में पकड़े गए तो मौत पक्की होगी। पर दूसरी ओर इतना पैसा भी था कि हम चारों मिलकर जिंदगी भर नहीं कमा पाते। हमारी आने वाली सात पुश्तें भी बैठकर खा सकती थीं। एक बार फिर वहां गहरी शांति वाला माहौल छा गया। उस शांति भरे माहौल में मेंढकों की टर्र–टर्र व झींगुरों की मधुर आवाज़ भी रह–रह कर कानों में कर्कश ध्वनि की तरह चुभ रही थी।

शकील डॉन ने एक बार फिर मुंह खोला, ''आप लोग इस बारे में सोचने के लिए वक्त ले सकते हैं। इसमें तुम्हारी गलती नहीं है। हम इंडियन लोग सारे काम धीरे–धीरे करते हैं। खैर मैं चलता हूँ। फिलहाल ये बैग पकड़ों, इसमें सौ करोड़ रूपये हैं और एक फोन नं०। अगर आप लोगों को यह काम नहीं करना तो कोई बात नहीं। मैं भूल जाऊंगा कि दून–टाइगर्स भी एक ग्रुप है और मैंने उन्हें कुछ पैसे भी दिए हैं।''

इन शब्दों के साथ ही वे वहां से उठे और हैलीकॉप्टर की ओर बढ़ने लगे। हम चारों हैरानी से एक–दूसरे का मुंह ताक रहे थे। जावेद अपनी जगह से उठा और उनसे अंतिम सवाल किया, ''भारत के प्रधानमंत्री हैं कौन?''

''उसका नाम टोनी डिसूजा है। उम्र मात्र छब्बीस वर्ष। वो खुद एक क्रिमनल है। चार–पांच रेप और मर्डर के केस चल रहे हैं। पर पता नहीं वो प्रधानमंत्री कैसे बन गया? वह फुटपाथ से उठकर यहां तक पहुंचा है। जिस शख्स ने उसे कामयाब करने के लिए अपने दिन–रात एक कर

दिए, टोनी ने उसी की पत्नि के साथ पहले बलात्कार और फिर मर्डर कर दिया। वह एक घटिया इंसान है पर फिर भी पैसे के दम पर आज भारत का प्रधानमंत्री है। इंसान पैसे के दम पर कुछ भी कर सकता है। उसने मेरी दुनिया को भी तबाह किया है। पर अब वो ज्यादा वक्त तक जिंदा नहीं बचेगा।''

इन आखिरी शब्दों के साथ ही उन्होंने अपना हैलीकॉप्टर स्टार्ट किया और अगले कुछ पलों में वे आसमान में विलीन हो गए। मैं अभी भी चुपचाप उस हैलीकॉप्टर को देख रहा था, जो मेरी शांत जिंदगी में एक बहुत बड़ा तहलका मचा गया था। शरीर में चार सौ चालीस वोल्ट का करंट लगा था। सिर गुस्से से फटा जा रहा था। जिस जिंदगी को मैं भुला चुका था, आज फिर वह सामने आकर खड़ी हो गई थी। मैं सोचता था कि जिंदगी में कभी टोनी का नाम तक भी न लूंगा। पर वह एक बार फिर बवाल मचाता हुआ सामने खड़ा हो गया था। मैंने उसके सीने के चिथड़े–चिथड़े कर दिए थे, पर उसका बचना वाकई रहस्यमयी लग रहा था। सोचकर खून खौल रहा था कि वह इतने दिनों तक जिंदा रहा और आज भी चैन की सांसें ले रहा है। शरीर से बेइंतहा आग निकल रही थी, जिसे सहन कर पाना मुश्किल ही नहीं नाममुकिन भी लग रहा था।

मैंने अपने आपको संभाला। हैलीकॉप्टर के कारण जो जरा सी रोशनी थी, अब वह भी गायब हो चुकी थी। वहां बिल्कुल घुप्प अंधेरा था। सबके दिमाग अपने–अपने घोड़े दौड़ा रहे थे। मन पैसे और उस मर्डर से मिलने वाली परेशानियों की ओर बराबर पलड़ा किए हुए था। कोई भी सही फैसला लेने को तैयार न था। एक हल्की आवाज़ के साथ जावेद ने नोटों से भरा वह बैग उठाया और सिर के नीचे रखकर सोने के लिए लेट गया। उसके बाद बाकी लोग भी सो गए। नींद नहीं थी तो मेरी आंखों में।

सुबह हुई। हमें एक फैसला करना था, ताकि हम शकील डॉन को जवाब भेज सकें। मेरी ओर से सिर्फ एक ही जवाब होता–टोनी डिसूज़ा को मौत के घाट उतारने का, पर पूरी रात के मंथन के बाद लगा कि कोई भी फैसला जल्दबाजी में लेना सही नहीं होगा। टोनी से मेरी

व्यक्तिगत दुश्मनी जरूर थी और वह जिंदा था, यह मेरे लिए बेचैनी वाली बात थी। पर एक सच्चाई और थी जिससे मुंह नहीं मोड़ा जा सकता था। टोनी अब कोई आम आदमी नहीं था। वह भारत जैसे साम्राज्य का प्रधानमंत्री था। उसका मर्डर कोई खेल नहीं था। लग रहा था उसके कत्ल के बाद हमारी मौत की दास्तां भी साथ–साथ ही लिखी जानी थी और मैं नहीं चाहता था कि हमारे किसी जल्दबाजी के फैसले से जान खतरे में पड़ जाए, क्योंकि जावेद, जोसफ और अंशुमन से ऐसा रिश्ता कायम हो गया था जो खून से भी कहीं ज्यादा बढ़कर था। हालाकि मुझे परिवार की खुशी नसीब न थी। पर मैं दिल से चाहता था कि इस चोरी–चकारी के जंजाल को छोड़कर वे तीनों अपने–अपने घर लौट जाएं और अपनी बाकी जिंदगी अपने परिवार के साथ गुजारें।

सूरज की लाल तिरछी किरणों के साथ ही मैं जाग गया। वहां से उठा और सुध–बुध खोए पास के तालाब के किनारे जाकर बैठ गया। बैठे हुए अभी दस मिनट ही हुए होंगे कि जावेद भी वहां आया और बोला, ''क्या सोच रहे हो राज भाई?''

''कुछ नहीं। सोच रहा था कि जिंदगी एक ही जगह पर इतने सारे रास्ते क्यों बना देती है जहां ये तय कर पाना मुश्किल होता है कि कौन सी राह चुनी जाए?''

''पता है राज भाई, जब मैं छोटा था तो स्कूल की टीचर मुझे डांटती थी और मेरी गलतियों की शिकायत जब घर पहुंचती तो मानो खून खौल उठता। लगता कि ये टीचर और परिवार वाले मेरे दुश्मन हैं। फिर इन गलतियों का साइज़ भी बढ़ता गया और अपने टीचर्स और परिवार वालों के प्यार को नफरत समझकर बड़ा होता गया। एक दिन मुझे लगा कि मैं काफी बड़ा गया हूँ और घर छोड़ दिया। पर लग रहा है कि मैं आज भी छोटा हूँ, बहुत छोटा। काश मैं उन टीचर्स की मार और घर वालों के प्यार को समझ पाता। उन फैसलों को नहीं लेता जो मैंने नासमझी में ले लिए थे, तो शायद आज इस खूंखार जंगल में इस तालाब के किनारे नहीं बैठा होता। जिंदगी को बड़ा बनाने के चक्कर में मैं खुद छोटा हो गया। आज अब्बा के प्यार और अम्मी की गोद को मन तरसता है।

पर कुछ भी पास नहीं है। सब कुछ दूर नजर आता है। इतना दूर कि मानो वहां जाने के सारे रास्ते बंद हो गए हों।''

''एक रास्ता है जावेद भाई।''

''कौन सा?''

''अभी वापस घर लौट जाने का।''

''क्या?''

''हां, हम सबको अपने–अपने घर लौट जाना चाहिए और एक बार फिर से उस प्यार की तलाश करनी चाहिए जिसे वर्षों पहले हम घर छोड़ आए थे।''

''नहीं राज भाई, अब हम दूर निकल आए हैं। शायद बहुत दूर। मैं खाली हाथ घर से आया जरूर था, पर खाली हाथ नहीं जाऊंगा। जाऊंगा तो ढेर सारा पैसा और नाम लेकर।''

''जावेद भाई पैसा और नाम कमाने के चक्कर में कहीं ऐसा न हो कि हम इतने आगे निकल जाएं कि वापस लौटने का रास्ता भी दिखाई देना बंद हो जाए और हम उन्हें भी खो दें जिन्हें आज पा सकते हैं।''

''उन्हें इंतजार करना होगा। उन्हें उनका बेटा वापस मिल रहा है। उनके घर का चिराग, जो उनकी जिम्मेदारियों के बोझ को कम करेगा। इसलिए उन्हें थोड़ा इंतजार और करना होगा। मुझे अपने आप पर पूरा भरोसा है कि मैं निश्चित ही जीतूंगा और एक दिन वापस अपनी दुनिया मैं लौट जाऊंगा। जहां मैं और मेरा परिवार होगा। बस इस अंतिम काम के बाद।''

''तो क्या सोचा है?''

''मुझे लगता है, हमें ये काम करना चाहिए।''

''क्या?''

''हाँ।''

''आपको क्या लगता है जावेद भाई, यह काम इतना आसान है जो हम कर पाऐंगे? टोनी डिसूजा का मर्डर हमने कर भी दिया तो क्या हम महफूज बच पाऐंगे?''

"मुझे लगता है शकील हमें बचा लेगा। हमें उस पर भरोसा करना चाहिए।"

"आपको क्या लगता है जावेद भाई हम किसी मोहल्ले के मवाली का मर्डर करने जा रहे हैं जो शकील डॉन हमें बचा लेगा?"

"ऐसा भी तो हो सकता है कि हम टोनी डिसूजा का मर्डर इतनी सफाई से करें कि हमें शकील की जरूरत ही न पड़े।"

"जावेद भाई ये भारत है और हम उसके प्रधानमंत्री का कत्ल करने जा रहे हैं। इस केस की फाइल दो–चार दिन में तो बंद होगी नहीं। मर्डर का केस तब तक चलेगा जब तक हत्यारों का पता नहीं लग जाता। ये पुराना जमाना नहीं है, आजकल नई तकनीकों का जमाना है।"

"फिर तुम ही बताओ क्या किया जाए?"

"शकील डॉन को टका सा जवाब दे देते हैं। कह देते हैं ये काम हम नहीं कर सकते।"

"फिर उन सपनों का क्या होगा जो सिर्फ टोनी के मर्डर के बाद मिलने वाले रुपयों से ही पूरे हो सकते हैं? मैं अपने घर वापस लौटना चाहता हूँ, पर ढेर सारा पैसा, नाम और इज्जत लेकर। यह सब टोनी के मर्डर से मिलने वाले पैसे से ही संभव है। हमने अभी तक बहुत गलत काम किए हैं–चोरी–डकैती, लूटमार और अपहरण। पर मैं इन सब को छोड़ना चाहता हूँ। इस रास्ते से हटकर अपनी नई जिंदगी जीना चाहता हूँ। उन रास्तों पर चलना चाहता हूँ जिनमें मेरे अब्बाजान के आदर्शों की खुशबू होगी और अम्मी की प्यार भरी गोद। कुछ नया कर दिखाने का जुनून होगा। बस यह अंतिम केस है।"

"आप रुपयों के चक्कर में अंधे हो गए हो। स्थिति को समझने की कोशिश करो जावेद भाई। टोनी डिसूज़ा के मर्डर केस में शकील डॉन का कुछ नहीं बिगड़ने वाला। वो साफ बच निकलेगा। फंसेंगे तो हम, वो भी फांसी की सजा के लिए।"

"राज भाई कुछ पाने के लिए खतरा तो मोल लेना ही पड़ेगा। तुम इस काम से इस तरह से डरोगे, ये मुझे बिल्कुल उम्मीद न थी।"

अपने इन आखिरी शब्दों के साथ ही जावेद वहां से चला गया। शायद वह यह नहीं समझ पा रहा था कि मैं सभी के भले की बात कर रहा था। एक बार फिर बड़ी ही असमंजस वाली स्थिति पैदा हो गई थी। मैं अभी भी सुध–बुध खोए तालाब में उठ रही उन लहरों को देख रहा था। दून–टाइगर्स के लिए यह वाकई एक बुरा दिन था। हमने कसम खाई थी कि कभी भी एक दूसरे के रास्ते जुदा नहीं होंगे और हमेशा जावेद भाई के फैसले की कद्र करेंगे। पर वह आज बुरी तरह टूट गया था।

गुफा के पास जाकर देखा तो तीनों में इस विषय पर चर्चा चल रही थी। जावेद दोनों को समझाने की कोशिश कर रहा था। अंशुमन व जोसफ उस पर विचार करते नजर आ रहे थे। जावेद कभी उन्हें प्यार से समझाता तो कभी उन पर भड़कता। कभी वे एक दूसरे से शालीनता से बात करते तो कभी एक दूसरे को खाने को तैयार हो जाते। उनकी इन हरकतों से मुझे काफी दुःख हो रहा था। अब लगने लगा था कि दून–टाइगर्स बिखरने की कगार पर पहुंच चुके हैं।

शाम हुई। उन तीनों में फैसला हो चुका था, जिससे मैं अभी भी अनजान था। वे मेरे पास आकर खड़े हो गए, अंशुमन आगे बढ़ा और बोला, ''हमने फैसला कर लिया है कि हम टोनी डिसूज़ा का मर्डर करेंगे क्योंकि हमें पैसों की जरूरत है। हम नहीं जानते कि तुमने क्या फैसला किया है? पर हमें अच्छा लगेगा अगर तुम इस काम में हमारा साथ दोगे। मैंने बहुत गरीबी देखी है। मैं इस मौके को हाथ से नहीं जाने दूंगा। आप क्या बोलते हो आनंद साहब?''

हकीकत यह थी कि वे लोग अब नहीं मानने वाले थे और मैं भी उनका साथ नहीं छोड़ सकता था। मैं अपनी जगह से खड़ा हुआ और बोला, ''मैं भी इस काम के लिए तैयार हूँ। शकील डॉन को फोन कर दो जावेद भाई, अब टोनी डिसूज़ा को मरना ही होगा। इस बार मैं अपने हाथों से उसका सीना फाड़ूंगा। उसकी अंतड़िया बाहर निकालकर हम चारों उसके खून से होली खेलेंगे।''

यह सुनते ही जावेद ने मुझे गले से लगा लिया। इसके अलावा मेरे पास कोई रास्ता भी न था। परिणाम को परिस्थिति पर ही छोड़ दिया था।

हमें बताया गया कि अगली सुबह मर्डर की ट्रेनिंग के लिए अहमदाबाद निकलना है। शकील ने फोन पर सब कुछ समझा दिया था। उसने हमसे कहा कि हमें चिंता करने की जरूरत नहीं है। अगली सुबह छः बजे ही हमें अहमदाबाद ले जाने के लिए हैलीकॉप्टर आ गया। हमने अपना सामान पैक किया और कुछ ही समय में हम बादलों को चीरते और आसमां से बातें करते हुए अहमदाबाद पहुंचे। एक अच्छे से होटल में हमारे रुकने की व्यवस्था थी। वहां का माहौल सचमुच में किसी जन्नत से कम नहीं था। वहां का रहना, खाना और ऐशो–आराम की चीजें, सब लाजवाब थे। खूब सारी मौजमस्ती करने के बाद हम तीनों एक कमरे में सो गए।

सुबह होते ही हमें जगाया गया। सामने देखा तो खूंखार से दिखने वाले दो आदमी थे। देखते ही नींद गायब। मानो मौत ही उनका पर्याय हो। अपनी डरावनी आवाज़ में उनमें से एक बोला, "सात बज चुके हैं और दून–टाइगर्स अभी तक सो रहे हैं। जिन लोगों को वक्त की कदर होती है वो उसे बर्बाद नहीं करते। हमारी दुनिया में आप लोगों का स्वागत है। चलो जल्दी करो।"

वे निश्चित ही ट्रेनर थे। करीब आधा घण्टे बाद वे फिर वापस आए और बोले कि उनका समय बहुत कीमती है। उन्हें ढेर सारा काम करना है, इसलिए जरा भी वक्त बर्बाद नहीं करना है। उन्होंने बताया कि हमें टोनी को ठीक पंद्रह दिन बाद सोलह जून को मारना है। वह कलकत्ता में एक समारोह में हिस्सा लेगा जहां मौका देखकर उसका काम तमाम करना होगा। इसके लिए हमें दस दिन की ट्रेनिंग मिलेगी।

वे दस दिन कमाल के थे। उस मर्डर के लिए उन्होंने हमें इस तरह से तैयार किया कि हम पर मर्डर का भूत सवार हो गया। यह दुनिया का सबसे आसान काम लग रहा था। हमें दुनिया के बड़े–बड़े कातिलों

से मिलाया गया। हमें बताया गया कि इंसान को सदैव एक सकारात्मक सोच रखनी चाहिए, काम चाहे किसी को मारने का हो या बचाने का। हममें उन्होंने इस कदर जोश भर दिया कि इस काम के लिए हममें जरा भी घबराहट बाकी न थी।

कलकत्ता में टोनी के मर्डर की सारी तकनीकी तैयारियां भी कर ली गईं। वहां टोनी को एक ट्रेन का उद्घाटन करना था, फिर होटल 'रॉयल–ड्रीम्स' में बड़े–बड़े नेताओं व व्यापारियों के साथ मीटिंग और उन्हें संबोधित करना था। हमें बताया गया कि होटल में ही टोनी को मारना होगा।

हमारे पास चार दिन थे। हालांकि टोनी के मर्डर को लेकर हमें निडर बना दिया गया था। हमारे अंदर इस काम को लेकर जोश था, पर मन के किसी कोने में डर भी छुपा बैठा था, जो वक्त के साथ बाहर आ रहा था। न चाहते हुए भी मन में सवाल आ रहे थे कि क्या हम इस मर्डर के बाद भी चारों लोग इसी तरह जिंदा होंगे जैसे अब हैं? क्या जिंदगी सोलह जून के बाद भी होगी? हम खुद को समझाने की कोशिश कर रहे थे पर दिल की धड़कनें लगातार बढ़ रही थीं।

हमें चार दिन पहले ही कलकत्ता भेजना तय किया गया ताकि हम बचे हुए दिनों में कलकत्ता घूम सकें, खूब सारी मौज–मस्ती कर सकें। ऐसा शायद इसलिए भी था कि हमें टोनी के मर्डर की चिंता न हो। 12 जून की सुबह हम अहमदाबाद एयरपोर्ट पहुंचे, जहां से हमें कलकत्ता जाना था। सामने हवाई जहाज था और हम उसकी ओर बढ़ रह थे। दिल सीने में फुटबॉल की तरह उछल रहा था। हवाई जहाज पर चढ़ने के लिए लगी पहली सीढ़ी के साथ ही हमारे कदम रुक गए। चारों ने एक दूसरे की ओर देखा। मन हजारों सवालों से भरा पड़ा था। दिमाग में आया वक्त का कुछ पता नहीं, चाहे ये अच्छा आए या बुरा, हम रहें या न रहें पर हमें इन चार दिनों में पूरी जिंदगी जी लेनी चाहिए। अगर कुछ बुरा हुआ तो भी अपने अंतिम पलों में चेहरे पर मुस्कुराहट हो। हमने तय किया कि हम कुछ पलों के लिए उन लोगों से रूबरू होना चाहते हैं, जिन्हें हमने एक अरसे से सिर्फ याद ही किया है। हमें अपने–अपने

परिवार वालों से मिलना चाहिए। हमें अपनी गलियों व घर के आंगन की खुशबू और उन लोगों के प्यार के साथ वापस आना चाहिए, जो सच में हमारे अपने हैं। हमने शकील डॉन को पूरी बात बताई, पहले तो वह नाराज हुआ पर हमारी बात मानने के अलावा उसके पास शायद और कोई रास्ता भी न था।

अध्याय–८

अहमदाबाद से हमने दिल्ली के लिए फ्लाइट पकड़ी ताकि वहां से मुरादाबाद जा सकें, क्योंकि हमने सबसे पहले जावेद के घर जाने का फैसला किया। जावेद के चेहरे की रौनक उसकी खुशी को साफ–साफ बयां कर रही थी। इतने दिनों बाद वह अपनी अम्मी व अब्बा का सामना कैसे करेगा? इससे वह थोड़ा घबरा भी रहा था।

हम शाम तक मुरादाबाद पहुंच गए और फिर जावेद के घर। घर का दरवाजा देखते ही वह कुछ पलों के लिए सोच में पड़ गया, फिर एक गाढ़ी सी मुस्कान लिए दरवाजे की घण्टी बजाई। सामने से एक नौकर निकलकर आया जो शायद जावेद की पहचान में नहीं था। अगले ही पल नौकर बोला, ''जी आप कौन?''

''मेरा नाम जावेद है।''

''जी?''

''जावेद खान।''

''मैंने आपको पहचाना नहीं।''

''आप अपने मालिक को भेजो। वे मुझे जानते हैं।''

''अच्छा! आप लोग अन्दर आइए।''

उसने हमें दरवाजे के पास वाले कमरे में बैठा दिया। जावेद ने बताया कि यह उसका पसंदीदा कमरा था। उसे बचपन में चित्रकारी

करना पसंद था। वह इसी कमरे में आकर सारे चित्र बनाता था। फिलहाल किसी मेहमान की तरह बैठकर हम जावेद के अब्बा और अम्मी का इंतजार कर रहे थे। वह अभी भी लगातार उन दीवारों को देखकर उनमें कुछ ढूंढने की कोशिश कर रहा था। ऐसा हो भी क्यों न, पूरे दस साल बाद वह अपने घर लौटा था।

करीब दस मिनट बाद एक अधेड़ व्यक्ति वहां आया। उस आदमी को देखकर जावेद अपनी जगह से खड़ा होकर उसे सवालिया नजरों से देखने लगा। सामने वाला आदमी बोला, ''कहिए, आप लोग कौन?''

''जावेद, जावेद खान।''

''तो?''

''ये घर कभी हमारा होता था।''

''अरे! अरे! क्या नाम बताया आपने अपना?''

''जावेद खान।''

''कहिए जावेद जी कैसे हैं? मैं अक्सर सोचता था कि जिंदगी आपसे मिलाएगी या नहीं? पर आज वो दिन आ ही गया।''

''मैंने आपको पहचाना नहीं।''

''जान पहचान भी हो जाएगी जावेद मियां। फिलहाल खाना तैयार है। मैं आप लोगों के लिए खाना लगवाता हूँ, भूखें होंगे आप लोग।''

''नहीं रहने दीजिए।''

''जो भी है, उसे खाकर ही बात करते हैं।''

वह आदमी अंदर गया और नौकर के साथ खाना लेकर आया। जावेद की बेचैनी का ठिकाना न था। वह समझ ही नहीं पा रहा था कि आखिर ये सब झमेला क्या है? हमने खाना खाया। वह आदमी अंदर से दोबारा आया और जावेद की ओर को देखकर बोला, ''आपके बारे में काफी सुना था। पता नहीं आपने आने में इतनी देर कैसे कर दी?''

''मैं कुछ समझा नहीं। आप साफ–साफ बताइए ना।''

''आप समझ भी नहीं सकते और मुझे विश्वास है कि आपको कुछ पता भी नहीं होगा।''

''आखिर हुआ क्या है?''

''आपके घर से जाने के छः महीने बाद से ही स्थिति खराब होनी शुरू हो गई। कुछ लोगों ने आपके अब्बाजान को अकेला और कमजोर समझ लिया। शायद सच्चाई भी यही थी। आपके जाने के बाद वे खोए–खोए से रहते थे। मानो उनसे उनकी आंखें ही छीन ली गई हों। मैं अक्सर उन पर ध्यान रखा करता था, इसलिए सब कुछ जानता हूँ। आपके जाने से वे मानो टूट गए थे। समाज के कुछ गद्दारों ने इसका फायदा उठाना शुरू कर दिया। वे आपके अब्बाजान को तरह–तरह की धमकियां देते थे। ऐसा शायद इसलिए था क्योंकि इकबाल साहब कमजोर पड़ गए थे और उनकी मदद करने वाला कोई न था। इकबाल जी ने फिर हिम्मत की। वे समझ चुके थे कि अगर वे इसी तरह मौन रहेंगे तो विपक्षी उन पर हावी हो जाऐंगे। पर विपक्षी भी कम ताकतवर न थे, वे कई सारे लोग थे। देखते ही देखते उन लोगों ने सारी हदें पार कर दीं और इकबाल साहब से पांच करोड़ रुपयों की मांग की। इकबाल जी को कंपनी का लोन देना था और वैसे भी इतनी बड़ी रकम इकट्ठी करना उनकी ताकत से बाहर था। विपक्षी लोग झुंझला उठे और उन्होंने फैक्ट्री में आग लगा दी। सब कुछ जलकर खाक हो गया। इकबाल जी से वो पैसा भी छीन लिया गया जिससे कंपनी का लोन चुकाना था। अब सब कुछ खत्म हो चुका था, शायद जिंदगी जीने की चाह भी। पर कंपनी का लोन और विपक्षियों की धमकियां अभी भी बाकी थीं। पर जिंदगी तो बद्तर तब हो गई जब घर बेचकर भी बैंक का लोन पूरा नहीं हो पाया। मजबूरन उन्हें आत्महत्या करनी पड़ी।''

''क्या?''

''जहां आप बैठे हो उन्होंने इसी कमरे में जहर खाया था। फैक्ट्री का मैनेजर होने के नाते मैं उनका ध्यान रखता था। वे भी मुझे काफी अच्छा मानते थे। उनकी अंतिम चीखों को मैंने अच्छी तरह सुना था।

इकबाल जी के बारे में मैं जब भी सोचता हूँ, उनकी चीखों की आवाज मेरे इन कानों में गूंजने लगती है।''

''उन्होंने अपने अंतिम समय में मेरे बारे में कुछ बोला था क्या?''

''हां, वे आपको देखना चाहते थे। आपसे बहुत प्यार करते थे न। उन्हें भरोसा था कि उनका बेटा एक दिन जरूर लौट कर आएगा, इसलिए वे आपके लिए यह खत छोड़कर गए थे। वह आज भी बिल्कुल उसी तरह रखा है, जैसे इकबाल साहब छोड़कर गए थे।

मैनेजर ने पास वाली टेबल की दराज से वह पत्र निकाला और जावेद की ओर बढ़ा दिया। जावेद ने कांपते हुए हाथों से वह पत्र थाम लिया। उसकी आंखों से लगातार आंसू टपक रहे थे। अपनी नजरों से कुछ समय तक निहारने के बाद उसने वह पत्र मेरे हाथों में थमा दिया। मैंने पत्र पढ़ना शुरू कर दिया। उसमें लिखा था, ''कैसे हो जावेद? मैं जानता हूँ मेरी आत्महत्या की खबर सुनकर तुम दुःखी होगे, पर मैं ऐसा नहीं करना चाहता था। एक मरते पिता की तमन्ना यही होती है कि उसकी औलाद खुश रहे। उसे कोई बुरी नजर न लगे। बचपन में भी जब स्कूल में तुम्हारी पिटाई होती थी और तुम रोते हुए घर आते थे तो मेरा खून खौल उठता था। पर वे टीचर भी गलत न थे। मुझे तुम्हारे भविष्य की बहुत चिंता सताती थी और जब तुमने स्कूल छोड़ा था तो मैं तीन दिन तक सो नहीं पाया था। मैं अक्सर सोचता था कि मेरे जावेद का क्या होगा? पर जब मैंने देखा कि तुम काम में मेरा हाथ बंटा रहे हो, एक बार फिर खुशियां लौट आईं। पर खुदा को शायद यह भी मंजूर न था और जिस दिन तुम घर छोड़कर गए, मुझ पर तो मानो पहाड़ ही टूट गया। उस दिन अहसास हुआ कि वास्तव में मेरी ही गलती थी। मैं ही तुम्हें वो प्यार नहीं दे पाया जिसकी तलाश में तुम्हें घर छोड़ना पड़ा। वो मेरी जिंदगी की सबसे बड़ी हार थी। मेरे दिल में तुम्हारे लिए प्यार का जो सागर भरा था वो, भरा का भरा ही रह गया। सोचता था बहुत वक्त है, पर यह कब निकल गया पता ही नहीं चला? तुम्हारे जाने के बाद हर पल मैंने तुम्हारा इंतजार किया, कोई दरवाजा भी खटखटाता तो लगता कि मेरा जावेद वापस आ गया।

बेटा तुम्हारी गैरहाज़िरी में यहां बड़ी परेशानी वाला माहौल पैदा हो गया था। कुछ लोग मेरी मजबूरी और अकेलेपन का फायदा उठाकर परेशान कर रहे थे। उनसे लड़ने की कोशिश की, पर मैं हार गया। सब कुछ खत्म हो गया बेटा। ये सब कैसे हुआ? हमें बर्बाद करने वाले लोग कौन थे? तुम इन सवालों पर ध्यान मत देना, क्योंकि मैं नहीं चाहता कि तुम किसी उलझन में पड़ो। मैं तो चाहता हूं कि तुम एक नई ज़िंदगी शुरू करो, जिसमें सिर्फ प्यार और शुकून हो। मेरी दुआएं तुम्हारे साथ हैं, खुदा हाफिज़।''

''और अम्मीजान?'' जावेद ने रोते हुए, मैनेजर से सवाल किया।

''बैंक लोन चुकाने के लिए बीस लाख रुपयों की जरूरत थी और मकान की कीमत लोग दस–बारह लाख से ज्यादा नहीं लगा रहे थे। जावेद भाई मेरी औकात इतनी नहीं थी कि मैं इस मकान को खरीदता। पर बैंक लोन चुकाने में आपकी अम्मीजान की मदद करने का शायद और कोई रास्ता भी न था। मुझे घर खरीदना पड़ा। इधर–उधर से बीस लाख रुपये इकट्ठे करके लोन चुकाना पड़ा। मैंने आपकी अम्मी से कहा कि अभी भी यह घर उनका ही है, उन्हें यहां रहने की विनती भी की। पर वे नहीं मानी।''

''वे इस समय कहां हैं? क्या यहां नहीं है?'' जावेद ने सवाल किया।

''जिस मां ने आपको जन्म दिया, चलना सिखाया और पालकर बड़ा किया। उन्हें आप समझ नहीं पाए। आप कैसे बेटे हो?''

''पहेलियां मत बुझाओ मैनेजर। अम्मीजान कहां है? मैं उनसे मिलना चाहता हूँ।''

''आपके अब्बाजान की आत्महत्या के बाद वे अपने आप को अकेला महससू करने लगीं। उन्होंने यह घर छोड़ने का फैसला कर लिया। मैंने उन्हें बहुत समझाया। उनका कहना था कि वे एक भिखारी की जिंदगी जी सकती हैं, पर उस घर में नहीं रह सकती जिसमें उनके शौहर ने दम तोड़ा है। उनकी चीखों के साथ यहां रहना मुश्किल होगा।

उनकी हालत पागलों जैसी हो गई थी। आपके अब्बाजान की एक फोटो के साथ वे यहां से चली गईं।''

''उन्होंने जाते समय कुछ बोला था क्या?''

''हां, उन्होंने कहा था कि अगर जावेद यहां आए तो उससे कहना कि वह मुझे ढूंढने की कोशिश न करे। मैं चाहती हूं कि ज़िंदगी की अंतिम सांस तक भी उसका चेहरा न देखूं। जिस दिन वो मेरे सामने आएगा, उसी दिन मैं मौत को गले लगा लूंगी। मैं उससे नफरत करती हूं, बहुत नफरत। मैं उसे कभी माफ नहीं करूंगी। कभी भी नहीं। कम से कम इस जन्म में तो नहीं। मैं जा रही हूं। मैंने अपनी जिंदगी तो जी ली, पर अपने शौहर की रूह की तलाश में यहां से जा रही हूं, शायद कभी उससे रूबरू हो सकूं।''

इन आखिरी शब्दों के साथ वह चुप हो गया। जावेद सोफे से उठा और घुटनों के बल गिर गया। वह बुरी तरह रोने लगा। उसके रोने की चीखों से पूरा घर गूंज उठा। इन सात सालों में पहली बार मैंने उसे रोते देखा था। उसके पास रोने के अलावा शायद कुछ बचा भी न था। हमने जावेद को संभाला और उस घर को गीली आंखों से विदा कर दिया। आज जावेद कुछ ज्यादा ही दुःखी था। इस घटना के बारे में उसने कभी सोचा न था।

अब हमें जोसफ के घर जाना था। जावेद की हालत देखकर वह वहां जाने से मना कर रहा था, पर समझाने पर वह मान गया। हमने मुरादाबाद से रुड़की के लिए ट्रेन पकड़ी। जोसफ का कहना था कि वह अपनी मां और बहन को बस दूर से ही देखेगा, उनका सामना करने की उसमें हिम्मत नहीं है। वह टोनी के मर्डर के बाद हमेशा के लिए अपने परिवार के साथ रहने लगेगा। वह अभी अपने परिवार के लिए कुछ रुपये छोड़ देगा ताकि कुछ समय के लिए उनका खर्चा चल सके।

जिंदगी रहस्यमय तरीके से बदला लेने को आतुर थी। जहां जोसफ का परिवार रहता था, वहां हम पहुंचे तो जोसफ के होश उड़ गए। सच्चाई यह थी कि उनके किराए के घर की जगह, एक सात मंजिला इमारत थी। पहले तो जोसफ को लगा कि वह गलत जगह आ गया,

पर सच्चाई यह नहीं थी। वह बिल्कुल सही जगह पहुंचा था। हम अभी भी उस इमारत की खूबसूरती को अपलक निहार रहे थे। समय के साथ जोसफ को भी महसूस होने लगा कि उसने भी आने में शायद देर कर दी। उसे घर से निकले पूरे आठ साल हो चुके थे। उसे लगने लगा कि उसकी मां और बहन गरीबी के थपेड़े खाते हुए इधर–उधर घूम रहे होंगे। जोसफ ने अपने आंसू पौंछे और फिर हाथ में टंगे पैसों के उस बैग को देखा, जो वह अपने परिवार के लिए लाया था।

हम लोग वापस जाने के लिए पलटे। अभी कुछ ही दूर चले होंगे कि जोसफ के कदम रुक गए। उस इमारत की सबसे अंतिम मंजिल पर लिखा था–'मारिया बिज़नेस हाउस'। उसे देखकर जोसफ को कुछ अजीब सा लगा। हमें भी लगा कि आस–पास के लोगों से जोसफ के परिवार के बारे में पता करना चाहिए। हम उस बिल्डिंग के प्रवेश–द्वार पर पहुंचे, जो खूबसूरती का एक अलग ही नमूना था। हम अंदर घुसने ही वाले थे कि एक गार्ड हमारी ओर बढ़ा और बोला, ''तुम लोग कौन हो? और बिना पूछे अंदर कैसे चले आ रहे हो?''

''हमें पता करना है, यह बिल्डिंग किसकी है?'' जोसफ ने सवाल किया।

''क्यों? तुम लोग इस बारे में क्यों पूछ रहे हो? सच बताओ तुम लोग कौन हो?''

''पहले तुम बताओ यह बिल्डिंग किसकी है?''

''तुम सब लोग मुझे जासूस लगते हो। फालतू के सवाल कर रहे हो। मैं चाहूं तो तुम्हें फंसा सकता हूं।''

''अच्छा! तो तुम बिना वजह झूठ बोलकर हमें फंसा दोगे?'' जोसफ ने सवाल किया।

''हां, मुझे तुम जैसे आम लोगों के साथ इस तरह के मजेदार खेल खेलने में बड़ा मजा आता है। वैसे तुम चारों फंस चुके हो। यहां से बचने के लिए तुम्हें एक पांच सौ की हरी पत्ती देनी होगी, वरना चोरी के इल्ज़ाम में तुम सबको अंदर करवा दूंगा।''

"ठीक है हम तुम्हें पांच सौ रुपये देंगे पर पहले बताओ यह बिल्डिंग किसकी है?"

"अरे ये बिल्डिंग...... ।"

वह गार्ड घबराकर चुप हो गया, उसके पास एक मैनेजर जो आकर खड़ा हो गया था। अगले ही पल वह गार्ड वहां से रफुचक्कर हो गया। मैनेजर हमें देखकर सहसा ही बोला, "उस गार्ड के लिए मैं माफी चाहता हूं। कहिए आपको किससे मिलना है?"

"यहां पहले एक छोटा सा मकान होता था, उसमें मारिया और उनकी बेटी मैरी रहती थीं।"

"अच्छा तो आपको मैरी मैडम से मिलना है।"

"हां।"

"हां तो आइए।"

वह मैनेजर हम चारों को एक भव्य से गेस्टरूम में ले गया जो विभिन्न प्रकार की कलाकृतियों से सजा हुआ था। जोसफ अभी भी गहरी सोच में डूबा हुआ था। कुछ ही समय में एक नौकर हमारे लिए जूस और कुछ नाश्ता लेकर आया। जोसफ की बेचैनी लगातार बढ़ रही थी। वह मैनेजर दोबारा वहां आया और बोला, "कहिए, मैरी मैडम से आपको क्या काम है?"

"मुझे उनसे मिलना है।" जोसफ सोचते हुए बोला।

"अच्छा! आप किसी बिज़नेस के सिलसिले में मैडम से मिलने आए होंगे।"

"बिजनेस, नहीं तो।"

"फिर?"

"यह घर मारिया और उनकी बेटी मैरी का ही है न।"

"हां।"

"मेरा नाम जोसफ है। मेरे बारे में उन्होंने आपको बताया होगा।"

"नहीं, उन्होंने मुझे किसी जोसफ के बारे में नहीं बताया।"

''पर वे हैं कहां?''

''मैरी मैडम बिज़नेस के काम से जर्मनी गई हुई हैं। उनका फोन आया था। वे आज रात नौ बजे तक यहां पहुंचेंगी। उन्होंने बताया था कि बिजनेस के सिलसिले में कुछ लोग आएंगे। हमारी मिल से जो कपड़ा गया था उसके पैसे देने। क्या आप वह कैश देने नहीं आए हैं?''

''नहीं।''

''अरे तो चलिए यहां से। फालतू में ही अंदर आकर बैठ गए।''

''देखिए मैरी मुझे जानती हैं। वो मेरी........।''

''जानती होंगी। पहले तुम लोग बाहर चलो। ऐसे किसी को घर के अंदर आने की इजाज़त नहीं है। फालतू में मेरा टाइम भी खराब किया।

मैनेजर ने उसी समय हम चारों को उस बिल्डिंग से बाहर कर दिया। जोसफ के दिमाग में हजारों सवाल थे, जिनका हल उसकी बहन मैरी से मिलने के बाद ही हो सकता था।

नौ घण्टे इंतजार के बाद उस बिल्डिंग के सामने तीन कारें आकर रुकीं, जिनमें से बीच वाली कार से मैरी उतरी। जोसफ सुध–बुध खोए अचम्भे से उसे देख रहा था। मैरी को देखकर जोसफ की आंखों में आंसू भर आए, शायद खुशी के। एकाएक जोसफ ने मैरी को आवाज दी। उसने पीछे मुड़कर देखा, पर शायद अंधेरा ज्यादा होने के कारण उसे ठीक से कुछ दिखाई नहीं पड़ा। जोसफ ने मैरी का नाम लेकर कई आवाज़ें दीं, पर वह लगातार आगे बढ़ती जा रही थी और देखते ही देखते वह हमारी आंखों से ओझल हो गई। हमने बिल्डिंग के अंदर जाने की कोशिश की, पर गेट पर खड़े गार्ड ने रोककर कहा, ''मैडम अभी–अभी जर्मनी से आई हैं। थकी हुई हैं और वैसे भी नौ बजे के बाद वे किसी से नहीं मिलतीं।''

जोसफ कुछ समय तक मूर्ति की तरह मौन खड़ा रहा, फिर एकाएक उसने फैसला किया कि वह अब मैरी से मिलने की कोशिश नहीं करेगा। हमने उसे समझाया कि हमें एक बार और कोशिश करनी चाहिए और हमने तय किया कि मैरी से कल सुबह मिलेंगे।

हमने पूरी रात उस बिल्डिंग के सामने जागकर बिताई। सुबह आठ बजे हम उस बिल्डिंग के रिसेप्सन पर पहुंचे और मैरी से मिलने का आग्रह किया। पहले तो रिसेप्सनिस्ट ने नखरे दिखाए पर हमारे बार–बार कहने पर वह मान गई। उसने मैरी को फोन किया कि कोई जोसफ आपसे मिलना चाहता है। रिसेप्सनिस्ट ने अजीब सी नजरों से हमे देखा और पास वाली लिफ्ट से पांचवी मंजिल पर जाने के लिए बोला। हम पांचवी मंजिल पर पहुंचे। सामने एक दरवाजा था जो हमारे हाथ के सहारे मात्र से ही खुल गया। सामने मैरी कम्प्यूटर पर काम कर रही थी। दरवाजे की आहट से उसकी नजरें ऊपर उठीं। उसने हैरानी भरी नजरों से जोसफ को देखा। अगले ही पल वह अपनी जगह से उठी और पास आकर बोली, "सात साल पांच महीने अठारह दिन और साढ़े पांच घण्टे। जोसफ फर्नांडीज़ कैसे हो? मेरे छोटे से घर में स्वागत है आपका। मुझे पता था कि एक दिन आप जरूर आओगे। पर इतनी देर से, यह मैंने भी नहीं सोचा था।"

मैरी द्वारा एक सांस में कहे गए इस एक डायलॉग ने जोसफ को बुरी तरह हिला दिया। उसने बोलने की कोशिश की पर शायद शब्दों ने उसका साथ नहीं दिया। वहां फैली शांति को मैरी ने एक बार फिर तोड़ा, "आप कुछ बोल क्यों नहीं रहे हो जोसफ फर्नांडीज़? छोटी बहन को अपने हाल–चाल नहीं सुनाओगे। यह नहीं बताओगे कि आपने कितना नाम कमाया, कितनी बड़ी कामयाबी पाई? आपका नाम सुनने को मेरे कान तरस गए और आपको देखने को आंखें।"

"मैं अच्छा हूँ मैरी। तू कहां से कहां पहुंच गई रे? यकीन नहीं हो रहा है कि मेरी छोटी बहन इतनी बड़ी शख्सियत बन गई है। वो मैरी जो जरा–जरा सी बातों पर घबरा जाती थी, वो मैरी जो दो–दो चार–चार रुपयों को महीनों–महीनों तक बचा कर रखती थी, आज वो इतनी बड़ी हो गई। कहीं मैं सपना तो नहीं देख रहा।"

"सपने सच नहीं होते। यह हकीकत है। आपके घर से जाने के बाद सपने तो मैं देखती थी। रोजाना इंतजार करती थी कि काश आज मेरा बड़ा भाई हमारी जरूरतों के लिए चंद रुपये लेकर आए, ताकि घर का

किराया चुकाया जा सके और हम बेघर होने से बच सकें। हम मकान मालिक की रोजाना गालियां सुनते। मैं अक्सर घर के बाहर आपकी राह ताकती रहती ताकि आप हमें कुछ रुपये देकर चले जाओ, जिससे मां की दवाई समय से ली जा सके। पर आपका कहीं अता–पता न था। समय के साथ मुझे लगने लगा कि मैं गलत सपने देख रही हूं। यहां कोई किसी का नहीं होता, सगा भाई भी नहीं। जो करना होगा, अपने दम पर। मजबूत इरादों के साथ उन छोटे–छोटे सपनों को हकीकत में बदलना शुरू कर दिया। जैसे ही सपने सच होने लगे तो अहसास हुआ कि मैं यूं ही अपने भाई के इंतजार में बैठी थी। अहसास हुआ जो लोग कुछ कर दिखाना चाहते हैं उनके लिए यह दुनिया वहीं से शुरू हो जाती है, जहां से वे खड़े हो जाते हैं। इसी सोच के साथ दुनिया की इस कर्मभूमि पर मैं भी खड़ी हो गई, अपना पिछला अतीत भूलकर। यहां तक कि अपने भाई को भी।''

''तूने ठीक किया मैरी जो मुझे भुला दिया, वरना आज तू इतनी बड़ी कामयाब नहीं होती। मैं उम्र में तुझसे बड़ा जरूर हूं, पर आज मैं छोटा हो गया। मैं हकीकत के सामने हार चुका था मैरी, इसलिए यहां से जाना पड़ा।''

''समझ नहीं आता कि आपने ऐसा क्यों किया था? क्या आप इतना भी नहीं समझ सकते थे कि हमें किसी नाम या पैसे ही जरूरत नहीं थी, बल्कि एक बहन को भाई और मां को बेटे की जरूरत थी। समय एक सा नहीं रहता भाई, यह बदलता जरूर है। जिंदगी में बुरा वक्त भी आता है, पर हमेशा के लिए नहीं। जो सही रास्ता नहीं छोड़ते, भगवान उनकी मदद जरूर करता है।''

''मुझे माफ कर दे मैरी। मुझसे बहुत बड़ी गलती हो गई।''

''मैं माफ करने वाली कौन होती हूं? तुम्हें मां से माफी मांगनी चाहिए, जो तुम्हारी याद में दिन–रात तड़पती थीं। फिक्र करती थीं कि उनका बेटा पता नहीं कैसी हालत में होगा? सुबह–शाम बस तुम्हारा ही इंतजार। उनकी हालत मुझसे देखी न जाती थी।''

''क्या मां मुझे अब नहीं याद करती?''

''यह कड़वी सच्चाई है भाई, याद कराने के लिए हमें रिश्ते निभाने पड़ते हैं। अपनेपन का अहसास कराना पड़ता है और जब ये सब नहीं रहता तो वक्त हमें अपनों के बगैर भी जीना सिखा देता है।''

''कैसी उलझी हुई बातें कर रही है मैरी। मां कहां है?''

''वे अमेरिका में हैं। वहां हमारा बहुत बड़ा घर है। मां की वहां एक अलग पहचान है, एक अध्यात्म की मूर्ति के रूप में। सैकड़ों लोग उनका प्रवचन सुनने आते हैं।''

''मेरा उनसे मिलने का मन था। किस्मत ने यहां भी साथ नहीं दिया। सोचा था घर से निकलकर परिवार के लिए सुकून और खुशियां खरीदकर लाऊंगा, चाहे मुझे अपने आपको ही क्यों न बेचना पड़े। रुपया–पैसा तो कमाया पर वक्त ने परिवार का सुख छीन लिया और मुझसे वो प्यार छीन लिया जिसे मैं वक्त रहते पा सकता था। मैं क्यों नहीं समझ पाया कि पैसे से प्यार और सुकून नहीं खरीदा जा सकता? आज पैसे और वक्त की जंग में वक्त जीत गया। मैं भी .कितना पागल था, निकल गया मुंह उठाकर घर से, यह भी नहीं सोचा था कि अपने ही परिवार की खुशियों का गला घोटकर उनके ही प्यार से दूर जा रहा हूं। तू जीत गई मैरी। तेरे पास सब कुछ है, मां का प्यार भी। आज मैं चाहे कितनी ही दौलत क्यों न कमा लूं, पर फिर भी भिखारी ही रहूंगा। एक ऐसा भिखारी जिसकी झोली में पैसा तो है पर अपनों का प्यार नहीं। इन पैसों के लिए मैंने क्या नहीं किया? पर आज इनका कोई वजूद नहीं है। ये उनके ही काम न आ सके जिनके लिए कमाए थे।''

''आप गलत सोच रहे हो भाई। मुझे इन पैसों की जरूरत है। व्यापारी हूं न इसलिए। पर एक शर्त है, इन पैसों में आपकी ईमानदारी, मेहनत और पसीने की खुशबू होनी चाहिए, किसी के अरमानों के खून की बदबू नहीं।''

जोसफ ने सुधबुध खोए नोटों से भरे उस बैग को देखा, जिसे मैरी ने अप्रत्यक्ष रूप से लेने से मना कर दिया था। अब मन में न सवाल बचे थे, न कोई शंका। उस बैग के साथ हम सभी लोग बिल्डिंग से बाहर आ गए।

अध्याय–१

अब हमें अंशुमन के हिस्से की खुशी की तलाश में नेपाल जाना था। हमारा पूरा सफर बस का ही था, जो पहाड़ों से होती हुई नेपाल की सरहद में दस्तक देने वाली थी। दिल में ढेर सारा जुनून लिए हम लोग अंशुमन के घर पहुंचे। अंधेरा काफी बढ़ गया था। अंशुमन का घर मिट्टी की चार दीवारों पर फूंस के छोटे से छप्पर से बना था। उस झोपड़ी के आस–पास और कोई घर नहीं था। उस समय अंशुमन की भावुकता साफ झलक रही थी। घर के अंदर एक छोटी सी लौ के साथ केरोसीन की एक डिबिया जल रही थी, जो उस समय चल रहे हवा के हल्के झोकों से भी बुझने को तैयार हो जाती। हम बिना किसी आहट के वहां खड़े थे। झोपड़ी के अंदर दो चारपाईयां पड़ी हुई थीं, जिन पर अलग–अलग दो लोग लेटे हुए थे। शायद उन्हें हमारे वहां होने का अहसास न था। इसलिए अभी भी वहां गहरा सन्नाटा था। उस सन्नाटे में कुछ भी बोलने या जरा सी आहट करने की किसी में ताकत न थी, शायद अंशुमन में भी नहीं।

अगले ही पल हवा का एक तेज झोंका आया, डिबिया की लौ एक ओर झुककर बुझ गई। वहां अंधेरा हो गया, घुप्प अंधेरा। उस अंधेरे के साथ अंशुमन के पैरों से हल्की सी आहट हो गई। अचानक बांई चारपाई से एक बूढ़े की आवाज आई। वे शायद अंशुमन के पापा थे। उस मोटी भखराई आवाज को सुनने में भी काफी ध्यान लगाना पड़ रहा था। वे बोले, ''क्या हुआ, बाहर कोई है क्या?''

''नहीं, कोई नहीं है। लगता है डिबिया बुझ गई है।'' अंशुमन की बूढ़ी मां की आवाज दूसरी चारपाई से आई।

''रोशनी कर दो।''

''लगता है माचिस गुम हो गई है।''

''दूसरी माचिस है, शायद चूल्हे के पीछे होगी। उसमें दो तिलियां बची हुई हैं।''

अंशुमन की बूढ़ी मां करहाते हुए अपनी चारपाई से उठी। उनकी पीली–सफेद मैली धोती उस अंधेरे में भी साफ दिखाई पड़ रही थी। हम अचम्भे में थे कि हमारे वहां होने का अहसास उन्हें अभी भी नहीं था। वे झुककर चूल्हे तक आईं और वहां से माचिस लेकर जलाई। एक बार फिर से वह डिबिया हल्की लाल रोशनी के साथ जल उठी, जिसके साथ ही अनगिनत झुर्रियों से भरे एक कमजोर चेहरे के साथ अंशुमन की बूढ़ी मां नजर आईं। डिबिया जलाकर वे जैसे ही पलटीं, हमें लगा कि उन्हें हमारे वहां होने का अहसास हो गया है। वे हमारी ओर पलटीं और आगे बढ़ने लगीं। हर कदम के साथ उनके करहाने की आवाज आ रही थी। वे बिना कुछ बोले हमारे पास आकर खड़ी हो गईं। हममें सबसे आगे अंशुमन था। वे लगातार टकटकी बांधे अंशुमन को निहार रही थीं। अगले ही क्षण उनका दाहिना हाथ उठा और अंशुमन के चेहरे को स्पर्श करते–करते रह गया। ऐसा क्यों हुआ? कोई नहीं जानता था। शायद अंशुमन भी नहीं। एक झटके के साथ उन्होंने अपना हाथ पीछे किया। ठीक उसी समय अंशुमन के पापा की आवाज आई, ''क्या हुआ दरवाजे पर कोई है क्या?''

''नहीं कोई नहीं है।'' मां ने चारपाई की ओर वापस लौटते हुए जवाब दिया।

''आज सूज़ी नहीं आई। आखिर इतनी देर कैसे हो गई?''

''देर कहां हुई है? अभी नौ भी नहीं बजे होंगे। रोजाना नौ बजे के बाद ही आती है। आज भी समय पर ही आएगी। अब आपका बुखार कैसा है?''

"बुखार! जिस बाप की जवान बेटी सुबह छः बजे घर से निकलकर रात को नौ बजे आए, उस बाप के लिए बुखार मायने रखता है क्या? बेचारी हमारे लिए दिन–रात मेहनत करती है, ताकि घर का खर्चा हो पाए और हमारी दवाई ला सके। कमजोर भी तो कितनी हो गई है। सूखकर बिल्कुल लकड़ी की तरह।"

"काम के चक्कर में बेचारी को कभी–कभी तो रोटी तक नसीब नहीं होती और ऊपर से यह ईंट–पत्थर ढोने का काम। सूज़ी के बारे में सोचकर मेरी तो रूह कांप उठती है। पता नहीं हमारे जाने के बाद क्या होगा बेचारी का?"

"होना क्या है? वह एक बहादुर लड़की है। हालातों से लड़ने की ताकत है उसमें।"

"जब तक हम हैं। बेचारी का सहारा बने हुए हैं। वरना आजकल के माहौल से तो भगवान ही बचाए। अकेली जवान बेटी का घर से बाहर निकलना कितना मुश्किल हो गया है? सूज़ी की हालत देखकर मन मौत चाहता है, क्योंकि लगने लगा है कि अब बहुत हो चला। कब तक वह हमारा बोझ ढोती रहेगी?"

"पर हमारे बिना वह अकेली पड़ जाएगी। बस इसी बात से ही रोना आ जाता है।"

"हमने कभी सोचा भी न था कि वक्त हमसे इस कदर बदला लेगा और हम दोनों ही चारपाई पर गिर जाएंगे। चलने फिरने के लायक भी नहीं रहेंगे। भगवान को इतना निर्दयी भी नहीं होना चाहिए। इस दुनिया से जाने के बाद उससे पूछूंगी कि इतने सारे दुःख उसने हमारे नसीब में ही क्यों रखे?"

"मेरी भी एक इच्छा है, जो फर्ज़ मैंने इस जन्म में पूरा नहीं किया, वो अगले जन्म में पूरा कर सकूं। एक बेटी का बाप होने का फर्ज़। मैं चाहता हूं सूज़ी अगले जन्म में भी हमारी ही बेटी बने और उसे मैं वो सब कुछ दे सकूं जो एक बाप अपनी औलाद को देता है। पढ़ाई–लिखाई, अच्छा खाना, कपड़े और वो आदर्श जिससे वह नाम कमा सके। मुझे यकीन है

अगर उसे पढ़ाई–लिखाई नसीब होती तो वो कुछ बनकर दिखाती। पर इस जन्म में तो मैं बेटी के उपकारों के बोझ तले दब गया हूं। भगवान को मेरी यह अंतिम इच्छा जरूर पूरी करनी चाहिए, वरना एक बाप, बेटी के कर्ज़ में डूबा रहेगा।''

''इतना प्यार करते हो बेटी से?''

''हां उससे मैं बहुत प्यार करता हूं और अपने आप से बहुत नफरत। आज भगवान ने मुझे सही सलामत रखा होता तो अब तक उसकी शादी हो गई होती। जब भी मुझे अहसास होता है कि वह तीस की हो गई है, मेरी तो सांसे रुक जाती हैं। एक बाप के लिए इससे ज्यादा दुःख की बात क्या हो सकती है कि उसकी जवान बेटी घर में हो और उसका बाप उसकी शादी के लिए कुछ नहीं कर सकता?''

''काश! अंशुमन आज यहां होता।''

''तुम उसके बारे में अब भी सोचती हो।''

''मन को समझाती रहती हूं, पर वह नहीं मानता और उसकी यादें मुझे घेर ही लेती हैं। अचम्भे की बात है कि अभी भी मुझे ऐसा लगा जैसे वो दरवाजे पर खड़ा हो।''

''सपने सच नहीं होते। अंशुमन आज एक सपना सा लगता है। सपनों से कोई उम्मीद नहीं लगानी चाहिए। जब वे टूटते हैं, तो दर्द होता है। बहुत दर्द।''

''हां, ठीक कहते हो। पर मुझे समझ नहीं आता कि अंशुमन ने ऐसा क्यों किया?''

''कुछ सवालों के जवाब नहीं होते। अंशुमन भी हमारे लिए एक सवाल है, जिसका जवाब भी उसी के साथ चला गया।''

''पर क्या आप भुला सकते हो कि हमारा एक बेटा भी है और उसका नाम अंशुमन है?''

''नहीं भुला सकता। पर याद करने से भी कोई फायदा है क्या? मुझे नहीं लगता वो हमें याद करता होगा। अब काफी समय बीत चुका

है। हद पार हो चुकी है। वह अब नहीं आएगा। मुझे अच्छी तरह याद है जिस दिन वो यहां से गया था। वह एक साधारण सा दिन था। काश मुझे पता होता कि अंशुमन यहां से जाने वाला है तो मैं उसे रोक लेता, वह नहीं मानता तो हाथ–पैर जोड़कर उसे मना लेता।''

''समझ नहीं आता वो हालातों से हार क्यों गया था? लोग हमसे भी बुरी हालत में रहते हैं। सड़कों पे सोते हैं, खाने को दो वक्त की रोटी तक नहीं मिलती। उनसे तो हम ठीक ही हैं। फिर अंशुमन.....। न जाने बेचारा किस हालत में होगा? मैं तो दिन–रात बस उसी के बारे में सोचती रहती हूं। काश भगवान हमारी ये विनती सुन ले और एक बार फिर वो हमारी जिंदगी में आ जाए। अगर ऐसा हो जाए तो उस ऊपर वाले से भी कोई शिकायत नहीं होगी। अगर मौत आई और सामने वो नहीं हुआ तो मैं अपने आपको कभी माफ नहीं कर पाऊंगी।''

''पर उसे कहां और कैसे ढूंढा जाए? अब तो किस्मत पर ही भरोसा करना होगा। वह आता है तो ठीक है वरना समझना होगा कि आखिरी वक्त में भी किस्मत धोखा दे गई।''

दोनों की बातें खत्म हुईं। एक बार फिर से वहां सन्नाटा छा गया। अंशुमन चुपचाप मोटे–मोटे आंसुओं से रो रहा था। पर वह कुछ कह नहीं पा रहा था। शायद अपने मां–बाप से बात करने की उसमें हिम्मत न थी। करीब आधा घण्टा बीत चुका था, हम उस छोटे से आंगन के ही एक कोने में बैठे थे। अचानक किसी के पैरों की आहट सुनाई दी। सामने से एक लड़की आती दिखाई पड़ी। वह सूज़ी थी। उस समय उसके सिर पर लकड़ियों का एक गट्ठा था। झोपड़ी के आंगन में ही उसने वह गट्ठा नीचे डाल दिया, जिसके साथ ही उसकी नजरें हम पर पहुंचीं। वह कुछ समझ नहीं पाई, शायद अंधेरा ज्यादा था। वह हमारे पास तक आई, ताकि हमें पहचान सके। अंशुमन का चेहरा देखते ही वह चौंक पड़ी। उसके मुंह से सहसा ही निकला–'अंशुमन'।

''हां सूज़ी। कैसी हो दीदी?'' अंशुमन ने दर्द भरे स्वर में कहा।

''मैं अच्छी हूं, और तू.....।''

"मां–बाबा कैसे हैं? मुझे याद तो करते हैं न।"

"हां याद करते हैं। हम सब लोग तुझे दिन–रात याद करते हैं। मां–बाबा तुझे देखकर बहुत खुश होंगे। अरे आप सब लोग यहां क्यों बैठे हो? अंदर चलो ना।"

"क्या हालत बना ली है दीदी? कितनी कमजोर हो गई हो?"

"तू इतने दिनों तक कहां था रे पगले? हमें तेरी बहुत चिंता रहती थी।"

"मैं क्या बताऊं दीदी? किस्मत ने क्या–क्या खेल खिलाए हैं। अभी मेरे पास कोई जवाब नहीं हैं। वो समय भी आएगा जब मैं तुम्हारे सारे सवालों के जवाब इत्मीनान से दे पाऊंगा। बस थोड़ा इंतजार और।"

"वो समय कब आएगा अंशुमन? समय गुजरता जा रहा है। हमें तेरी जरूरत है। हमारे साथ ये आख–मिचौली क्यों? मुझे अपनी चिंता नहीं पर मां–बाबा तेरे इंतजार में पागल रहते हैं।"

"जल्द ही सब कुछ ठीक होने वाला है दीदी। मां–बाबा की भी सारी परेशानियां दूर होने वाली हैं।"

"परेशानियां! उन्हें जो परेशानी है उसे दुनिया की कोई ताकत दूर नहीं कर सकती।"

"क्या हुआ? तुम ये उलझी हुई बातें क्यों कर रही हो दीदी?"

"बाबा की हालत दिनों–दिन खराब होती जा रही है। पिछले हफ्ते तो डॉक्टर ने जवाब भी दे दिया। उन्हें कैंसर है। अब वे बस कुछ ही दिनों के मेहमान हैं।"

"तुम ये क्या कह रही हो दीदी? ये सब कैसे हो गया?"

"यह सच है। इसके अलावा एक सच और है जो तुम्हें सुनना है। मां अब देख नहीं सकतीं। उनकी आखों की रोशनी चली गई है।"

"हे भगवान! गह सब सुनने से पहले मुझे मौत क्यों नहीं आ गई?"

"तुम्हारे घर से चले जाने के बाद मां खोई–खोई सी रहती थीं। वे अक्सर तेरे इंतजार में रेलवे–स्टेशन पर जाती थीं। उनकी आंखें तरस

गईं पर अंशुमन के कहीं भी निशां न थे। एक दिन अचानक वे ट्रेन की चपेट में आ गईं। उन्हें काफी चोट आई और उनके सिर में पत्थर लगने की वजह से उनकी आंखों की रोशनी चली गई।''

''इन सबका मैं ही जिम्मेदार हूं। भगवान मुझे कभी माफ नहीं करेगा।''

''नहीं रे पगले। अब तू आ गया है न, अब सब कुछ ठीक हो जाएगा।''

''अभी थोड़ा और इंतजार करना पड़ेगा दीदी। अभी मुझे जाना है। एक छोटा–सा काम है, उसे निपटाना बाकी है। फिर मैं यहीं रहूंगा, कहीं नहीं जाऊंगा।''

''क्या! फिर तू आया ही क्यों? इतना भी नहीं सोचा कि हम पर क्या बीतेगी? तू आंधी की तरह आया और तूफान की तरह जा रहा है।''

''बस कुछ ही दिनों की बात है दीदी, फिर सब कुछ ठीक हो जाएगा। ''

''पर क्या तू मां–बाबा से नहीं मिलेगा?''

''नहीं दीदी, उनसे मिलकर यहां से जाने की हिम्मत नहीं है मुझमें। मैंने उन्हें इतने दुःख दिए हैं, एक और दुःख नहीं दे सकता। तुम उनका ध्यान रखना, बस महीना भर की बात है। उन्हें मेरे बारे में कुछ मत बताना।''

''ठीक है, मैं तुझे नहीं रोकूंगी। तूने अब तक क्या किया और क्या करने जा रहा है? मैं नहीं पूछूंगी। पर इन सारे सवालों को इकट्ठा करके जरूर रखूंगी। बस महीना भर की बात है न, कोई बात नहीं। हमने छः साल तुम्हारा इंतजार किया है, ये एक महीना भी सही। पर एक महीने बाद तुझे सारे सवालों के जवाब देने पड़ेंगे। मुझे उस दिन का बेसब्री से इंतजार रहेगा।''

''ठीक है, अब मुझे जाना है। पर ये लो, ये बैग तुम्हारे लिए।''

''बैग! क्या है इसमें?''

"कुछ रुपये हैं। मेरी कमाई का एक छोटा सा हिस्सा।"

"इतने सारे रुपये। ऐसा क्या काम करता है रे तू?"

"सब पता चल जाएगा दीदी। बस एक महीना...।"

"नहीं भाई, मैं इन रुपयों को नहीं ले सकती। इसके लिए मेरी आत्मा गवाही नहीं देती। इस घर को इन रुपयों की नहीं बल्कि एक बहन को उसके छोटे भाई और एक मां–बाप को उनके खोए हुए बेटे की जरूरत है।"

अंशुमन ने अपना बैग वाला बढ़ाया हुआ हाथ पीछे किया। सूज़ी के शब्दों के आगे अंशुमन के पास कहने को कुछ था ही नहीं। जावेद ने अंशुमन के कंधे पर हाथ रखा, ताकि हम वहां से जा सकें। अगले ही क्षण हम चारों ने उस घर को अलविदा कह दिया।

सभी यादों और उनसे मिले दर्द को लेकर हम दिल्ली पहुंचे। अब हमें कलकत्ता पहुंचना था। पर उससे पहले एक दास्तां का लिखा जाना और बाकी था। हम सभी ने चांदनी चौक स्थित मेरे घर जाने का फैसला किया।

घर पहुंचकर देखा तो लगा कि किसी और ही दुनिया में आ पहुंचा हूं। कभी मेरे परिवार की खुशबू और चमक बिखेरने वाला वह घर अब खण्डहर में तब्दील हो चुका था। उसे देखते ही आंखों में आंसू आ गए। घर का दरवाजा धीरे से धकेलने मात्र से ही बड़ी ही अजीबोगरीब आवाजों के साथ खुल गया। अंदर का नज़ारा काफी डरावना था। चारों ओर मकड़ी के जाले लगे थे, जो उसे एक अलग ही रूप दे रहे थे और कबूतरों की गुटरगूं व चमगादड़ों के फड़फड़ाने की आवाज उसकी भयानकता में एक अलग ही अध्याय जोड़ रहे थे। उस जगह पड़ रहा हमारा प्रत्येक कदम तेजी से गूंज जाता। वहां हवा इतनी सघन थी कि ठीक से सांस लेना भी मुश्किल हो रहा था। दीवारें बुरी तरह गल चुकी थीं पर फिर भी वहां का अजीबोगरीब आकर्षण मुझे अंदर खींचे जा रहा था।

हम लोग बरामदे में आ गए। वहां फैले हल्के अंधेरे में भी दीवारों पर बने अजीबोगरीब निशान चित्रों के रूप में उभर रहे थे। न जाने वे कैसे

बन गए थे? जगह–जगह बने पक्षियों के घोंसले और उनमें बैठे पक्षियों की आवाज भी कम डरावनी न थी। वहां ठहरना बेहद मुश्किल था, पर फिर भी हम लगातार आगे बढ़ते जा रहे थे।

रात का अंधेरा लगातार बढ़ता जा रहा था। हल्की, पर ठण्डी हवा चलने लगी, जिसने वहां सर्दी और बढ़ा दी थी। सब लोगों ने अपने–अपने कंबल ओढ़े थे और मुझे एक पतली कमीज में भी पसीना छूट रहा था। अब हम उस कमरे में पहुंच गए जो मेरा सबसे ज्यादा पंसदीदा हुआ करता था। यह वही कमरा था जहां कनिका और मां ने दम तोड़ा था। उनके खून के निशान आज भी बिल्कुल ताजा लग रहे थे। मन हो रहा था कि उन्हें स्पर्श करना चाहिए।

किसी जानवर के सड़ने की अजीब–सी बदबू से वहां ठहरना अत्यंत मुश्किल हो रहा था। सभी लोग वापस चलने के लिए बोल रहे थे। पर मन से आवाज आ रही थी कि वहां कुछ वक्त और बिताना चाहिए। अंधेरा होने के कारण वहां कुछ भी ठीक से नहीं दिख पा रहा था। अचानक मेरा पैर नीचे पड़ी किसी चीज से टकरा गया। जावेद ने माचिस निकालकर वहां रखी पुरानी–सी लालटेन जलाई और सामने देखा तो हम सबके होश उड़ गए। वहां जो भी था वह हमारी कल्पना और सहनशक्ति से परे था। उस भयाभय दृश्य ने हमें हमारे कदम पीछे हटाने पर मजबूर कर दिया। उस कमरे में जगह–जगह हड्डियों के अनगिनत कंकाल पड़े थे, जो शायद कुत्तों के थे। कुछ कुत्तों के मृत शरीर अधसड़ी हालत में थे जिनसे जबरदस्त दुर्गंध आ रही थी। उस लालटेन की हल्की लाल रोशनी में वे और भी भयानक प्रतीत हो रहे थे, मानो वे अभी उठ खड़े हों। उस कमरे के बीचों–बीच अधजली लकड़ियां और ढेर सारी राख थी जो उसे किसी जली हुई चिता का रूप दे रही थी। यह सब होते हुए भी हम वहां क्यों थे? पता नहीं।

मेरे कदम सहसा ही उस अर्थी की ओर बढ़ने लगे। सभी लोग मुझे रोक रहे थे पर मन मानने को तैयार न था। मैं उस अर्थी के पास जाकर बैठ गया। वहां पड़ी अधजली लकड़ियों को लोट–बदल करने लगा। जो सामने आया वह रूह को कंपा देने वाला था। वहां एक मानव कंकाल पड़ा था। पूरी तरह जलने के बाद भी उस कंकाल की हड्डियों

की मजबूती देखने लायक थी। हम सभी लोग दंग थे और एक दूसरे का मुंह ताक रहे थे।

मैं उठकर उस दीवार के पास जा पहुंचा जो मेरे परिवार के खून से अभी भी लाल थी। खून के उन लाल धब्बों पर हाथ सहसा ही जा पहुंचा। मैं नहीं जानता था कि यह कोई गुनाह होगा। उस स्पर्श मात्र से ही वहां का रुख बदलने लगा। वे सूखे हुए खून के धब्बे अपने आप ही गीले होते चले गए। देखते–ही–देखते उस रक्त से मेरी अंगुलियां भी लाल हो गईं। इस घटना से आत्मा दहल उठी। अगले ही पल लगा कि वहां एक बम सा फटा हो और उसकी वजह से वहां मौजूद हर एक चीज कांप रही हो। घर के आंगन में खड़े पीपल के पत्तों की आवाज भी तेज होने लगी। लग रहा था कि किसी भीड़–भाड़ वाली जगह पर तालियां बज रही हों। हर एक क्षण अपना रंग दिखाने लगा। अगले ही पल एक दूधिया रोशन वहां फैल गई। फिर एक नीली और अंत में लाल रोशनी ने वहां अपने पैर जमा लिए। लग रहा था कि वहां की हर चीज रक्तरंजित हो गई हो।

शायद यह काफी न था। वहां पड़े कंकाल पता नहीं कैसे हरकत में आने लगे? वे हल्की आवाज के साथ हिलने लगे। मानो वे फिर से जिंदा होने के लिए तैयार हो रहे हों। उस खूनी लाल प्रकाश में वे सचमुच बड़े ही डरावने लग रहे थे। सभी लोग मुझे वहां से वापस लौट चलने के लिए बार–बार बोल रहे थे। उनका कहना था कि यहां हम बेमौत मारे जाएंगे। पर मैं वहां से हिलने तक को तैयार न था। वहां हर पल एक नया कारनामा होने को तैयार था। वहां पड़ी उस अधजली चिता से धुआं उठने लगा। कुछ ही समय में वह ऊंची–ऊंची लपटों के साथ जलने लगी। यह देखकर पैरों तले से जमीन ही खिसक गई। वहां इतनी गर्मी व जलन पैदा हो गई कि जान ही निकली जा रही थी। अगले ही पल सारे कंकाल एक ही जगह सिमटने लगे। फिर कुछ प्रेतात्माओं की चीखों से वह कमरा गुंजार उठा। उन चीखों में इतना दर्द व तेज था कि कान फटे जा रहे थे। वह चिता मुझे जलाने को अपनी ओर खींच रही थी। उसमें एक अजीब सा आकर्षण था। बाकी लोग मुझे पकड़े हुए थे और

वहां से वापस चलने के लिए चिल्ला रहे थे। उसी वक्त अचानक किसी अदृश्य शक्ति ने मुझे धक्का दिया और मैं वहां मौजूद सीढ़ियों से नीचे जा गिरा। शायद बेहोश भी गया था।

होश आया तो सामने तीनों दोस्त थे। शरीर पर कई जगह पट्टियां बंधी थीं। मेरे होश में आने से उनकी चिंता थोड़ी कम होती नजर आ रही थी।

अध्याय–१०

सब कुछ भूलकर हम लोग हवाई जहाज से कलकत्ता पहुंचे। वहां के होटल सिटी–स्टार में हमारे लिए एक कमरा पहले से ही बुक था। टोनी का समारोह अगले दिन होने वाला था। कमरे के अंदर हमने सारी योजनाएं तैयार कर लीं। जैसी हमारी प्लानिंग और शकील डॉन की तकनीक थी उसके अनुसार टोनी की मौत तय थी। शाम तक हमारे पास एक कौरियर आया, जिसमें समरोह में शामिल होने के चार टिकट और अत्याधुनिक तकनीक के रिवॉल्वर थे।

सुबह हुई। बारह बजे वह समारोह शुरू होने वाला था। दस बजे तक हमने सारी तैयारियां कर लीं। मैंने भगवान से प्रार्थना की कि बस आज का दिन ठीक–ठाक गुजर जाए। हम चारों लोग सही सलामत बच जाएं और टोनी के मर्डर से मिलने वाले पैसों से एक नई शुरुआत कर सकें। अपने परिवार के होकर रह जाएं। हम सभी उम्मीद कर रहे थे कि आने वाली जिंदगी बेहद प्यारी होने वाली है।

हमने सारा सामान चैक किया। समारोह के पासिंग टिकट लिए। अपने–अपने रिवॉल्वर हमने दांई टांग से बांधे और आत्मविश्वास लिए होटल रॉयल–ड्रीम्स पहुंचे, जहां टोनी का वह समारोह होने वाला था। समारोह में ज्यादातर बड़े–बड़े उद्योगपति तथा नामी–ग्रामी लोग थे, इसीलिए शकील डॉन ने हमारे लिए पहले से ही अच्छे कपड़ों की व्यवस्था कर दी थी, ताकि हम किसी गंवार की तरह न दिखाई दें। वहां शामिल होने वाले सभी लोगों की गेट पर तलाशी ली जा रही थी,

पर शकील ने हमारे लिए यह रास्ता भी आसान बना दिया था। हमें दूसरे दरवाजे से अंदर भेज दिया गया। यह एक बहुत बड़ा हॉल था, जिसे विभिन्न कलाकृतियों से सजा रखा था। देखते ही देखते पूरा हॉल लोगों से भर गया। सामने एक बड़ा सा स्टेज था, जिसकी खूबसूरती देखने लायक थी। करीब दस मिनट इंतजार के बाद टोनी स्टेज पर आया। उसे देखते ही खून उबलने लगा। जावेद ने मेरे कंधे पर हाथ रखा ताकि मैं शांत हो जाऊं। हमने फैसला किया कि कार्यक्रम के अंत में हम उस पर गोलियां चलाएंगे।

भव्य स्वागत हुआ। सारी औपचारिकताएं पूरी करने क बाद टोनी ने लोगों को संबोधित करना शुरू किया, "जिंदगी इतनी जल्दी, इतनी दूर और इतनी बड़ी कामयाबी पर ले आई है कि सब कुछ एक सपना सा लगता है। करोड़ों लोगों की दुआएं साथ रहीं, ईश्वर का आशीर्वाद साथ रहा और प्रधानमंत्री के रूप में भारत जैसे देश की सेवा करने का मौका मिला। मैं अकेला कुछ नहीं हूं। आपकी दुआओं की ताकत हर वक्त मेरे साथ रहती है और जो हमेशा भारत देश की सेवा करने के लिए प्रेरित करती रहती है। हम सभी लोग भारत मां की सेवा करने के लिए पैदा हुए हैं और मैं मरते दम तक देश सेवा करता रहूंगा।

आज मैं आपको एक कहानी सुनाता हूं। एक छोटे बच्चे की कहानी, जो एक खानाबदोश की जिंदगी जीता था या फिर गली के कुत्ते की तरह। कब कौन सी ट्रैन या बस मौत के रूप में उसके ऊपर चढ़ जाए? कह नहीं सकते। फिर उसकी जिंदगी में भगवान के रूप में एक ऐसा शख्स आता है जो उसे कुत्तों जैसी जिंदगी की बजाय इंसानों की जिंदगी में रहना सिखाता है और कामयाब बनाता है। वो शख्स उस लड़के को बड़ा बनाने के चक्कर में खुद छोटा रह गया। उस लड़के ने ढेर सारा पैसा, इज्जत और नाम कमाया और इस बात पर उस शख्स को अपने ऊपर गर्व था कि उसकी कामयाबी के पीछे मेरा हाथ है। वो बच्चा, जो अब बड़ा हो चुका था, उस पर पैसे और नाम का नशा सिर चढ़कर बोलने लगा। अपनी हबश में वो इतना अंधा हो गया कि उसे कुछ नजर न आया। वह कई सारी जिंदगियों के साथ खेलता गया। यहां तक कि

उस लड़के ने भगवान जैसे उस शख्स को भी नहीं छोड़ा। उसने उस शख्स का परिवार तबाह कर दिया और उसे मौत से भी बद्तर ज़िंदगी जीने के लिए छोड़ दिया।

क्या ऐसे लड़के के लिए कोई माफी होनी चाहिए? उसे मौत से भी बद्तर सजा मिलनी चाहिए और आज स्थिति यह है कि वह दिन–रात पश्चाताप की आग में जलता है। भगवान से मौत मांगता है, पर बदले में उसे और बड़ी कामयाबी मिलती है। पता नहीं भगवान कैसा इंसाफ करता है? अब उस लड़के को अपनी गलतियों और किए हुए पापों का अहसास होता है। वह इतना पछताता है जिसका कोई जवाब नहीं। वह रात–दिन पागलों की तरह प्रायश्चित करता है और भगवान से दुआ करता है कि वह किसी तरह उस शख्स से दोबारा मिल जाए। बदले में चाहे उसका सब कुछ चला जाए। पर तरसने के अलावा उसके पास आज कुछ नहीं है। काश जिदंगी के किसी मोड़ पर उससे वह शख्स मिल जाए और उन पापों के लिए माफी मांग सके जिसके वह लायक भी नहीं है।''

टोनी का लैक्चर खत्म हुआ। मेरे होश उड़े हुए थे। टोनी खुद पुतले की भांति स्टेज पर खड़ा हुआ था। वहां मौजूद लोग हैरानी से उसका चेहरा ताक रहे थे। वे सब कार्यक्रम के मुताबिक इसलिए आए थे कि प्रधानमंत्री एक 'नई राष्ट्रीय औद्योगिक नीति' उनके समक्ष प्रस्तुत करेंगे। इस दिन का उन्हें कई महीनों से इंतजार था। उन्हें लग रहा था कि नई औद्योगिक नीति के बाद उनका कारोबार दिनों–दिन तरक्की करेगा, पर प्रधानमंत्री के इस अजीब से नाटक से सारे लोग हैरान थे। सबको लग रहा था कि प्रधानमंत्री पागल हो गया है।

समारोह के समापन का वक्त था। लोग गुस्से में थे। पर न चाहते हुए औपचारिकताएं तो निभानी ही थीं। लोग अपने–अपने समूहों में जाकर टोनी को सम्मान और उपहार दे रहे थे। जावेद ने मेरे कंधे पर हाथ रखा। शायद वह कहना चाह रहा था कि यही सबसे अच्छा मौका है। हम चारों फूलों की मालाएं लेकर उसके पास पहुंचे। मुझे टोनी द्वारा पहचाने जाने का डर नहीं था, क्योंकि बढ़ी दाढ़ी और लम्बे बालों से

सूरत ऐसी हो गई थी कि वो तो क्या, मैं खुद अपने आपको नहीं पहचान पा रहा था। हम स्टेज पर उसके पास जाकर खड़े हो गए। टोनी के शरीर में अजीब सी हरकत सी हुई। उसकी तेज–तर्रार नजरें मेरे चेहरे को अपलक निहार रही थीं। हैरानी से उसकी आंखों का आकार बढ़ता जा रहा था। इससे पहले कि वह कुछ समझ पाता, जावेद ने एक बार फिर मेरे कंधे पर हाथ रखा। अगले ही पल हम सभी लोग एक झटके के साथ नीचे झुके और टांगों से चिपके पिस्तोल निकाले। फिर हमारे पिस्तोलों से टोनी की ओर धड़ाधड़ गोलियां चलनी शुरू हो गईं। लोगों में भगदड़ मच गई। टोनी के पास खड़ा सिक्योरिटी गार्ड उसे बचाने के लिए उससे ऐसे लिपट गया मानो वे एक जिस्म दो जान हों। हमारी ओर से लगातार गोलियां चल रही थीं। देखते ही देखते वहां मौजूद फोर्स भी हरकत में आ गई। बिना देर किए उन्होंने भी हम पर गोलियां चलानी शुरू कर दीं। किसी तरह हम वहां से भाग निकलने में कामयाब रहे। पर वहां से सही सलामत बच निकलना कोई बच्चों को खेल न था। हम वहां से निकल जरूर गए थे पर वहां मौजूद फोर्स हमारे पीछे दीवानों की तरह पड़ गई। हम जान बचाने के लिए लगातार दौड़ रहे थे। शायद कोई और रास्ता भी न था। एक बहुत बड़ी अनहोनी हमारा इंतजार कर रही थी। जोसफ का पैर एक गड्ढे में फंस गया। हमने उसके पास रुक कर कोशिश की पर हम भी कामयाब न हो सके। फोर्स लगातार हमारी और बढ़ रही थी। अब जोसफ भी जान चुका था कि उसका बचना मुश्किल है। उसने हमसे वहां से भाग जाने के लिए कहा। वह पागलों की तरह चिल्ला रहा था कि उसके साथ बाकी लोग भी बेमौत मारे जाएंगे। पर हम उसे इस हालत में नहीं छोड़ सकते थे। फोर्स अब बस कुछ ही दूरी पर थी। जोसफ लगातार हम पर चीख रहा था कि तुम लोग यहां से भाग जाओ, मैं अब नहीं बचने वाला और अगले ही पल जो हुआ वह रूह को कंपाने और आत्मा को दहलाने वाला था। किसी ने भी नहीं सोचा था कि जोसफ ऐसा कदम उठा लेगा। उसने अपना पिस्तोल कनपटी पर लगा लिया। वह हम तीनों की ओर धीरे से मुस्कुराया और हमें अलविदा कहकर उसने खुद को गोली मार ली। वह नीचे जमीन पर गिर गया। सब कुछ इतनी तेजी से हुआ कि हम कुछ न कर सके। जोसफ के साथ मौत का यह नंगा नाच देखकर हम बुरी तरह टूट गए।

न चाहते हुए भी हमें जोसफ को वहां छोड़कर भागना पड़ा। हमने उस फोर्स से अपने आप को तो बचा लिया था, पर जोसफ की मौत के साथ ही हमारा सब कुछ लुट चुका था। अहसास हुआ कि इस रास्ते पर चलकर हमें मौत के सिवाय कुछ नहीं मिलने वाला। इतना दुःखी हमने अपने आप को कभी नहीं देखा था।

शकील भी इस घटना से काफी घबरा गया था। पर उसने हमें बचाने में जरा भी असावधानी नहीं बरती। टीवी पर चल रही खबरों से पता चला कि टोनी को डॉक्टर्स द्वारा बचा लिया गया है। उसे बांह में दो गोलियां लगी थीं।

हम महीना भर तक एक ऐसी जगह सुरक्षित रहे जहां परिंदा भी पर नहीं मार सकता था। शकील ने हमें एक और मौका देने का फैसला किया, पर उसने कहा कि हमारे लिए यह अंतिम मौका होगा।

एक बार फिर से शकील ने दिमागी घोड़े दौड़ाए और एक अच्छी सी योजना तैयार करके हमें बताया कि टोनी दस दिन के लिए अमेरिका जा रहा है। वह दस दिन तक वहां की संस्कृति व सभ्यता से रूबरू होगा। यह टोनी तथा भारत के लिए बड़े ही गर्व की बात थी कि उसे अमेरिका का सर्चोच्च पुरस्कार 'प्रेसिडेंसल मेडल ऑफ फ्रीडम' मिलने वाला था। वह भारत से पहला व्यक्ति था जिसे यह सम्मान मिलने वाला था। हमें टोनी को एक अच्छा सा दिन देखकर मारना था।

जल्द ही हमारे पास अमेरिका के फ्लाइट–टिकट और जरूरी चीजें पहुंच गईं। जोसफ के बगैर सब पराया सा लगा रहा था। उसकी मौत गवाह थी कि यह रास्ता हमारे लिए कितना खतरनाक साबित होने वाला था। टोनी बदल चुका था और फिर कनिका व मां भी मुझे इस कत्ल को न करने का इशारा दे रही थीं। पर मैं एक समूह का सदस्य था और हम इस राह पर इतना आगे बढ़ चुके थे जहां से पीछे लौटना मुश्किल थाा।

एक लम्बे सफर के बाद हम लोग अमेरिका पहुंचे। हमारे पास जो पासपोर्ट थे उसमें हमारे सही–सही नाम व पते छुपा रखे थे। हमें नकली और नए नाम से पासपोर्ट दिए गए थे, ताकि कोई गड़बड़ी होने पर हम आसानी से बच निकलें। न्यूयार्क शहर के 'होटल–ब्लू' में हमें एक छोटा सा कमरा दे दिया गया। शकील हमें बार–बार फोन करके विश्वास दिला

रहा था कि सब कुछ ठीक–ठाक होगा और इस काम के बाद हमें पांच सौ करोड़ रुपये दिए जाएंगे।

शकील ने हमें एक तारीख दी और पूरी रणनीति समझा दी। अमेरिका में एक फुटबॉल मैच होने वाला था, जिसमें टोनी मुख्य मेहमान के तौर पर शामिल होने वाला था। वहां सुरक्षा के कड़े इंतजाम थे, पर शकील डॉन ने चक्कर चलाकर हमारे स्टेडियम के अंदर हथियार ले जाने की व्यवस्था कर दी थी।

मैच वाला दिन आया। शकील ने हम तीनों का हौसला बढ़ाया कि सब कुछ ठीक होगा। हम अपने मकसद में इस बार जरूर कामयाब होंगे। आत्मविश्वास लिए हम स्टेडियम के गेट पर पहुंचे, जहां कड़ी सुरक्षा के बीच काफी जांच–पड़ताल हो रही थी। हम नकली दाढ़ी व मूंछें लगाए हुए थे, ताकि हमें कोई पहचान न सके। स्टेडियम के अंदर जाने के लिए जांच–पड़ताल हेतु जो लाइन लगी थी उसमें हम लग गए। जैसे–जैसे लाइन आगे बढ़ रही थी, घबराहट मौत के उस नंगे नाच को चीख–चीखकर बयां कर रही थी। शकील ने वहां के ऑफिसर को ढेर सारा पैसा देकर हमारी तलाशी लिए बगैर ही अंदर जाने के लिए राजी कर लिया था। वह एक भारी भरकम शरीर वाला अश्वेत अमेरिकन था। उसने हमारे टिकट देखे, वह कभी हमारे चेहरों को देखता तो कभी टिकटों को। हमें गड़बड़ का अहसास हुआ। पर अगले ही पल उसके काले चेहरे पर दांतों की सफेद बत्ती के साथ एक भयानक सी हंसी उभरकर आई और इस पर उसका हमें 'बेस्ट ऑफ लक' बोलना और ज्यादा भयानक था। मैं बिना कुछ बोले उसे घूरता हुआ वहां से आगे बढ़ गया।

वहां फुटबॉल मैच की सारी तैयारियां हो गईं। एक औपचारिकता का पालन करते हुए टोनी को फुटबॉल पर एक किक मारकर मैच का शुभारंभ करना था। हमें ठीक इसी समय अपनी ओर से गोलियां बरसानी थीं।

सब कुछ ठीक–ठाक था। ठीक ग्यारह बजे मैच शुरू होने वाला था और दस बजे ही दर्शकों से स्टेडियम लबालब भर गया। हमने भी

अपनी कुर्सियां पकड़ लीं। दोनों टीमों के खिलाड़ी मैदान पर उतरे। दर्शकों का जोश और हो–हल्ला अपने चरम पर था। टोनी डिसूजा समय पर स्टेडियम पहुंचा। उसके साथ उसकी पत्नि ऐंजेलिना, जो एक ब्रिटिश एक्टर थी और उनका चार वर्ष का बेटा सिड भी थे। टोनी व उसके परिवार को देखकर दर्शकों का जोश व शोर इतना बढ़ गया कि स्टेडियम में सुरक्षा के लिए जगह–जगह पुलिस वाले खड़े करने पड़े। फील्ड के बीचों–बीच एक बड़ा सा लाल फीता बंधा था, जिसे अमेरिकन रीति–रिवाज के अनुसार टोनी द्वारा काटा गया। हमने अपने–अपने रिवॉल्वर तैयार कर लिए। अब टोनी को बॉल पर किक मारनी थी। हम बिल्कुल तैयार हो गए। टोनी ने धीरे से अपना पैर बॉल पर मारा। अभी वह अपना पैर ठीक से जमीन पर भी न रख पाया होगा कि हम तीनों की ओर से धड़ाधड़ गोलियां चलनी शुरू हो गईं। गोली लगते ही टोनी जमीन पर गिर गया। स्टेडियम में मौजूद पचास हजार लोगों में भगदड़ मच गई। इतनी भीड़ होते हुए भी पुलिस हमें भांप गई। पर वो भीड़ में गोलियां नहीं चला सकते थे, हमने भी इसका फायदा उठाया और भीड़ के सहारे छुपते हुए स्टेडियम से बाहर आ गए।

ये अमेरिकन पुलिस थी, हमारे लिए बचना आसान न था। पुलिस ने हमें पहचान लिया और हमारे ऊपर गोलियां चला दीं। किसी तरह हम बचने में कामयाब रहे। पर जावेद के कई सारी गोलियां लग गई थीं और समय के साथ उसकी हालत बद्तर होती जा रही थी। हम जावेद को लेकर होटल के उसी कमरे में पहुंचे जहां हम ठहरे हुए थे।

जावेद अब कुछ ज्यादा ही बुरी स्थिति में पहुंच चुका था। वह उल्टे–सीधे सांस ले रहा था, मानो उसका दम निकला जा रहा हो। ऐसी स्थिति में वहाँ डॉक्टर को बुलाना मुश्किल था, पर अपनी जान पर खेल कर हमने यह काम भी कर दिखाया। वह एक भारतीय डॉक्टर था और उसे गलत सूचनाएं देकर हम होटल तक लाए थे। वह जावेद को देखते ही पूरा मामला समझ गया। वह जानता था कि जावेद का इलाज करके वह गैर–कानूनी काम में फँस सकता है। पर उसने मैदान छोड़ने के बजाय इलाज करने का फैसला किया। दो दिन तक चले

उस इलाज में डॉक्टर ने अपनी पूरी जान झोंक दी। अगले दिन चार बजे वह कमरे से बाहर आया। उसका लटका मुंह जावेद की मौत को चीख–चीख कर बयां कर रहा था। उसका कहना था कि उसने पूरी कोशिश की पर जावेद के घाव काफी गहरे थे और एक गोली फेफड़े में फंस गई थी, जिससे उसे सांस लेने में परेशानी हो रही थी। अंत में उसने दम तोड़ दिया। इतना कहकर वह डॉक्टर चलता बना। उसने फीस लेने से इंकार कर दिया और हमसे वादा किया कि हमारे बारे में किसी को बताएगा भी नहीं।

जावेद मर चुका था। वह इतनी आसानी से हमें छोड़कर चला जाएगा हमने कभी सोचा भी न था। यह सच था कि टोनी की मौत का रास्ता बर्बादी वाला था, पर यह हमारे लिए इतना ज्यादा घातक सिद्ध होगा, हमने कभी न सोचा था। अंशुमन और मैंने अपने आपको इतना अकेला महसूस कभी नहीं किया था। जावेद की मौत किसी सदमे से कम नहीं थी। उसके मृत शरीर से लिपटकर रोने–बिलखने के अलावा हमारे पास कुछ न बचा था।

जल्द ही हमें पता लग गया कि टोनी की हालत भी गंभीर है। उसे आईसीयू से निकालकर कोमा में रखा गया है। कई अमेरिकन डॉक्टर्स ने उसे कोमा से बाहर लाने की कोशिश की पर वे इसमें नाकाम रहे। अब यह कहना मुश्किल था कि टोनी को कोमा से बाहर आने में कितना समय लगेगा। दो दिन, दो माह, दो साल या पूरी जिंदगी।

टोनी के हमलावरों के रूप में हम अभी भी अमेरिका में सुरक्षित थे। यह शायद हमारी अच्छी किस्मत की वजह से था। जावेद और जोसफ के मरने के बाद दून–टाइगर्स का नामोनिशां मिटने को था। हम दोनों मासूम से थे व जावेद और जोसफ के कहने पर ही सारे काम करते थे। अब हम इतने कमजोर पड़ चुके थे कि टोनी जैसे ताकतवर इंसान का मर्डर करने के बारे में सपने में भी नहीं सोच सकते थे।

हमने फैसला किया कि टोनी के मौत वाले रास्ते पर चलना अब बंद करना होगा। मुझे खुद से ज्यादा अंशुमन की फिक्र थी, उसके परिवार को उसकी जरूरत थी और अब वह भी अच्छी तरह जान चुका कि इस

बार उसकी मौत पक्की है। बिना देर किए हमने शकील डॉन को फोन किया और उसे बताया कि हम सब कुछ छोड़कर भारत वापस आना चाहते हैं। हमारे दो साथी मारे जा चुके हैं और यह काम अब हमारे बस का नहीं है। हमें लग रहा था कि शकील हमारी मजबूरी समझेगा, पर ऐसा नहीं हो सका। उसने इस बार अपना अलग ही रंग दिखाया। उसका कहना था कि वह टोनी के मर्डर के लिए दून–टाइगर्स पर ढेर सारा पैसा खर्च कर चुका है और टोनी अभी भी जिंदा है। उसने हमें समझाया कि भारत आने का अब एक ही रास्ता है और वो सिर्फ टोनी के मर्डर से होकर जाता है। उसका कहना था कि वह अपने किसी भी वादे से पीछे नहीं हटेगा। वह अभी भी हमें पांच सौ करोड़ रुपये ही देगा और टोनी के मर्डर में सहयोग भी पूरी तरह करेगा। पर टोनी का मर्डर तुम्हें ही करना पड़ेगा।

हम समझ चुके थे कि हम एक ऐसी दलदल में फंस चुके हैं जिससे निकलने की जितनी ज्यादा कोशिश करते उतने ही अधिक फंसते जाते। शकील के बगैर हमारा वहां से निकलना मुश्किल था और टोनी के मर्डर का रास्ता हमारी मौत से होकर जाने वाला था। अंशुमन ने अपनी बहन से वादा किया था कि वह लौटकर जरूर आएगा, पर अपने आपको ऐसी स्थिति में फंसा देखकर वह आंसू बहाने के अलावा कुछ नहीं कर सकता था। वह पछता रहा था कि यहां क्यों आया? काश उस दिन से ही वह अपने परिवार का होकर रह जाता, जब वह उनसे मिलने गया था। अब उसका उसके परिवार से मिलन उसकी अच्छी किस्मत की वजह से ही हो सकता था और शायद मेरा उसे घर तक पहुंचाने में सहयोग से।

तीन महीने तक उस होटल में जेल के कैदियों की तरह जिंदगी गुजारने के बाद एक दिन अचानक शकील का फोन आया कि टोनी कोमा से बाहर आ गया है, एंजेलिना ने टोनी के कोमा से बाहर आने के लिए मन्नत मांगी थी। वह अपने परिवार के साथ पैदल यात्रा करके एकांत में टोनी का जन्मदिन मनाने के लिए एक प्रसिद्ध खंडहर तक जाने वाली थी। करीब पंद्रह किमी की उस गुप्त यात्रा के बारे में शायद ही कोई जानता होगा। पर शकील डॉन के खुराफाती दिमाग ने न जाने वह जानकारी कहां से हांसिल कर ली थी?

हमारे पास इससे अच्छा मौका नहीं आने वाला था, जो हमें भारत और अंशुमन को उसके परिवार से रूबरू करा सकता था। सबसे अच्छी बात यह थी कि इस यात्रा के दौरान टोनी व उसके परिवार के साथ कोई फोर्स भी साथ नहीं जाने वाली थी। हमने तय किया कि टोनी को खंडहर के अंदर मारना चाहिए। गुप्तचरों की भांति हम लोग खंडहर के बाहर उनका इंतजार करने लगे।

दो घण्टे के लम्बे इंतजार के बाद टोनी ने खंडहर पर दस्तक दी। उसने नकली दाढ़ी–मूंछे लगा रखी थीं, ताकि उसे कोई पहचाने न। एंजेलिना और सिड भी अजीब से दिखने वाले कपड़ों में थे। देखते ही देखते वे तीनों लोग खंडहर के अंदर चले गए। करीब दस मिनट बाद हम भी उसके अंदर जाने लगे, पर मेन गेट का दरवाजा अंदर से बंद कर लिया गया था। पर उसकी दीवारें इतनी भी ऊंची न थीं कि वे हमें अंदर जाने से रोक पातीं। हम खंडहर के अंदर घुसे और चोरी छुपे धीरे–धीरे कदमों से चलने लगे। वह एक बड़ा और भव्य खंडहर था और हमारी जरा सी आहट भी वहां गूंज सी जाती। वहां की हवा इतनी सघन थी कि हमें सांस लेने में भी पूरी ताकत लगानी पड़ रही थी। वहां चलने के लिए एक–एक कदम उठाने में भी शरीर में बिजली सी दौड़ जाती। वहां एक हॉल था, जिसे बड़े ही भव्य तरीके से सजा रखा था। हॉल के अंत में एक बहुत बड़ी प्रतिमा लगी थी। टोनी, एंजेलिना और सिड वहां घुटनों के बल हाथ जोड़कर प्रार्थना में लगे थे। टोनी यह न जानता था कि धीरे–धीरे मौत उसकी ओर बढ़ रही है। उनके पास में ही एक विशेष छोटी सी तस्वीर रखी हुई थी, जो उस समय एक गुलाबी कपड़े से ढकी थी। वे सब अभी भी आंखें बंद किए प्रार्थना में लीन थे। हम दोनों चुपके से उनके पास जाकर खड़े हो गए। उन्हें इस बात का जरा भी अहसास न था कि उनके पीछे मौत खड़ी है, जो उनसे मात्र दो कदम दूर है।

टोनी ने अपने प्रार्थना वाले हाथ नीचे किए और उस तस्वीर से वह गुलाबी कपड़ा हटाया। उसके साथ ही जो सामने आया वह होश उड़ाने वाला था। वास्तव में वह तस्वीर मेरी थी और उस पर 'हैप्पी बर्थ–डे राज आनंद' लिखा था। जिसके साथ ही मुझे याद आया कि आज तो

मेरा जन्मदिन है। इससे पहले कि मैं उन चंद और घटिया भावनाओं में बह जाऊं, जो टोनी के मर्डर में देरी करें, उससे पहले ही अंशुमन ने जावेद की कमी पूरी करते हुए अपना हाथ मेरे कंधे पर रखा। अगले ही पल टोनी हमारी ओर पलटा और मुझे ध्यान से देखने लगा। पहचान में आते ही उसके चेहरे पर मुस्कान उमड़ आई, जो समय के साथ और गाढ़ी होती चली गई। मैं अभी भी आंखें गड़ाए उसकी ओर देख रहा था। एंजेलिना ने भी शायद मुझे पहचान लिया था, इसलिए वह भी एकाएक मुस्कुराई। अचानक टोनी मेरी ओर बढ़ने लगा, उसने कुछ कहने के लिए होठ खोले। अभी उसके शब्द मेरे कानों तक पहुंच भी न पाए थे कि अंशुमन आगे बढ़ा और टोनी के पेट में चाकू मार दिया। उसके होश का ठिकाना न रहा, वह मेरी ओर लपका और लड़खड़ाते हुए मुझसे लिपट गया। उसकी मुस्कान अब चीखों में तब्दील हो चुकी थी। एंजेलिना के चेहरे पर डर व खौफ के साए मंडराने लगे थे। अंशुमन ने ऊंची आवाज में मेरा नाम पुकारा, उस आवाज में पता नहीं क्या जादू था कि मेरा खून खौलने लगा। शरीर में एक बिजली सी दौड़ गई। मैंने टोनी की शर्ट का कॉलर पकड़ा और उसके पेट में दूसरा चाकू भी मार दिया। एंजेलिना यह देखकर तेजी से चिल्लाई। उसकी चीखों में इतना दर्द व रोष था कि मानो पूरा वातावरण ही विलाप कर रहा हो। टोनी को छुड़ाने के लिए एंजेलिना मेरी ओर लपकी, पर अंशुमन ने उसे बीच में ही रोक लिया, उसके बाल पकड़े और देखते ही देखते टोनी के खून से लाल वह चाकू एंजेलिना के पेट को भी चीरता हुआ चला गया। वह मंज़र और दर्दनाक बन गया। टोनी जमीन पर पड़ा दर्द से तड़प रहा था, अंशुमन ने अभी भी एंजेलिना के बाल पकड़े थे। वह टोनी को इस हालत में देखकर अपना असहनीय दर्द बयां कर रही थी। सिड भी यह सब देखकर लगातार रोए जा रहा था।

उस तड़प और उन चीखों की आवाज कम होती चली गई और देखते ही देखते वह शून्य में पूर्णतया विलीन हो गई। उन विलुप्त होती चीखों के पीछे से न जाने कैसे कनिका और माँ की दर्दनाक आवाजें आनी शुरू हो गईं? वह मंज़र भी आंखों के सामने आता गया जब कनिका टोनी से अपनी जिंदगी की भीख मांग रही है और बेरहम टोनी

उसे छोड़ने की बजाय अपनी हबश का शिकार बनाता जा रहा है। उसके बेरहम कुकृत्यों और कभी न खत्म होने वाले जुल्मों से बचने की वह कोशिश रही है, पर जालिम टोनी दोनों की हर कोशिश को नाकाम करता जा रहा है। उसके जुल्मों का दूर–दूर तक भी अंत होता नजर नहीं आ रहा। वह उन्हें माफ करने की बजाय असहनीय दर्द देता जा रहा है। उनका बेइंतहा दर्द और असहनीय चीखें मेरी बर्दाश्त से बाहर होती जा रही हैं। लग रहा था मानो शरीर में असंख्य सूईयां चुभ रही हों और उस दर्द की कोई सीमा न हो। महसूस हो रहा था मानो किसी ने तपते लोहे के गाढ़े द्रव के कढ़ाहे में डाल दिया हो। कनिका की दर्दनाक चीखों और मां के असहनीय दर्द से कान बुरी तरह गुंजारने लगे। वे इंसाफ की मांग कर रही थीं। एक ऐसा इंसाफ जो उनकी तड़पती रूहों को शांति के लिबास में लपेट सके। वे शुकून से रह सकें। मैं ऐसे वक्त में क्या कर सकता था? एक पति और एक बेटा होने का फर्ज निभा सकता था। इसके अलावा शायद कुछ नहीं। मैंने आंखें बंद कीं और कनिका व मां से वादा किया कि इतिहास के पन्नों में आज एक ऐसी मौत दर्ज हो जाएगी, जिसके बारे में कभी किसी ने सुना या देखा न हो। कोई भी शख्स ऐसा गुनाह करना तो दूर उसके बारे में सोचने से भी घबराएगा।

अगले ही पल आंखें खोलीं। अंशुमन अभी भी तड़पती एंजेलिना के बाल पकड़े हुए था। उसका बेटा अभी भी अपनी मां से लिपटकर रो रहा था। टोनी अभी भी लगे हुए चाकुओं के दर्द से तड़प रहा था। उसे देखते ही एक बार फिर से खून बुरी तरह खौल उठा। मैं उस तक पहुंचा। जिन आंखों से उसने कनिका को गंदी नजर से देखा था, उनमें इतने चाकू मारे कि उनके चिथड़े उड़ गए। उसकी तड़प किसी के लिए भी असहनीय थी। पर उससे कहीं ज्यादा दर्दभरी तो एंजेलिना की चीखें थीं। मेरे दोनों हाथ सहसा ही टोनी के सीने तक जा पहुंचे। आज इन आंखों में इतना कहर था कि उसकी मौत को बद्तर बनाने के लिए मैं किसी भी हद तक जा सकता था। मेरे मजबूत हाथ उसके सीने को चीरते हुए कलेजे तक जा पहुंचे। उसके नापाक दिल को अपने हाथों से बाहर निकालने में जो सुकून मिला वह असामान्य था। अब उसका तड़पता शरीर शांति को प्राप्त हो गया था। एंजेलिना यह सब देखकर

पागल होने की कगार पर थी। अपने पति की इतनी बुरी हालत देखकर उसे शायद सदमा सा लग गया था। मानो वह टूटकर बुरी तरह बिखर गई हो। उसकी टोनी को बचाने के लिए चीखें व कोशिशें भी अब खत्म हो गई थीं। वह आंखें फाड़े चुपचाप यह दर्दनाक मंज़र देख रही थी। टोनी का रक्तरंजित शरीर अभी भी मेरे शरीर की बेचैनी को बढ़ा रहा था। उस पर कनिका और मां की उनके इंसाफ के लिए दर्द भरी चीखें कानों में बेहद कर्कश ध्वनि पैदा कर रही थीं। यह सब सहनशीलता से बाहर होता गया। उसकी मौत को और बद्तर बनाने के लिए उसके शरीर को चाकुओं से गोदना शुरू कर दिया। शायद ऐसी कोई जगह न थी, जहां उसके शरीर पर रक्तरंजित घाव न थे। जैसा कि मैंने नियति से वादा किया था, अपने दोनों हाथ उसके पेट में डालकर उसकी अंतड़ियां बाहर निकाल दीं और हॉल के बाहर चील, कौवे के खाने के लिए बिखेर दीं। जावेद और जोसफ की रूहें आज खुश होंगी। जगह–जगह पड़े उसके मांस के चिथड़े मेरे मन को शांति पहुंचा रहे थे। मां और कनिका की भटकती आत्मा को यह सच्ची श्रद्धाजंलि थी। मेरे इस पागलपन से अंशुमन हैरान था। एंजेलिना सुधबुध खोए एक कोने में बेहोश लेटी पड़ी थी। वहां एक बार फिर से शांति फैल गई। हां, कभी–कभी सिड के रोने की आवाज उस दर्दमय वातावरण में एक और दर्द जोड़ देती थी।

करीब आधा घण्टे तक चले उस दर्दनाक नरसंहार के बाद सब कुछ कितना बदल गया था। आंखों के आगे मां और कनिका का मुस्कुराता हुआ चेहरा सामने आने लगा। उन्हें अब सुकून के पल नसीब हो सकते थे। जावेद और जोसफ का भी खिलखिलाता चेहरा मैं देख सकता था। जिनकी खुशी की तलाश करना जिंदगी का मकसद था, वे सब लोग खुश थे। हमें लगा अब वहां से चलना चाहिए। आज हम पर किस्मत इतनी मेहरबान थी कि हमारे रास्ते में आज तो मानो फूल ही फूल थे। हमें लग रहा था कि इतनी बड़ी घटना को अंजाम देने के बाद पुलिस से टकराव होगा, पर ऐसा हरगिज न हुआ। खून से लथपथ हम दोनों लोग दिलेरों की तरह वहां से निकले और होटल पहुंच गए।

अध्याय–११

आज खुद से ज्यादा खुशी तो अंशुमन को लेकर थी। अब लगने लगा था कि वह अपने घर वापस जा सकेगा। वह दून–टाइगर्स में सबसे छोटा था और सभी लोग उसे बेहद प्यार करते थे। उसकी खुशी का भी आज ठिकाना न था। होटल आए हुए हमें करीब दो घण्टे हो गए थे और टोनी की मौत की खबर जंगल की आग की तरह पूरी दुनिया में फैल चुकी थी। टीवी में दिखा रहे थे कि इतनी खतरनाक मौत किसी ने भी आज तक नहीं देखी थी। पुलिस और मीडिया टोनी के मर्डर के बारे में एंजेलिना से पूछने की कोशिश कर रहे थे, पर वह कुछ नहीं बता पा रही थी। शायद पति को इस तरह मिली मौत से वह यादाश्त खोकर पागल हो गई थी। यह हमारे लिए अच्छी बात थी। हमने मर्डर की सूचना तुरंत शकील डॉन को दी। वह काफी खुश था और उसने जल्द ही हमें भारत आने के लिए नए पासपोर्ट और टिकट देने के लिए कहा।

महीना बीत चुका था और हम अभी–भी अमेरिका में ही थे। हमें भारत लाने के लिए शकील नई–नई तारीखें दे रहा था। उधर अमेरिका की पुलिस के साथ कई सारी जांच एजेन्सियां टोनी के मर्डर की जांच में लगी थीं। हमें डर था कि कहीं वे हम तक न पहुंच जाएं।

एक सुबह अचानक हमारा दरवाजा खटखटाया गया। हमारे होश उड़ गये। दरवाजा खोला तो सामने एक अजीब सा दिखने वाला अमेरिकन नौजवान था। उसने हमें एक ब्रीफकेस दिया और बोला कि

यह तुम्हारे लिए है, शकील डॉन ने दिया है। उसने बताया कि इस ब्रीफकेस को हमें कैरोलीना नाम के एक टापू तक पहुंचाना है और उसने यह भी कहा कि इस डील में वह हमारे साथ रहेगा। हमने शकील को फोन किया तो उसने बताया कि इसमें कुछ जरूरी पेपर्स की फाइलें हैं। यह ब्रीफकेस हमें कुछ लोगों तक पहुंचाना है। जिसके बदले में वे लोग भारत आने में हमारी मदद करेंगे। वह बिल्कुल बंद था और चाबी के बारे में पूछने पर शकील ने बताया कि इसकी चाबी उन्हीं लोगों के पास है जिन तक हमें यह पहुंचाना है। उसने हमें बताया कि डरने की कोई बात नहीं है, क्योंकि अब सब कुछ ठीक होने वाला है।

हमें शकील की बातों पर यकीन था। 'होटल–ब्लू' को अलविदा कह कर हम लोग उस ब्रीफकेस के साथ तैयार हो गए। जॉर्ज नाम के उस शख्स ने हमें बताया कि वह जगह वहां से करीब तीन सौ किमी. दूर समुद्र के अन्दर कैरोलीना टापू पर है। हमने वहां बस से जाना तय किया। करीब छः घण्टे के थका देने वाले सफर के बाद हम एक समुद्र के किनारे पहुंचे, जहां से एक जहाज से उस टापू पर जाना था।

उस बंदरगाह पर काफी भीड़ थी। देखने से लग रहा था कि वह व्यापार का मुख्य केन्द्र होगा। लोग बड़े–बड़े जहाजों से अपने माल को इधर से उधर पहुंचा रहे थे। हम तीनों ने अपनी यात्रा के टिकट लिए। जहाज के चलने में करीब पन्द्रह मिनट रहे होंगे कि अचानक पुलिस की एक टुकड़ी वहां पहुंच गयी। उन्होंने जांच–पड़ताल करने के लिए सभी लोगों को एक लाइन में लगा दिया। हमनें पीछे मुड़कर देखा तो जॉर्ज का कहीं अता–पता न था। हमें उसी समय लगने लगा कि कहीं कोई न कोई गड़बड़ जरूर है। वह ब्रीफकेस अपने हाथों में लिए, पुलिस द्वारा हो रही जांच–पड़ताल में हम अपनी बारी का इंतजार करने लगे। हम लोग उस जांच को लेकर कुछ ज्यादा ही परेशान थे क्योंकि हमने एक मर्डर किया था और हमारे पासपोर्ट भी बिल्कुल नकली थे।

हमारी बारी आई। पुलिस ने हमसे उस ब्रीफकेस के बारे में पूछा। जैसा हमें शकील ने बताया था हमने उन्हें वैसा ही बता दिया। पर उनके पास रखी चेकिंग मशीन ने उसमें गड़बड़ पाई। वो उन्होंने तोड़ दिया

और जो सामने आया वो वाकई होश उड़ाने वाला था। वह ब्रीफकेस पूरी तरह ड्रग्स से भरा था। हमने कभी नहीं सोचा था कि शकील डॉन हमारे साथ धोखा करेगा। अब हम बुरी तरह फंस चुके थे। अब सारी उम्मीदें खत्म हो रही थीं। न हम भारत जा सकते थे और न ही अंशुमन अपने परिवार से मिल सकता था। उस पुलिस फोर्स की पूरी टुकड़ी ने हम पर इस तरह बन्दूकें तान लीं कि हम हिल भी नहीं सकते थे। हमारा नकली पासपोर्ट भी जल्द ही उनकी पकड़ में आ गया।

वे हमें पकड़कर साथ ले जाने लगे। उनके साथ आगे बढ़ने से हमारे भारत जाने के वे सारे सपने पीछे छूटते जा रहे थे, जो हमने आने वाली जिंदगी को लेकर सजा रखे थे। अंशुमन के लिए यह पल उसके भविष्य को बिल्कुल चकनाचूर कर देने वाला था। मैं नहीं जानता था कि मैं आने वाली जिंदगी में क्या करने वाला था? पर इतना जरूर जानता था कि मुझे अंशुमन की खुशियों के लिए काम करना था। उसे उसके परिवार तक सही सलामत पहुंचाना ही मेरा मकसद था। पर अब सारे सपने धुंधले होते नजर आ रहे थे। उस ड्रग्स के केस में हमें कई साल की सजा हो सकती थी और अगर टोनी डिसूजा के मर्डर का खुलासा होता तो शायद फांसी भी।

जिसकी उम्मीद न थी वो हुआ। अंशुमन के सब्र का बांध टूट गया। एक झटके के साथ वह उन पुलिस वालों से अपने आपको छुड़ा कर भागने लगा और आगे एक दिल दहलाने वाली घटना हमारा इंतजार कर रही थी। पुलिस वालों ने अंशुमन पर गोलियां चलानी शुरू कर दीं। चंद सैकण्डों में ही उसका शरीर गोलियों से छलनी हो गया। वह मुंह के बल जमीन पर गिर गया। उसे तड़पने और अपनी आखिरी इच्छा बताने का भी मौका नहीं मिला।

अंशुमन के मृत शरीर को उन्होंने एक एम्बूलेंस में भेज दिया और मुझे वे शिकागो शहर के एक पुलिस–स्टेशन में ले गए। वहां उन्होंने ड्रग्स को लेकर कड़ी पूछताछ की। उनकी प्रताड़नाएं भी रूह को कंपा देने वाली थीं। मुझे एक कोर्ट में पेश किया गया, जहां जज ने दो वर्ष कठोर कारावास की सजा सुनाई। दो हवलदारों ने मुझे हथकड़ी पहनाई

और शिकागो की सबसे बड़ी जेल में रखना तय किया। जिस वार्ड में मुझे बंद किया गया, उसमें पहले से ही नौ कैदी मौजूद थे। सभी लोग दिखने में खूंखार नजर आ रहे थे। उन हवलदारों ने बताया कि इनमें सभी लोग विभिन्न देशों कि मर्डरर हैं और ज्यादातर को फांसी व उम्रकैद की सजाऐं हुई हैं। इन शब्दों के खत्म होते ही वे लोग वहां से चले गए। सारे कैदी मुझे खतरनाक नजरों से घूर रहे थे। उनकी नजरों से मानो तीव्र व सघन किरणें निकल रही हों।

उन खतरनाक कैदियों से ज्यादा बात न करते हुए मैंने चुपचाप एक कोने में बैठने का फैसला किया। वहां समय मानो ठहर गया था। उन कैदियों में अक्सर मुठभेड़ होती रहती थीं और फिर जल्द ही दोस्ती भी। समय बिताने के लिए वे अक्सर हँसी मजाक वाली बातें करते रहते थे। कभी वे अपना रुख बदलकर दर्द भरी कहानियां सुनाते तो कभी अजीब सी बातें करके मुझ पर टोन कसने की कोशिश करते। कभी वहां बिना पार्टी के ही जश्न वाला माहौल उमड़ने लगता तो कभी पूरा वार्ड अपने परिवार वालों की यादों में आंसुओं से भर जाता। कुछ भी हो, मैं नहीं जानता था कि वे लोग जानकर ऐसा करते थे या अनजाने में, पर उनकी अच्छी–बुरी हरकतों ने मुझे जीत लिया था। हफ्ते भर में ही मैं उनमें काफी घुल–मिल गया। हम सभी लोग अच्छे दोस्त बन गये और उनकी दोस्ती ने मेरी मायूसी को काफी हद तक कम कर दिया था। इसलिए जो समय ठहरकर गुजर रहा था, उसने अब रफ्तार पकड़ ली। उन लोगों से बात करते कब दिन गुजरते और कब रातें बीततीं सब एक खेला–सा लगता।

वे दो हवलदार जो रोजाना हमारे वार्ड के कैदियों के लिए खाना लेकर आते थे, मुझसे काफी सारी बातें भी करते थे। उनमें एक गौरा था जिसका नाम माइकल था और दूसरा हवलदार एक अश्वेत था, जिसे लोग स्मिथ कहते थे। बाकी कैदियों की अपेक्षा वे मुझसे ज्यादा लगाव रखते थे। ऐसा शायद इसलिए था क्योंकि उन्हें भारतीय लोग और वहां की संस्कृति पसंद थी। वे पहले भी एक बार भारत घूम चुके थे और उनकी इच्छा थी कि वे और वहां जाएं, पर उनके पास पैसे की कमी थी।

वे चाहते थे कि मैं जल्द ही इस जेल से बाहर निकलूं ताकि वे मेरे साथ भारत घूमने जा सकें। मेरी दो साल की सजा पूरी होने वाली तारीख को उन्होंने वार्ड की एक दीवार पर लिख दिया था और उसे देखकर वे दोनों उत्साहित होते रहते थे।

वह शनिवार का दिन था। देर रात तक जागे रहने की वजह से मैं जल्दी नहीं उठ पाया। उस सुबह हमारे वार्ड के बाकी नौ लोग एक घेरा बनाए किसी रहस्यमयी बात पर चर्चा कर रहे थे। वास्तव में वे लोग वहां से भागने की योजना बना रहे थे। उनका कहना था कि वे निश्चित रूप से भागने में कामयाब होंगे। इसमें खतरा जरूर था पर अगर वे इसमें कामयाब हुए तो उनकी जिंदगी पूरी तरह बदल जाएगी। उनका कहना था कि वे सब लोग उम्रकैद व फांसी की सजा काट रहे हैं। उनकी यहां जिंदगी मौत से बद्तर है। इस योजना का उन लोगों में कोई भी विरोधी नहीं था। उनकी योजना से मैं अंजान था और यह मेरे लिए बिल्कुल भी सही नहीं था। मुझे वहां डेढ़ साल हो चुका था और मात्र छः महीने की सजा बाकी थी। उनकी इस योजना में मैं साथ देता और पकड़ा जाता तो सजा बढ़ सकती थी। पर किसी भी कीमत पर मैं उनका विरोध नहीं कर सकता था। उनका साथ देना ही एकमात्र रास्ता था। उन्होंने योजना व उसकी रणनीति समझाई। उन्होंने बताया कि भागने की इस योजना को वे लोग आज रात दस बजे अंजाम देंगे। उनका कहना था कि आज पूरे अमेरिका में पुलिस–दिवस मनाया जाने वाला है। आज रात जेल के सारे पुलिस वाले धूमधाम से पार्टी करने वाले हैं, जो करीब बारह बजे तक चलने वाली थी। उनका प्लान था कि जब स्मिथ व माइकल रात का खाना देने के लिए आएंगे उसी समय हम उन्हें अपने वार्ड में बंद करके जेल की दीवार कूदकर फरार हो जाएंगे।

हमारे वार्ड की दीवार–घड़ी में दस बजे। समय के अनुसार उन दोनों हवलदारों की आहट सुनाई दी। सब लोग अपनी–अपनी जगह तैयार हो गये। हवलदारों ने एक झटके के साथ वार्ड का दरवाजा खोला और चुपचाप अंदर आ गए। हम सभी लोगों ने इस घटना को अंजाम देने के लिए एक–दूसरे की ओर देखा। अगले ही पल हम सभी लोग

उन दोनों की ओर लपके। घबराहट में उनके हाथों से बर्तन छूट गए, जिनकी आवाज हमारे अलावा शायद कोई नहीं सुन सकता था, क्योंकि उन बर्तनों की आवाज से कहीं ज्यादा तो वहां चल रही पार्टी में म्यूज़िक की आवाज थी।

हम सभी लोग सुरक्षा का पूरा ध्यान रख रहे थे, पर फिर भी हड़बड़ाहट में शुरुआत थोड़ी गड़बड़ा गई। उन हवलदारों ने जैसे ही इस घटना का विरोध किया, किसी एक कैदी ने स्मिथ का पिस्तौल छीनकर उसकी टांग में गोली मार दी। यह शायद उसने मजबूरी में किया था, पर शुरुआत खराब हो चुकी थी। उस गोली की आवाज उस म्यूजिक सिस्टम से कहीं ज्यादा थी, जिसमें पूरा पुलिस डिपार्टमेंट डूबा था। अब हमारे पास काफी कम समय था। गोली चलाकर उस कैदी ने वह पिस्तौल वार्ड में ही फेंक दिया था। सुरक्षा के लिहाज से उसे मैंने उठा लिया। सारे कैदी वार्ड से निकल चुके थे और मैं उनमें सबसे पीछे था। पीछे मुड़कर देखा तो माइकल व स्मिथ हमें पकड़ने के लिए पीछे दौड़ रहे थे।

कमाल की बात थी कि वे सभी नौ लोग एक झटके में ही उस दीवार को पार कर गये। सभी लोगों की तरह मैंने भी छलांग लगाई। अचानक दीवार की एक ईंट टूट गई और मैं नीचे आ गिरा। दोबारा छलांग लगाने ही वाला था कि पीछे से माइकल ने आकर पकड़ लिया। मैं माइकल से अपने आपको छुड़ाने की कोशिश कर रहा था, पर नाकामयाबी ही हाथ लग रही थी। मैं हार मान चुका था, क्या करता अपने आपको परिस्थितियों के हाथों सौंपकर खुद को ढीला छोड़ दिया।

अभी भी दीवार पर दो कैदी मौजूद थे, मुझे अकेला देखकर वे चिल्लाने लगे, "तुम्हारे हाथों में पिस्तौल है, उसे गोली मारकर ऊपर आ जाओ। वे लगातार चिल्लाए जा रहे थे कि अगर ऊपर नहीं आए तो बहुत बुरे फंसोगे। माइकल को गोली मारो और आ जाओ। उनके चिल्लाने से मानो खून खौल रहा था। मैंने अपने आपको मजबूत किया और अगले ही पल अपना पिस्तौल माइकल की कनपटी पर तान दिया। उसके होश का ठिकाना न रहा। ऊपर दीवार से कैदियों के चिल्लाने की आवाज एक

बार फिर आई। मैंने आंखें बंद कीं और पिस्तौल का घोड़ा दबा दिया। एक जोर की आवाज हुई, अपनी हैरान व फटी हुई आंखों के साथ वह एकाएक नीचे गिर गया। स्मिथ यह देखकर हैरान था। पर इस समय ज्यादा सोच–विचार करना अच्छा नहीं समझा। एक बार फिर से पूरी ताकत से छलांग लगाई और इस बार मैं दीवार पर था।

कहते हैं जब किस्मत साथ छोड़ती है तो एक सेकण्ड भी बहुत होता है। मैं दीवार से कूदने ही वाला था कि पीछे से पुलिस के कुछ लोग आ गए। उन्होंने माइकल को मरा देखकर मुझ पर भी गोली चला दी, जो दाहिने कंधे पर लगी। आंखों के आगे अंधेरा–सा छा गया और मैं बेहोश होकर नीचे गिर गया।

करीब दो दिन बाद आंखें खुलीं। शरीर की हालत देखने से लग रहा था कि इस बीच काफी इलाज हुआ होगा, क्योंकि शरीर पर कई जगह पट्टियां बंधी थीं। सामने बैठा डॉक्टर मेरे होश में आने का इंतजार कर रहा था। यह हमारी जेल का वही छोटा–सा अस्पताल था जहां कैदियों का अक्सर इलाज किया जाता था।

करीब दस दिन बाद मुझे शिकागो के एक हाइकोर्ट में पेश किया गया। यह एक तरफा केस था, फिर भी औपचारिकता जरूरी थी। विपक्ष से माइकल के परिवार वाले थे, जिनमें माइकल की छः बेटियां और मां वहां मौजूद थीं। पत्नी को कैंसर होने की वजह से पिछले वर्ष ही उसका देहांत हो गया था। बड़ी लड़की की उम्र तेइस वर्ष थी और अगले ही महीने उसकी शादी होने वाली थी। उस समय वह गुस्से से लाल होकर मुझे घूर रही थी। बाकी बेटियां छोटी थीं, जिनकी नजरें अभी–भी अपने पिता को तलाश रही थीं। मुझसे कितनी बड़ी गलती हो गई थी, अभी समझ आ रहा था।

जज ने उम्रकैद की सजा सुनाई। पर सारी उम्र उस जेल में गुजारना मौत से कम न था। कोर्ट की कार्यवाही खत्म हुई। पुलिस वालों ने एक बार फिर से हाथों में हथकड़ी डाल दी। वे पुलिस वाले वहां से ले जाने लगे, पर मन अभी भी उन असहाय बच्चों पर ही टिका था, जिन्होंने अपना सहारा खो दिया था। मैंने करुणा की दृष्टि से उन बच्चों

को देखा जिनकी आंखों में अपने पिता के लिए आंसू थे। अचानक उन बच्चों में बड़ी लड़की भड़क उठी। उसने अपने पुराने से दिखने वाले थैले से एक पत्थर निकाला और एक अचूक निशाने के साथ मेरी ओर फेंका। पत्थर माथे पर लगते ही पूरा चेहरा खून से लाल हो गया। फिर वह मेरी ओर झपटी, पर कुछ पुलिस वालों ने उसे रोक लिया। अगले ही पल वह दु:खी होकर दहाड़े मारकर रोने लगी। उसकी चीखों से पूरा कोर्ट गूंज उठा था।

कोर्ट से लाकर मुझे उसी वार्ड में डाल दिया गया। वह वार्ड अब काफी बदल चुका था, मैं वहां बिल्कुल अकेला जो था। वहां समय अब खाने को दौड़ने लगा था। रात–दिन गुजरते जा रहे थे पर वहां कहीं भी अपनेपन का अहसास न था। स्मिथ की जगह अब कोई और वहां खाना लेकर आता था। मेरे रोने, मायूस होने व दर्द को समझने वाला वहां अब कोई न था।

माइकल के मर्डर वाली घटना को छः माह बीत चुके थे, जिसके साथ ही उस जेल में मुझे पूरे दो साल हो चुके थे। अगर माइकल का मर्डर न हुआ होता तो वह दिन निश्चित रूप से ही मेरी रिहाई का दिन होता। आंसुओं भरी आंखों से मैं टकटकी बांधे सामने दीवार पर लिखी अपनी रिहाई की उस तारीख को देख रहा था, जो माइकल ने अपने हाथों से लिखी थी। अचानक दरवाजा खुलने की आहट हुई। उस ओर नजरें घुमाईं तो देखा कि सामने खाना लिए स्मिथ खड़ा है। वह खाना रखकर मेरे पास आकर बैठ गया। वह मेरी ही तरह सामने दीवार पर लिखी उस तारीख को घूरने लगा और बोला, "क्या सोच रहे हो?"

"कुछ नहीं। सामने लिखी हुई तारीख को देख रहा हूं। आज यहां पूरे दो साल हो गए हैं। अगर सब कुछ ठीक–ठाक रहा तो ....। पर आप यहां?"

"क्यों? नहीं होना चाहिए था।"

"ऐसी बात नहीं है। मुझे लग रहा था कि आप मुझसे मिलने कभी नहीं आओगे। शायद हूं भी इसी लायक। मैं सिर्फ नफरत करने लायक हूं।"

"मैंने बचपन में अपने स्कूल में पढ़ा था कि कभी किसी को भी दुःखी मत देखो, हो सके तो उसका दुःख बांटने की कोशिश करो। मैंने अपने आप से वादा किया था कि जिस हालत में भी रहूंगा, खुशियां लुटाऊंगा, मायूसी अपने आस–पास भी भटकने नहीं दूंगा। पर आज बुरी तरह टूट चुका हूं। आज सब कुछ उस वादे के बिल्कुल खिलाफ होता नजर आ रहा है। इस हार के बारे में कभी नहीं सोचा था।"

"आप जैसे दिल के भले लोगों की हार हम जैसे घटिया लोगों की वजह से होती है। हमें जीने का अधिकार ही नहीं होना चाहिए। ऐसे लोगों को पूरी दुनिया से ढूंढ–ढूंढ कर इकट्ठा करना चाहिए और जिंदा जला देना चाहिए। अपने स्वार्थ के लिए कौन किसकी जान लेता है?"

"खुद को क्यों इतना गिरा हुआ समझते हो? ये सब वक्त की माया है। इंसान गलतियों का पुतला है। वह गलतियां करता रहता है। क्या फर्क पड़ता है वे छोटी हों या बड़ी?"

"गलतियों तक तो ठीक है। मुझसे तो पाप हुआ है। एक सीधे–सादे इंसान और दोस्त को मारा है मैंने। कुछ मासूम से बच्चों के अरमानों का खून हुआ है मुझसे। इस पाप की सजा मौत भी कम पड़ती नजर आ रही है।"

"हमें जिंदगी के बारे में सोचना चाहिए। पश्चाताप से कुछ भी वापस नहीं आने वाला, न एक शख्स का दोस्त और न ही उन मासूम बच्चों का बाप? अब कुछ नहीं बदलने वाला राज साहब, इससे क्या आप जीना छोड़ देंगे?"

"यहां जीने या मरने में ज्यादा फर्क नहीं है। यहां की जिंदगी मौत से भी ज्यादा बद्तर है।"

"मैंने आपसे ही सीखा है कि वक्त चाहे अच्छा हो या बुरा, हमें जीना नहीं छोड़ना चाहिए। तो क्या सोचा है आपने?"

"किस बारे में?"

"भविष्य के बारे में?"

''क्यों मजाक करते हो स्मिथ भाई? भविष्य तो उसका होता है न जिसकी जिंदगी होती है। इस चार दीवारी के बीच भविष्य का निर्माण कैसे हो सकता है? यहां अंधकार है और अंधेरों में भविष्य नहीं बनाए जाते। मेरी छोड़ो आप अपने बारे में बताओ।''

''आज हमारी आखिरी मुलाकात है।''

''क्यों?''

''क्योंकि मैं यह नौकरी छोड़ रहा हूँ। मुझे अहसास हो चुका है कि मुझे पुलिस की नौकरी में आना ही नहीं चाहिए था। पता नहीं इतना समय कैसे गुजर गया?''

''मैंने भी दुनिया देखी है स्मिथ भाई। आपका चेहरा बता रहा है कि बात कुछ और ही है। सच बताओ यह नौकरी आप क्यों छोड़ रहे हो?''

''क्योंकि अब यहां मन नहीं लगता। यह जेल मानो खाने को दौड़ती है। शायद इसलिए भी कि मैं रोजाना उस शख्स का चेहरा नहीं देख सकता जिसने मेरे दोस्त को मारा है। माइकल के बगैर यहां सब सूना पड़ गया है। अगर तुम माइकल की हत्या नहीं करते तो शायद मैं यह नौकरी करता रहता। पर जिस शख्स ने मेरे सबसे अच्छे दोस्त की जान ली है और मैं रोजाना उसे खाना देता हूँ, इसके लिए मेरा गॉड मुझे इजाज़त नहीं देता।''

''मैं नहीं चाहता कि मेरी एक गलती की वजह से आप इस सजा के हकदार हों। प्लीज आप मुझे और शर्मिंदा न करें। प्लीज आप मेरी वजह से ये नौकरी मत छोड़िए।''

''अब मैंने फैसला कर लिया है, जो बदल नहीं सकता। मैं अब घर जाकर खेती करूंगा। अपना बाकी जीवन अपने परिवार के साथ गुजारूंगा। उन्हें मेरी जरूरत है। मैं जानता हूं वहां जीवन अमन और शांति वाला होगा।''

''आपकी जिंदगी में जो उथल–पुथल हुई है उसका जिम्मेदार मैं हूं। आप दोनों की दोस्ती को मैं अच्छी तरह समझता हूं। अगर माइकल सर जिंदा होते तो आपके सामने यह स्थिति पैदा ही नहीं होती। मेरी वजह

से ही यह सब कुछ हुआ है। मैंने ही आपकी जिंदगी में इतना जहर उगला है। मेरी वजह से ही आपकी जिंदगी बर्बाद हुई है।''

''जो हो गया उसे भूल जाओ। तुम्हारे पछताने से अब कुछ वापस नहीं आने वाला।''

''चलो जैसा आपने सोचा है ठीक ही होगा। मेरी ओर से आपको नई जिंदगी की ढेरों बधाइयां। आप अपने परिवार के साथ खुश रहें। यहां जेल में रहकर मैं आपकी खुशियों भरी जिंदगी की दुआ करूंगा।''

''यह सच है कि माइकल और मैं आपको पसंद करते थे। मैं आपको यहां इस हालत में छोड़कर नहीं जा सकता। शायद मेरे लिए इस सच के साथ जीना मुश्किल होगा कि राज आनंद नाम का एक शख्स जेल के अंदर है और वह अपनी जिंदगी को घुट–घुट कर जी रहा है। राज साहब ये स्मिथ का प्यार है, जो किसी इंसान के अच्छे या बुरे होने से नहीं बदलता। मैं आपसे आज भी उतना ही प्यार करता हूं। आज मैंने एक फैसला किया है। आपको इस जेल से भागना होगा।''

''क्या? आप यह क्या कह रहे हो? ऐसा नहीं हो सकता। आप क्या समझते हैं इस तरह मुझे आप भगा देंगे और आप महफूज बच निकलेंगे? आप खुद इस काम में फंसोगे।''

''मैंने सब कुछ सोच लिया है। पिछले छः महीने से मैं इसी उधेड़बुन में था। पर अब निर्णय ले लिया है।''

''लेकिन.....।''

''अब लेकिन नहीं। तुम्हें यहां से भगाने में बस मेरी नौकरी ही जाएगी। जो मुझे वैसे भी नहीं करनी। फिर क्यों न इसके साथ उस शख्स का भी भला किया जाए जिसके साथ मैं नफरत करते हुए भी प्यार करता हूं?''

''मुझे डर लग रहा है कि कहीं एक बार फिर से कोई अनहोनी न हो जाए।''

''आप डरो मत। मैं जानता हूं आपको नई जिंदगी की कितनी जरूरत है। पिछला सब कुछ भूलकर एक नए सफर की शुरुआत करना।

आज रात बारह बजे हम इस घटना को अंजाम देंगे। सब कुछ सूनसान होगा। सारे कैदी व पुलिस वाले सो रहे होंगे।''

''मैं आपका यह उपकार जिंदगी भर नहीं भूलूंगा।''

''मुझे इतना बड़ा भी मत बनाओ। पर हां एक काम के लिए आप मुझे धन्यवाद दे सकते हो।''

''वो क्या?''

''आपसे मिलकर बात करने के लिए मैंने हिन्दी सीखने में इतनी मेहनत जो की है।''

इन शब्दों के साथ ही स्मिथ ने आखिरी बार मेरी ओर देखा। वह कुछ खोई हुई नजरों से देख रहा था। मानों उसके दिमाग में कई सारे सवाल चल रहे हों। रात के बारह बजे घड़ी की सारी सूइयां एक जगह इकट्ठी हो गईं, जिसके साथ ही स्मिथ ने वार्ड के दरवाजे पर दस्तक दी। उसने दरवाजा खोला और अपने दाहिने हाथ का अंगूठा दिखाकर सूचित किया कि सब कुछ ठीक है। ताला खुलते ही मैं दीवार की ओर दौड़ने लगा। यकीन नहीं हो रहा था कि मुझे एक बार फिर से नई जिंदगी मिलने जा रही है। एक ही झटके में मैं दीवार के ऊपर था। इसके लिए स्मिथ को धन्यवाद दिया। उसने पहले ही मेरे लिए एक कार की व्यवस्था कर रखी थी जो मुझे उसके घर तक छोड़ सके।

स्मिथ का घर वहां से करीब सौ किमी दूर एक गांव में स्थित था। उसके परिवार में उसकी पत्नि और दो बेटे थे। सभी लोग काफी अच्छे थे। अगले दिन स्मिथ भी घर आया। उसने बताया कि जैसा सोचा था वैसा ही हुआ। जेल अधिकारियों ने स्मिथ को निलंबित कर दिया। स्मिथ ने बताया कि अमेरिका की पुलिस तुम्हें दीवानों की तरह ढूंढने में लग गई है। पर उसका यहां तक पहुंचना मुश्किल होगा। उसने यह भी बताया कि यहां से बाहर निकलने के लिए एक व्यक्तिगत हैलीकॉप्टर की व्यवस्था हो गई है जो अमेरिका की सीमाओं से बाहर निकालकर भारत पहुंचाने में मेरी मदद करेगा।

सब कुछ ठीक–ठाक रहा। नम आंखों से विदा लेकर मैंने स्मिथ और अमेरिका को अलविदा कहा। स्मिथ ने उस हैलीकॉप्टर के लिये काफी खर्चा किया था, जिसके लिए मैंने उसका तहेदिल से धन्यवाद किया। उसने वादा किया कि वह जल्द ही भारत आने की कोशिश करेगा।

अध्याय–१२

दो दिन बाद भारत की सरजमीं पर पहुंचा। यहां जो अपनापन महसूस हुआ वो कहीं नहीं होता है। एक बार फिर कई सारे रास्ते नजर आने लगे। समझ नहीं आ रहा था कि कहां जाऊं। दिमाग ने कहा अब एक चैन की जिंदगी गुजारनी चाहिए। बिल्कुल एक गुमनाम की तरह। अब बहुत उथल–पुथल हो चुकी। पर दिल तो किसी और ही उधेड़–बुन में लगा था। वहां से आवाज आ रही थी कि मैं कैसे किसी जावेद, जोसफ और अंशुमन को भूल सकता हूं? उनकी कुर्बानी को क्या व्यर्थ में जाने देना चाहिए? अंशुमन के परिवार वाले आज भी उसका इंतजार कर रहे हैं। क्या उनके इंतजार की कोई कीमत नहीं है? शकील डॉन हम सबसे धोखा करके आज भी चैन की सांसें ले रहा है। क्या उसे इसी तरह जिंदगी जीने का हक है? दिमाग के पास इन सब सवालों के जवाब नहीं थे। पर बार–बार ख्याल आ रहा था कि शकील डॉन का सामना करने की न ही मेरे अंदर ताकत है और न औकात। मुझे एक ऐसी जिंदगी चुननी चाहिए जहां एक नई शुरुआत कर सकूं। पिछला सब कुछ भूलकर। पर तभी दिल से आवाज उठी, "क्या मैं जावेद, जोसफ और अंशुमन की बार–बार सुनाई देने वाली चीखों को बर्दाश्त कर सकता हूं? यह सच है कि शकील डॉन का सामना करना आसान नहीं होगा, पर नामुमकिन भी तो नहीं है। हमारी औकात को हमारे इरादे तय करते हैं। शकील डॉन ने हमसे जो धोखा किया है उसकी सजा उसकी मौत से कम नहीं होनी चाहिए। उसके बाद जिंदगी चाहे गुमनाम हो या प्रसिद्ध, मैं इसे अपनाने के लिए तैयार रहूंगा।

शकील डॉन को मारने का मन तो बना लिया था, पर न पैसा था और न ही पहचान। थे तो बस मजबूत इरादे। इस काम में साथ देने वाला भी कोई न था। यह खतरनाक राह मुझे खुद ही तय करनी थी। शकील के बारे में जानकारी निकालना शुरू कर दिया और जो सामने आया वो वाकई आचम्भित कर देने वाला था। शकील मेरी सोच से कहीं ज्यादा ताकतवर था। पर ताकतवर तो टोनी भी था, उसे भी कुत्तों की मौत मरना पड़ा। शकील डॉन भी इसी तरह मारा जा सकता था।

शकील का कहीं ठिकाना न था। उसके पास धन–दौलत, ऐशो–आराम सब थे, पर फिर भी खानाबदोश था। उस तक कैसे पहुंचा जाए? इस सवाल ने ही घुटने टेकने पर मजबूर कर दिया। उस तक पहुंच बनाने में पैसों की सख्त जरूरत थी। इसके लिए एक बार फिर स्मिथ ने साथ दिया। मैंने उसे पूरी कहानी सुनाई, पहले तो उसने मुझे इस रास्ते पर चलने से ही मना किया, पर मेरी जिद के आगे उसे झुकना पड़ा।

उन पैसों से कुछ हथियार खरीदे। दूसरा काम जो हो सकता था, वह था शकील की गैंग में पहचान बनाना, ताकि मौका मिलते ही उसका शिकार किया जा सके। पैसे से क्या नहीं खरीदा जा सकता? एक करोड़ रुपये देखकर शकील का खास, राघव नाम का वह शख्स इस बारे में सोचने पर मजबूर हो गया। अंत में जीत उसके लालच की ही हुई। वह पैसे लेने को तैयार हो गया, पर उसने यह भी कहा कि यह बात हम दोनों तक ही रहनी चाहिए।

ठीक तीन दिन बाद राघव का फोन आया। उसने बताया कि शकील का फिरौती लेकर कत्ल कराने का एक बहुत बड़ा नेटवर्क है। वह इसी सिलसिले में मध्य प्रदेश के एक जंगल में कुछ लोगों से मिलने जा रहा है, ताकि उन लोगों से वह अपना काम करा सके। आज रात आठ बजे हैलीकॉप्टर से वह उनके पास पहुंचेगा।

मैं पहले ही वहां पहुंच गया। करीब तीस मिनट इंतजार के बाद वहां एक हैलीकॉप्टर आकर रुका। अगले क्षणों में ही शकील डॉन अपने दो साथियों के साथ उसमें से उतरा। उसे देखते ही खून खौलने लगा,

पर यहां शांत दिमाग से काम लेने का वक्त था। सामने वाली झोपड़ी से तीन आदमी निकले। एक दूसरे से गले मिलने के बाद वे बाहर पड़ी चारपाइयों पर बैठ गए। फिर उनमें बातें होने लगीं। हालांकि मेरा निशाना शकील डॉन था, पर गेहूँ के साथ घुन को तो पिसना ही पड़ता है। मैंने आंखें बंद कीं। मन को शांत किया। दिल की धड़कनें लगातार बढ़ रही थीं। काम को अंजाम देने के लिए आंखें खोलीं और अंधाधुंध गोलियां चलानी शुरू कर दीं। शकील डॉन को छोड़कर बाकी सारे लोग मौत को गले लगाकर नीचे फैल गए। शकील को मैंने जानकर छोड़ा था, क्योंकि उसे उसकी मौत की वजह भी तो बतानी थी। वह घबराकर भौचक्का सा उस नजारे को देखकर दंग रह गया। वह समझ ही नहीं पा रहा था कि आखिर ये सब माज़रा क्या है?

शकील को ज्यादा देर तक दिमाग लगाने की जरूरत नहीं पड़ी। मैं एक दमदार एंट्री के साथ उसके सामने आया। हजारों करोड़ों रुपयों का मालिक और वक्त–बेवक्त लोगों की जिंदगी छीनकर उन्हें मौत से रूबरू कराने वाला शकील अपनी मौत को इतने करीब पाकर बुरी तरह घबरा गया। उसके चेहरे का पसीना उसकी घबराहट को साफ–साफ बयां कर रहा था। बंदूक की नोक को अपनी मौत के रूप में देखकर वह गिड़गिड़ाने लगा। मैं उसके पास पहुंचा और बोला, "इतने बड़े डॉन का इतना कमजोर दिल। शकील डॉन कुछ जमा नहीं।"

"तुम यहां?"

"क्यों? अचम्भा हो रहा है मुझे यहां देखकर। हैरानी हो रही है न कि मैं अमेरिका से बचकर यहां तक कैसे आ गया? मुझे तुम्हारी मौत खींचकर लाई है शकील।"

"देखो राज तुम्हें गलतफहमी हुई है। मैंने कुछ नहीं किया है। वो तो परिस्थितियां ही ऐसी बन गई थीं। मुझे छोड़ दो।"

"तुमने विश्वासघात किया है, जिसकी बड़ी–से–बड़ी सजा भी कम पड़ती है।"

"देखो आनंद मुझे मारने से तुम्हें कुछ नहीं मिलने वाला। मेरे गिरोह इतने बड़े–बड़े हैं कि जब उन्हें पता चलेगा कि मुझे कोई खरोंच भी

आई है तो वे तुम्हें नहीं छोड़ेंगे। तुम आकाश में रहो या पाताल में, मेरे लोग तुम्हें ढूंढ निकालेंगे और जिस भी वक्त तुम मिले, तुम्हारा काम वहीं तमाम हो जाएगा। दिमाग से काम लो। अगर अपनी जिंदगी की सलामती चाहते हो तो मुझे जाने दो।''

''मैं मौत से नहीं डरता। जो शख्स मौत को हराकर यहां तक पहुंचा हो, उसे तुम मौत से डरा रहे हो। इस दुनिया में मेरा इंतजार करने वाला कोई नहीं है, इसलिए मुझे जिंदगी से प्यार भी नहीं है। मैं आज भी होठों पे मुस्कान लिए इस दुनिया से विदा हो सकता हूं। तुम अपनी सोचो। तुम्हारा क्या होगा?''

''देखो मैं तुम्हें ढेर सारा पैसा दूंगा। तुम एक नई जिंदगी शुरू कर सकते हो। ऐशो–आराम वाली जिंदगी। खुद जिओ और मुझे भी जीने दो।''

''तुम्हें क्या लगता है कि मैं तुम्हारे पास कुछ पैसों भूख की वजह से आया हूं? मेरा जमीर अभी मरा नहीं है। हमने तुमपे विश्वास किया। जैसा तुमने बोला वैसा ही किया। जावेद और जोसफ मारे गए। पर हमने फिर भी तुम पर विश्वास किया और टोनी को मौत के घाट उतार दिया, पर तुमने फिर भी धोखा दिया। अंशुमन जैसा सीधा–सादा लड़का, जो अपने परिवार से मिल सकता था, उसे भी तुम्हारी साजिश का शिकार होना पड़ा। बेचारा बेमौत मारा गया। शकील, जो पैसे तुम मुझे देना चाहते हो, वे मेरे साथियों के खून से लाल होंगे। मेरा चरित्र इतना घटिया नहीं है। मैं इतना घटिया नहीं हूं जो अपना जमीर बेच दूं।''

''पैसे से सब कुछ खरीदा जा सकता है। तुम्हें अपनी आने वाली जिंदगी के बारे में सोचना चाहिए। जो इस दुनिया से चले गए, वे अब वापस नहीं आ सकते। रही बात साजिश की तो तुम्हें एक सलाह देना चाहता हूं कि जिंदगी में अगर आगे बढ़ना है और ढेर सारा पैसा कमाना है तो हमें साजिश तो करनी ही पड़ती है। बिना रणनीति के आज तक किसी ने तरक्की नहीं की।''

''ठीक है। आज तक तुम दूसरे लोगों के साथ साजिश करते थे और तुम्हें खुशी होती होगी न। आज तुम्हें महसूस होगा कि जब हम खुद किसी की साजिश का शिकार होते हैं तो हमें कैसा लगता है?''

शकील पूरी तरह मेरे कब्जे में था। पर फिर भी उसमें थोड़ी अकड़ जरूर थी। उसकी यही अकड़ निकालने के लिए मैंने उसे मौत भी किस्तों में देनी तय की। उसके मौजूदा हालात को बद से बद्तर बनाने के लिए मैंने उसे एक पेड़ से बांध दिया। वह अभी भी लगातार अकड़ दिखा रहा था। उसका कहना था कि उसके लोग जल्द ही यहां आएंगे और तुम्हें मौत के घाट उतार देंगे। पर वह खुद यह नहीं जानता था कि अभी वह ऐसी स्थिति में था, जहां चंद सेकेंड ही उसे इस दुनिया से रफा–दफा कर सकते थे।

इस दुनिया में शकील और टोनी जैसे लोग ही विश्वास की धज्जियां उड़ाते हैं। शकील को इस बात का अहसास कराने के लिए मैंने उसे कोड़ों से इतना मारा कि वह बुरी तरह चिल्ला उठा। रहम की भीख मांगने लगा। उसकी रूह तक कांप गई। पर ऐसे लोगों पर रहम करने का मतलब होता है कि उन्हें एक बार फिर किसी दूसरे के प्रति साजिश करने के लिए छोड़ देना। मैं जानता था कि वहां कोई नहीं आने वाला था, इसलिए दिन भर उसे भूखा–प्यासा पेड़ से बांधे रखा। वह अपने उन हालातों से इतना परेशान हो गया कि दहाड़े मारकर रोने लगा। इंसान जब दूसरों के साथ जिंदगी और मौत का खेल खेलता है, तो वह यह बात क्यों भूल जाता है कि यह खेल उसके साथ कोई खेले तो उसे कैसा लगेगा?

मुझे जावेद, जोसफ और अंशुमन की आत्माओं की आवाज सुनाई देने लगी। वे लोग शकील की मौत का नंगा नाच देखने को आतुर थे। वे सब उसकी मौत को मजेदार बनाने के लिए बोल रहे थे, ताकि सही मायनों में उनकी आत्माओं को शांति मिल सके।

तीन दिन तक मार फिरने और उस पेड़ से भूखा बंधे होने के कारण शकील की हालत अधमरों सी हो गई, पर मन में उसके लिए जरा भी दया न थी। शायद मेरे दोस्त भी ऐसा ही चाहते थे। झोपड़ी के पास पड़ी कुल्हाड़ी को देखकर मुझसे रहा न गया और उससे मैंने शकील के दोनों हाथ काटकर उसके वदन से अलग कर दिये। उसकी चीखों से पूरा जंगल ही रो पड़ा, पर उन्हें मेरे अलावा सुनने वाला वहां कोई न था।

उस रात करीब दो बजे होंगे। रात में चारों ओर सन्नाटा था। हां, कभी–कभी शकील के करहाने की आवाज आ जाती थी। उसने मुझसे बात करने के लिए आवाज दी। मैं झोपड़ी से निकलकर उसके पास पहुंचा। वह एकाएक रोने लगा और मौत की भीख मांगने लगा। वह बोला, ''मुझे मौत दे दे राज। ये दर्द अब सहन नहीं होता।''

''तुम्हें सहन करना पड़ेगा शकील। ये तुम्हारे उन गुनाहों की सजा है, जो तुमने बिना सोचे समझे किये थे।''

''मैं तुमसे माफी मांगता हूं, या तो मुझे छोड़ दो या मुझे जान से मार दो, पर मुझ पर रहम करो।''

''रहम नाम का शब्द तेरे मुंह से अच्छा नहीं लगता शकील। याद कर अपने उन गुनाहों को जो तूने लोगों पर किये थे। कितना अच्छा होता जो तू एक शरीफ इंसान की जिंदगी जी रहा होता? दो वक्त की रोटी चैन से मिल रही होती, पर इंसान पैसा और नाम कमाने के चक्कर में हैवानियत की सारी हदें पार कर देता है। शकील, जिस दिन तूने अपने गुनाहों की शुरुआत की थी न, आज तुझ पर हो रहे इन जुल्मों की दाश्तां भी उसी दिन से लिखनी शुरु हो गई थी। पर तू उन्हें समझ ही नहीं पाया था। वे सब इकट्ठे हो रहे थे और आज उन सब के हिसाब–किताब की बारी है। इस हिसाब–किताब में तुझे मौत भी जरूर मिलेगी। पर वक्त पर।''

''मुझे बेइंतहा दर्द हो रहा है। इस दर्द को सहन कर पाना अब मुश्किल होता जा रहा है।''

''तुझे सब झेलना पड़ेगा शकील। लोग सुख की आस में अपना बुरा वक्त किसी तरह काट ही लेते हैं। तुझे भी मरकर सुकून मिलेगा। अपने अंतिम पलों का इंतजार कर।''

वह पागलों की तरह चिल्लाने लगा। उसे आठ दिन तक अधमरों से भी बद्तर हालत में रखा। जंगल में रहने वाले कीड़े–मकोड़े इकट्ठे होने लगे ताकि उसके शरीर से अपनी भूख मिटा सकें। वे उसके शरीर को बोटी–बोटी करके निगल जाना चाहते थे। शकील अपनी इस तरह

की हालत देखकर बुरी तरह चिल्ला उठा। पर इससे उसे थोड़ा सुकून भी था, क्योंकि अब वह जल्द ही अपने इस दर्द से निज़ात पाकर मौत को गले लगाने वाला था। उसकी पागलों की तरह विकृत हंसी इस बात का सबूत थी।

यह सब देखकर मुझसे रहा न गया। उसकी जान लेने का हक तो बस मुझे ही था। सामने पड़ी उस कुल्हाड़ी को एक बार फिर याद किया। उसे हाथ में लेकर शकील के सामने जा पहुंचा। अब तो उसे भी लगने लगा था कि मौत से रूबरू होने का वक्त आ गया है। वह हल्की और डरावनी हंसी के साथ हंसने लगा। पर ये सब उसकी बहादुरी के नहीं, बल्कि कायरता के चिन्ह थे। अगले ही पल वह बुरी तरह चिल्लाने लगा, जिससे मेरी रगों में बहते खून में गर्मी बढ़ गई। फिर तेजी से मेरे हाथ की कुल्हाड़ी उसकी गर्दन तक जा पहुंची। उसकी गर्दन धड़ से अलग होकर एक ओर गिर गई। कुछ समय तक तड़पने के बाद उसका शरीर भी ठंडा पड़ गया, जिसके साथ ही जावेद, जोसफ और अंसुमन को मैंने सच्ची श्रदांजलि दी।

शकील डॉन की मौत की दास्तां लिखने के बाद अब मुझे एक ऐसी कहानी लिखनी थी जिसका इंतजार शकील की मौत तक किया। अंशुमन के परिवार से रूबरू होकर उन्हें सच्चाई बताने की कहानी। मैं उसके परिवार को उनका अंशुमन तो नहीं लौटा सकता था पर हां उसकी आखिरी इच्छा पूरी करने की कोशिश जरूर कर सकता था। आज नहीं तो कल उन्हें अंशुमन की मौत से रूबरू तो होना ही था, वरना उनकी आंखें उसकी राह देखते–देखते थक जातीं और उसके निशां दूर–दूर तक भी नजर न आते।

उन जंगलों को अलविदा कह, नेपाल में अशुमन के घर पहुंचा। घर का नजारा देख पैरों तले से जमीन ही निकल गई। पूरा घर सफेद पोशाकों से गमगीन था। पूरा घर रोने की आवाजों से गूंज रहा था। पास जाकर देखा तो घर के आंगन में अंशुमन के पापा की लाश पड़ी थी और लोग उनके अंतिम संस्कार की तैयारी में लगे थे। सूज़ी पागलों की तरह दहाड़े मारकर रो रही थी। मुझ पर नजरें जाते ही वह मुझे

पहचान गई और एकाएक चुप हो गई। वह इधर–उधर नजरें घुमाने लगी ताकि उसका भाई कहीं नजर आ जाए। पर उसके निशां कहीं न थे। शायद अब तो वह भी जान चुकी था कि आज उसके घर एक नहीं दो–दो मौतें हुई हैं। अगले ही पल वह बेहोश हो गई। लोग उसे होश में लाने का भर्सक प्रयास कर रहे थे। लाश के पास बैठी अंशुमन की अंधी मां मोटे–मोटे आंसुओं से रो रही थीं। वहां मौजूद रिश्तेदार और पड़ोस के लोग मुझे देखकर यह जानने की कोशिश में थे कि आखिर यह शख्स है कौन?

शाम को अंतिम संस्कार किया गया। अंधेरा बढ़ने तक सारे गांव वाले व रिश्तेदार वहां से जा चुके थे। घर में अब सूज़ी और उसकी मां ही मौजूद थे। मां झोपड़ी के अंदर चारपाई पर लेटी हुई थी और सूज़ी आंगन के एक कोने में सुध–बुध खोए बैठी थी। मुझे वहां मौजूद देखकर वह एकाएक बोल उठी, "मैं जानती थी एक दिन यह जरूर होगा। किस्मत ही ऐसी बनाई है ऊपर वाले ने। जिस बात का हमेशा से ही डर रहता था, तुम्हारे यहां अकेले आने से वह भी पूरी हो गई। तुम यहां क्यों आए हो?"

"यह अंशुमन की अंतिम इच्छा थी। उसे आप लोगों की बहुत चिंता रहती थी। काश आज मेरी जगह वो तुम्हारे सामने बैठा होता तो कितना अच्छा होता।"

"हमारे सोचने भर से यहां कुछ नहीं बदलता। यहां तो सब ऊपर वाले की मर्जी से ही चलता है। मैं दिन–रात सोचती थी कि आने वाले समय में सब कुछ ठीक जो जाएगा, पर सब हुआ तो उल्टा। डॉक्टर ने जवाब दे दिया। भागदौड़ करने बावजूद भी पापा को नहीं बचा सकी। मेरी इन बाहों में ही उन्होंने दम तोड़ दिया। लोग सही कहते हैं कि पैसा सब कुछ होता है। मैं उम्मीद लगाते–लगाते थक गई पर न ही अंशुमन आया और न ही पैसे।"

"सब कुछ ठीक हो गया था। हम अपना काम खत्म करके आने ही वाले थे। अंशुमन को इतना खुश मैंने कभी नहीं देखा था, पर सब पर पानी फिर गया। हम इस तरह फंसे कि अंशुमन बेमौत मारा गया।

उसके शरीर में कई सारी गोलियां एक साथ लगी थीं। मैं उसे बचाने के लिए कुछ न कर सका, पर जिसकी वजह से वह मारा गया था, मैंने उसे भी कुत्तों की मौत दी।''

''कुछ भी हो, मुझे मेरा भाई तो वापस नहीं मिल सकता न। कभी न सोचा था कि मैं इतनी अकेली पड़ जाऊंगी। सिर से बाप का साया उठ गया। सोचा था भाई मेरा दुःख बांटेगा, पर यहां भी किस्मत ने औंधे मुंह पटकी मारी। अपने आपको इतना कमजोर, इतना मायूस मैंने कभी नहीं पाया।''

''सुख–दुःख का नाम ही जिंदगी है सूज़ी। मैं भी अपनी एक खुशहाल जिंदगी की आस लगाए जी रहा था, पर जिंदगी वो बर्बादी लेकर आई कि सहनशीलता ने भी जवाब दे दिया। बद्तर हालातों में भी आशा की किरण जगाए रखना ही जिंदगी का दूसरा नाम है। तुम्हें नए सिरे से जिंदगी की शुरुआत करनी चाहिए। खुशियों की तलाश करनी चाहिए। वे जरूर मिलेंगी।''

''नई जिंदगी का अब कोई मतलब है क्या? अब मुझे किसी खुशी की तमन्ना नहीं है। मैं भी शायद इसलिए जिंदा हूं, क्योंकि मां की देखभाल करनी है। जिस दिन वे जिंदा नहीं रहेंगी, शायद मेरी सांसे भी न रहें।''

''जिंदगी जैसी भी है प्यारी होती है सूज़ी। अंशुमन की अंतिम इच्छा भी यही थी कि उसकी बहन बहादुरी से बुरे हालातों का सामना करे। उसका कहना था कि वह गलती से एक ऐसे दलदल में फंस गया था, जहां से उसका सही सलामत निकलना मुश्किल हो गया था।''

''मैं जानती हूं मेरा भाई ऐसा नहीं था। वह तो मासूम सा दिखने वाला एक शर्मीला लड़का था। जिंदगी और मौत के खेल उसने कहां से सीख लिए? पता ही नहीं चला।''

''यह एक बहुत बड़ी कहानी है सूज़ी, जिसे तुम न ही सुनो तो ज्यादा अच्छा है। इस सच को हम वक्त से पहले समझ ही नहीं पाए कि जिस रास्ते पर हम चल रहे हैं, उस पर चल कर हमारा हस्र मौत से भी बद्तर होने वाला है।''

''अब पश्चाताप से कोई फायदा नहीं। जो बीत गया उस पर आंसू बहाने से कुछ नहीं बदलने वाला।''

''इस पश्चाताप से उबरने का मुझे एक रास्ता दिखाई दे रहा है।''

''क्या?''

''मैं इस मुश्किल वक्त में तुम्हारी सहायता करना चाहता हूं। एक भाई बनकर। मुझे खुशी होगी अगर मैं तुम्हारे किसी काम आ सकूं।''

''मैं अकेली ही ठीक हूं। अब जैसे भी हालात होंगे उनसे लड़ना तो पड़ेगा ही। तुम्हें वापस लौट जाना चाहिए भाई।''

''भाई भी बोलती हो और परायों जैसी बातें भी करती हो। सूज़ी मैं यहां अंशुमन बनने नहीं आया हूं और शायद उसकी जगह ले भी नहीं सकता। मैं तो एक ऐसी बहन का सहारा बनने आया हूं, जिस पर दुःखों का पहाड़ टूटा है।''

''कोई फायदा नहीं है भाई। एक भाई के सहारे की आस लगाई थी मैंने। वो दुनिया ही छोड़कर चला गया। मैं एक बार फिर किसी के सहारे की उम्मीद नहीं लगाना चाहती। जिंदगी जितने भी सितम करेगी उन्हें मैं अकेले ही सहूंगी। तुम यहां से चले जाओ।''

सूजी इतना कहकर अंदर चली गई और मां की चारपाई के पास बैठकर रोने लगी। कुछ ज्यादा ही परेशान थी बेचारी। अंशुमन की आह आवाज बनकर मेरे कानों में गूंज रही थी कि मुझे यहां से नहीं जाना चाहिए। आखिर कुछ दिन तो अंशुमन की जिंदगी को जीना चाहिए।

अगली सुबह सूरज भी न निकला था कि किसी आहट से आंख खुल गई। सामने एक बैलगाड़ी खड़ी थी, जिसमें गांव की कुछ औरतें बैठी थीं। सूज़ी ने बताया कि वह रोजाना की तरह गांव वालों के साथ काम करने जा रही है। मैं चाहता था कि मैं भी उसके साथ चलूं। पर उसने मना कर दिया। अंत में उसे मेरी जिद के आगे झुकना पड़ा। बैलगाड़ी के एक कोने में मुझे भी जगह दे दी गई। वहां बैठी औरतें मुझे अजीब सी नजरों से देख रही थीं। करीब दो घण्टे के लम्बे सफर

के बाद वह बैलगाड़ी एक पहाड़ के किनारे पहुंची, जहां ढेर सारे पत्थर थे। बैलगाड़ी रुकते ही सारी औरतों के साथ सूज़ी भी हथोड़े से पत्थर तोड़ने में लग गई। उन औरतों का रोजी–रोटी कमाने का जुनून सारी हदों को पार करने वाला था। सभी कमरतोड़ मेहनत में लगी थीं। मैं तो देखकर हैरान था। दिन भर मैंने भी वहां मजदूरों की तरह काम किया। यह शायद इसलिए भी था कि मैं सूज़ी की कुछ सहायता कर सकूं। यह जीवन का एक खास अनुभव था।

मेरी खुद से सवाल पूंछने की आदत कभी नहीं जाती। मुझे वहां तीन महीने बीत चुके थे और उस साधारण सी शाम मैं अपने आप से सवाल पूछ बैठा कि, ''क्या मैं सही मायनों में अंशुमन की जिंदगी जी रहा हूँ? क्या वह भी अपने परिवार की इसी तरह मदद करता जैसे अभी मैं कर रहा हूँ? इस तरह के कई सारे सवाल खुद से पूछे और सभी का जवाब 'नहीं' में आया। फिर ऐसा क्या छूटता जा रहा था जो मुझे इस तरह का अहसास करा रहा था?''

सच तो यह था कि सूज़ी को ऐसी खुशियां मिल ही नहीं पा रही थीं जिससे उसके जीवन में स्थायित्व आए और वह अंदर से खुश रहे। यह सच था कि मैं वहां जिंदगी भर नहीं रह सकता था, इसलिए मुझे अहसास हुआ कि उसे एक ऐसे जीवन साथी की जरूरत है जो उसका जीवन भर साथ दे। उस रात करीब दस बजे होंगे और मैं इसी उधेड़बुन में था। अचानक सूज़ी से बोल उठा, ''सूज़ी सो गई हो क्या?''

''नहीं भाई, अभी नहीं सोई। मैं कह रही थी कि भाई अब वक्त भी काफी हो गया है। आप कब तक हम पर यूं ही अहसान करते रहोगे? मुझे लगता है कि अब आपको अपने वतन वापस लौट जाना चाहिए। मैं यहां ठीक रहूंगी। मां का ख्याल ही तो रखना है। दो वक्त की रोटी मिल ही जाएगी हमें।''

''पर सूज़ी यह कब तक चलेगा? जिंदगी बहुत बड़ी है। इस तरह तो थक जाओगी।''

''संघर्ष ही जिंदगी है। ये मैंने आपसे ही सीखा है भाई।''

''यह सच है, पर जिंदगी का दूसरा नाम खुशियां ढूंढना भी तो है। खुशियों के साथ जिंदगी प्यारी हो जाएगी। परेशानियों के बीच जीवन गुजारते हुए हम लोग यह भूल जाते हैं कि खुशियां तो बस कुछ ही दूरी पर छुपी हैं। हमने उन्हें ढूंढने की कोशिश ही नहीं की। तुम्हे शादी कर लेनी चाहिए सूज़ी।''

''क्या?''

''हां सूजी तुम्हें एक ऐसे हमसफर की जरूरत है जो तुम्हारे सुख–दुःख बांटे।''

''रहने दो भाई। मैं अकेली ही ठीक हूँ। सुःख–दुःख बांटने के लिए माँ है न।''

''माँ जिंदगी भर तुम्हारा साथ नहीं दे सकती। यह एक कड़वी सच्चाई है। मां के इस दुनिया से जाते ही तुम अकेली पड़ जाओगी। यह व़क्त भी तुम्हें खाने को दौड़ेगा।''

''इतने बड़े–बड़े दुःख झेल लिए हैं मैंने। अब आगे भी जैसा समय आएगा उसका सामना मैं बहादुरी से करूंगी।''

''वो सब ठीक है सूज़ी। इंसान को परेशानियों से घबराना नहीं चाहिए पर तुम्हारे इस फैसले से कोई खुश नहीं रहेगा। न मां, न तुम और न ही अंशुमन। तुम्हें अंशुमन के सपनों वाली जिंदगी जीनी चाहिए सूज़ी और उसका सबसे बड़ा सपना ही यही था कि वह अपनी बहन को दुल्हन बने लाल जोड़े में देखे। वह अक्सर तुम्हारी शादी के बारे में बात किया करता था। उस समय उसके चेहरे की रौनक और खुशी देखने लायक होती थी। तुम्हे शादी कर लेनी चाहिए, वरना उसकी आत्मा को शांति नहीं मिल पाएगी।''

''पर.....।''

''हम एक–दो दिन में लड़का ढूंढना शुरु कर देते हैं।''

हमें एक बहुत अच्छा लड़का मिला। उसका नाम हैरी था। वह अनाथ था और पास ही के एक गांव में रहता था। दोनों ने एक दूसरे को पसंद किया और जल्द ही उनकी शादी हो गई। दोनों काफी खुश

थे। मुझे भी लगने लगा था कि मैंने अंशुमन की सपनों वाली दुनिया से सूज़ी को काफी हद तक रूबरू करा दिया है। उसका खिलखिलाता चेहरा मैंने पहली बार देखा था। लग रहा था अंशुमन फिर से उस घर में लौट आया हो।

अचानक एक दिन मैंने अपने सामान का पुलंदा बनाया। मुझे लगने लगा था कि अब यहां से मुझे चलना चाहिए। हालाकि पता नहीं था कि कहां जाना है? पर यह सब मैंने राहों पंर ही छोड़ दिया था। सूज़ी, मां और हैरी से विदा लेकर मैं वहां से निकल आया।

अध्याय–१३

मैं जिंदगी के इन अजीब तरह के किस्सों से थक चुका था। अब तो ऊपर वाले से बस एक ही दुआ थी कि किसी तरह चैन और सुकून मिल सके। इसी की तलाश में मैंने भारत जाना तय किया। मैं सुध–बुध खोए नेपाल में ही स्थित एक रेल की पटरी पर अकेले पैदल चला जा रहा था। रात के बारह बजे थे और मौसम काफी खराब था। तेज आँधी चल रही थी व तेज आवाज के साथ बिजली अपना रौद्र रूप दिखा रही थी। मुझे यकीन होने लगा था कि किस्मत में एक और दास्तां की आहट हो चुकी है। अगले कुछ क्षणों में ही तेज मूसलाधार बारिश शुरु हो गई।

परिस्थितियां कुछ ज्यादा ही खतरनाक थीं। उस काली घनघोर घटा वाली रात में सब लोग अपने–अपने घरों में थे और खुशी से सावन की उस पहली बारिश का आनंद ले रहे थे। यह बारिश बर्बादी लेकर आई थी तो बस एक शख्सियत के लिए जो लोगों के साए से दूर, जंगल में रेलवे ट्रैक के किनारे जिंदगी व मौत के बीच फंसी थी और दोनों में से किसी एक को पाने की कोशिश कर रही थी। हां सच में ऐसा ही था। जिंदगी वह इसलिए चाहती थी ताकि वह कुछ लोगों से बदला ले सके और मौत इसलिए क्योंकि अब वह दुनिया से पूरी तरह हार चुकी थी। दोबारा लड़ने की ताकत नहीं थी उसमें।

जिंदगी और मौत के इस निर्णय की गुत्थी को एक हल्की सी आवाज ने सुलझा दिया। वह ट्रेन की आवाज थी जो उसकी मौत का

सायरन दूर से ही बजा रही थी। अब कुछ और सोचने को शायद बचा ही नहीं था। जिंदगी व मौत की लड़ाई में जीत आखिर मौत की ही हुई। उस लड़की ने कुछ पलों के लिए अपनी पलकें झपकाईं और इस दुनिया से विदा लेने के लिए अपने आपको तैयार कर लिया।

सावन की उस बारिश ने एकाएक भयंकर रूप धारण कर लिया। बरसात अब कहीं ज्यादा तेज हो गई और तूफान से पेड़ धरती को छूने लगे। इतना दर्दनाक माहौल और इस मासूम के लिए एक–एक पल भी सदियों सा प्रतीत हो रहा था। उसे असहनीय दर्द हो रहा था। वह बिल्कुल अधमरी सी हो रही थी या उससे भी बुरी। उसके पेट में तीन चार जगह चाकू लगे थे और घावों में बेहिसाब दर्द हो रहा था। वह किसी तरह इस दर्द से छुटकारा पाना चाहती थी, इसलिए मौत को चुनना ज्यादा आसान लगा और शायद यही उसका आखिरी फैसला भी था।

सामने से ट्रेन आ चुकी थी। वह पटरियों से कुछ दूरी पर थी। अब उसे कोशिश करके उन पटरियों तक पहुंचना था ताकि मौत उसे गले लगा सके और वह हमेशा–हमेशा के लिए इस दुनिया को अलविदा कह सके। पर शायद यह भी इतना आसान न था। वह धीरे–धीरे पटरियों की ओर रैंगने लगी। वह अपनी पूरी ताकत जुटाकर धीरे–धीरे आगे बढ़ रही थी। दर्द से उसकी चीखें निकल रही थीं, जो उस सुनसान व डरावने वातावरण को और भी डरावना बना रही थीं। किसी के लिए इससे बद्तर स्थिति भला और क्या हो सकती है? पर इस स्थिति में भी कुछ और परेशानियां उस पर हावी होती जा रही थीं। उसके लिए अब और आगे बढ़ पाना मुश्किल लग रहा था। पर इस दर्द से छुटकारा पाने के लिए वह किसी भी हद से गुजर सकती थी। उसने ईश्वर से प्रार्थना की, एक बार फिर से अपनी पूरी ताकत इकट्ठी करके उन पटरियों की ओर बढ़ने के लिए जान लगा दी। उसकी प्रार्थना भगवान ने सुन ली थी। उसे खुशी थी कि ट्रेन के साथ वह भी आगे बढ़ रही थी। अंत में यह कसरत भी खत्म हुई। वह पटरियों पर जा लेटी ताकि उसके लिए सब कुछ खत्म हो जाए, उसकी सांसे, घर–परिवार और यह दुनिया। अपने अंतिम पलों में उसने अपनी आँखें बंद कर लीं।

इस अजनबी लड़की का मुझसे कोई संबंध न था। पर यह एक संयोग ही था कि जिस समय वह अपनी जिंदगी को खत्म कर देना चाहती थी, मैं वहां मौजूद था। ट्रेन उसके शरीर के टुकड़े करने ही वाली थी कि आसमां से चमकती बिजली की रोशनी में मुझे वह दिखाई दे गई। अपनी जान पर खेलकर किसी तरह उसे बचाया। पर उसका सिर किसी पत्थर से लगने के कारण वह बेहोश हो गई थी। उसे नई जिंदगी देने के मकसद से मैंने किसी तरह उसे अस्पताल पहुँचाया। उसके पास से मिले पहचान–पत्र में उसका नाम दिशा लिखा था। मैंने अस्पताल में उसके इलाज का खर्चा जमा किया और उसके होश में आने का इंतजार करने लगा।

ठीक तीन दिन बाद मुझे उससे मिलने के लिए बोला गया। वह अपने आपको इस हालत में पाकर हैरान थी। पर उसे देखकर मैं कहीं ज्यादा हैरान था। उसमें कनिका को जो ढूंढ बैठा था। इतना बड़ा संयोग शायद भगवान का करिश्मा ही हो सकता था। उसकी सूरत और चाल–ढाल बिल्कुल कनिका से मिलते–जुलते थे।

डॉक्टर ने उसे वहां पहुंचने की पूरी कहानी बताई। वह मरना जरूर चाहती थी पर इस जिंदगी के लिए उसने मुझे धन्यवाद कहा। उसका नाम दिशा था। उसके अतीत के बारे में पूछने पर उसने अपनी पिछली जिंदगी का सारा कच्चा चिट्ठा खोलकर रख दिया और जो उसने बताया वह वाकई दर्दनाक था।

दिशा का परिवार भारतवर्ष के उन परिवारों का एक सदस्या था, जिन्हें दो वक्त की रोटी तो नसीब होती है पर पूरे दिन की कड़ी मेहनत के बाद और ऐसे में काम न मिले तो वह भी बंद। ऐसे परिवारों में सुबह प्रार्थना ही यही होती है कि आज उन्हें खाना नसीब हो जाए।

दिशा के परिवार में कुल पांच सदस्य थे–मम्मी, पापा, एक सबसे बड़ा भाई और एक बड़ी बहन। दिशा उन सभी में सबसे छोटी थी। जब उसे अपने आस–पास के वातावरण और चीजों का आभास हुआ तो घर के नाम पर छत के रूप में एक पन्नी थी, जिसे कच्ची सड़क के किनारे गाड़ा गया था। दिशा को जब कोई पक्का घर नजर आता तो वह उसे

ध्यान से देखती रहती और कहीं खो जाती। सात वर्ष की दिशा अपने आपको उस बच्चे के स्थान पर रखकर सोचती जो अभी–अभी बाहर से खेलकर आया है और मौजमस्ती करता हुआ घर की छत पर चढ़ गया है।

काम की बात करें तो दिशा के यहां लोहे का छोटा–मोटा काम होता था। छोटे से लेकर बड़े तक पूरा परिवार इसी काम में लगा रहता। लोहे के छोटे–छोटे टुकड़ों को आग के दहकते हुए कोयलों में गर्म किया जाता, फिर बड़ी ही कार्यकुशलता से हथौड़े व छैनी की सहायता चोट मारकर किसी–न–किसी औजार का रूप दे दिया जाता। दिशा वह दिन कभी नहीं भूल सकती जब वह पाँच साल की थी, उसके पापा लोहे को गर्म करने में लगे थे और दिशा की मां ने हथौड़ा पकड़ा था। आग से जैसे ही वह दहकता लोहा निकला, दिशा की मां ने उसे अंधाधुंध पीटना शुरू कर दिया। दिशा अपलक उस नजारे को देख रही थी, जो उसे बड़ा ही अजीब लग रहा था। कभी वह उस दहकते लोहे को देखती तो कभी अपनी मां के पसीने से भरे हांकते चेहरे को। कभी वह अपने पापा के रोजी–रोटी के लिए जुनून को देखती, तो कभी अपने भाई–बहन की उस काम के प्रति लगन को। वह पूरी तरह सोच के सागर में डूबी थी। अचानक न जाने कैसे उस लोहे का एक छोटा सा टुकड़ा टूटकर अलग हो गया और दिशा के पैर पर आ गिरा। दिशा की दर्दनाक चीखों से सारा वातावरण ही गूंज उठा। सचमुच वह उस दर्द को आज तक नहीं भुला पाई है।

उसे वह समय भी अच्छी तरह से याद है जब उनके पास काम नहीं होता था तो उसके परिवार की आँखें रोटी देखने तक के लिए तरसती थीं। फिर क्या? मां हारकर पास वाले गांव में रोटी मांगने जाती। भूख मिटाने को चंद रोटियां जरूर मिलतीं पर उससे अधिक ताने और गालियां। अगर एक जगह इस तरह की स्थिति दो–तीन दिन तक लगातार बनी रहती तो इसका मतलब यह होता कि अब वहां काम मिल पाना मुश्किल है और उन्हें किसी ऐसी जगह की राह पकड़नी चाहिए, जहां उन्हें काम मिल सके। एक बार फिर घर उजाड़ दिया जाता, एक

बार फिर से सारे सामान का पुलंदा बना लिया जाता। उनके पास एक भैंसा–गाड़ी होती थी, जिस पर सामान लादकर वे एक गांव से दूसरे गांव पलायन करते। एक नया गांव आते ही फिर वही पन्नी का घर, फिर वही लोहे का काम और फिर वही ग्राहकों का इंतजार। दिशा को इससे ज्यादा परेशानी न थी, पर हां एक बात थी जिसकी वजह से उसे दर्द का सामना करना पड़ता था। उसका परिवार एक गांव में करीब दस–पन्द्रह दिन रहता था और सात साल की दिशा इतने कम दिनों में ही अपने बहुत सारे दोस्त बना लेती, जिससे उसे खुशी मिलती थी लेकिन उन दोस्तों को छोड़ने पर उसे उससे कहीं ज्यादा दुःख भी होता। उसे फिर एक बार एक नई जगह नए दोस्त बनाने पड़ते और फिर उन्हें छोड़ना पड़ता। किसी और के लिए यह एक मामूली सी बात हो सकती है पर इसकी कीमत और दर्द को या तो दिशा जानती थी या उसका भगवान।

यह थी दिशा के जीवन की शुरुआत। भारतवर्ष के साथ पूरे संसार में ऐसे परिवारों की कमी नहीं है। ऐसे परिवार सड़क पर पैदा होते हैं और सड़क पर ही मर जाते हैं। ऐसे परिवारों में माता–पिता अपने बच्चों को भी वही काम देकर जातें हैं, जो उन्होंने किया। वही जिंदगी देकर जाते हैं जो उन्होंने खुद गुजार दी। पर दिशा के साथ उसकी सोच भी बड़ी होती जा रही थी और यह उसके बड़े भाई–बहन से बिल्कुल अलग थी। वह उस घर के बारे में भी सोचती जो उस समय उनके पास नहीं था। सोचती, क्या उनके पास ऐसा घर नहीं हो सकता? वह उस बच्चे को ध्यान से देखती जो स्कूल के लिए तैयार है और उसकी मां उसे स्कूल बस पर छोड़ने आई है। वह उन कपड़ों के बारे में भी सोचती जो उस समय उसके शरीर पर नहीं आ सकते थे।

सात साल की उम्र में दिशा ने स्कूल में पढ़ने की जिद की। उसके बड़े भाई–बहन बिल्कुल अनपढ़ थे और वह खुद भी जानती थी कि उनकी इस हालत में उसका पढ़ पाना बेहद मुश्किल है, पर फिर भी वह पढ़ना चाहती थी क्योंकि उसे कुछ अलग करना था। वह खुद को स्कूल–ड्रेस में देखना चाहती थी। वह स्कूल–बस की यात्रा के अनुभव

को गहराई से महसूस करना चाहती थी। वह स्कूल के बच्चों के चीखने चिल्लाने की रोमांचकता को महसूस करना चाहती थी।

जिसका डर था वही हुआ। दिशा की यह विनती ठुकरा दी गई। वैसे भी उसका यह प्रयास बेमतलब था। उन्हें दो वक्त की रोटी के लिए संघर्ष करना पड़ रहा था, फिर ऐसे में दिशा की पढ़ाई? पर इन सबसे उसका संघर्ष कम नहीं हुआ। वह अपनी जिद पर अड़ी रही। स्कूल, स्कूल और बस स्कूल। इस जिद के पीछे उसे कई बार मार भी खानी पड़ी। पर उसने जिस रास्ते पर चलना शुरू किया था, उस रास्ते से अपने कदम वापस नहीं लिए और न ही कभी इस बारे में सोचा।

दिशा को सूपर–स्टार शाहरुख खान की एक फिल्म देखने का मौका मिला। उसमें एक डायलॉग था, "अगर तुम किसी चीज के लिए दिल से कोशिश करोगे तो पूरी कायनात उसे तुमसे मिलाने की कोशिश में लग जाती है।" दिशा शायद इसी बात को आधार मानकर संघर्ष कर रही थी। पर जल्द ही वह औंधे मुंह गिर गई और उसे अहसास हो गया कि रील व रीयल लाईफ में बहुत–बड़ा अन्तर होता है। कुछ न हो सका। दिशा ने मन को तसल्ली देने के लिए स्कूल वाले बच्चों से शिक्षा का प्रांरभिक ज्ञान लेना शुरू का दिया। पर यह काम भी टेढ़ी खीर साबित हुआ। जिन बच्चों से वह दोस्ती करती उनके घरवाले बच्चों को दिशा से दूर रखते। पर यह परेशानी उस समय तो कुछ ज्यादा ही बढ़ जाती जब उसे गांव बदलना पड़ता।

उदासी भरी इस दुनिया में खुदगर्ज़ लोगों से हटकर दिशा की कोई सच्ची सहेली थी तो प्रकृति। क्योंकि वह उसे धोखा नहीं दे सकती थी। वह उससे प्यार करती थी। उसे छोटे–बड़े पेड़–पौधे बहुत पसंद थे, खासकर वे जिन पर रंग–बिरंगी फूल उगते। उन फूलों की खुशबू को ही वह अपना जीवन मानती। तितलियां पकड़ना उसे बेहद अच्छा लगता। झरने की छोटी–छोटी बूंदो में उसे जीवन को एक अलग प्रकार से जीने के ढंग नजर आते। उन बूंदों में वह खुद को भिगोकर इस तनाव वाली दुनिया से राहत भरे कुछ पल चुरा लेती।

समय बीतता गया। दुनिया में ढेर सारे बदलाव हुए। दिशा अब पंद्रह वर्षीय दुबले–पतले शरीर वाली एक किशोरी थी। समय के साथ–साथ उसके जीवन में एक बदलाव आया। दिशा के संघर्ष को उसकी कीमत मिली। उसे पढ़ाई नसीब हुई। अब वह नवीं कक्षा की छात्रा है। घर की हालत अब भी वही है और सुधरने की शायद दूर–दूर तक कोई उम्मीद भी न थी।

दिशा को यह जीवन बहुत–बड़ा संघर्ष लगता, जो सिर्फ उन्हीं जैसे लोगों के लिए है। वह इस बारे में गहराई से सोचती और भगवान से सवाल करती कि उसके परिवार को ही ऐसा क्यों बनाया? कितना अच्छा होता अगर उनके पास भी अपना एक पक्का मकान होता और पहनने के लिए अच्छे कपड़े होते। दो वक्त की रोटी के लिए दर–दर की ठोकरें न खानी पड़तीं।

वास्तव में दिशा की सोच उसकी उम्र से कई गुना बड़ी थी। वह अक्सर अपनी बड़ी बहन से सवाल करती, ''दीदी तू नहीं चाहती कि तेरा भी दुनिया में नाम हो, तुझे लोग तेरे नाम जानें।'' वह अपनी बड़ी बहन के जवाब से हैरान रह जाती क्योंकि उसका जवाब होता, ''दिशा तू भी बेवजह बिना हाथ–पैर वाली बातें कर रही है। क्या कभी ऐसा हो सकता है? ये बड़े लोगों के काम होते हैं। भगवान ने इस काम के लिए दूसरे लोगों को बनाया है, हमें नहीं। फालतू की बातों में दिमाग मत लगा। ये सड़क ही हमारा घर है। जीवन भर एक जगह से दूसरी जगह तक इन्हीं सड़कों पर दौड़ते रहना है और एक दिन इन्हीं के किनारे दम भी तोड़ देना है।'' इसी तरह का सवाल वह अपने भाई से भी करती, ''भइया क्या तुम नहीं चाहते कि हम यह काम छोड़कर अपनी एक अलग पहचान बनाएं? अपने पास बंगला हो, गाड़ी हो और ढेर सारा नाम हो, बिल्कुल शाहरुख खान की तरह।''

भाई का जवाब कुछ इस तरह से होता, ''जिन्दगी में उतना ही सोचना चाहिए जितनी औकात हो। मेरी औकात लौहे को गर्म करके उसे एक नया आकार देने से ज्यादा कुछ नहीं हो सकती। शाहरुख खान जैसे लोगों को भगवान खुद बनाकर भेजता है। मुझे माफ करना

दिशा तेरा भाई इस जन्म में ऐसा ही रहेगा। कम–से–कम इस जन्म में तो कुछ नहीं बदलने वाला।''

दिशा समझ चुकी थी कि वह एक ऐसे परिवार में पल रही है, जहां सपने पूरे होना तो दूर की बात है, उनके बारे में सोचना भी गुनाह है। इसका कारण वह गरीबी को तो मानती ही थी पर सबसे ज्यादा दोषी उन लोगों को मानती है जिनकी अक्ल पर ताले पड़े हैं। यह सिर्फ उसी के परिवार की कहानी नहीं है, बल्कि उसी के जैसे हर परिवार की भी है। जो वे इस समय हैं, उसी को अपना जीवन समझते हैं। उन्हें और कुछ मिलता नहीं। मिलेगा भी कैसे? उसके बारे में वे सोचते ही नहीं। दिशा की सोच अलग थी। उसे लगता था कि इस दुनिया में गरीब वे हैं जो अपने आपको गरीब मानते हैं। वे यह नहीं जानते कि अमीर लोग यहीं दुनिया में आकर बनते हैं, पैदा नहीं होते।

बेचारी दिशा भी क्या करती? सौलह साल की उम्र में इतना बड़ा सपना जो देख लिया था। इस सपने को पूरा करने के लिए वह कुछ भी कर सकती थी। दुनिया के हर हालात से लड़ सकती थी। उसका सपना 'अभिनेत्री' बनने का था। सितारों की दुनिया उसे बेहद लुभाती। वह अपनी हालत अच्छी तरह से जानती थी, पर उसका सपना था कि वह विश्व प्रसिद्ध अभिनेत्री बने। पूरी दुनिया उसे थिएटर में बड़ी–बड़ी स्क्रीन्स पर देखे। लोग उसकी एक झलक पाने के लिए बेचैन हों। बस इसी सपने के साथ वह जी रही थी और उसे विश्वास था कि एक दिन वह उन सितारों की चमकीली व भड़कीली दुनिया में जरूर पहुंचेगी।

एक प्यारी सी खुशी ने चुपके से दस्तक दी। घर की हालात कुछ सुधरने लगी। उनके रोजाना के काम से थोड़ा–थोड़ा पैसा बचता गया। दिशा के पापा ने सरकार से विनती करके एक जगह पर अपना फूंस–पुआल व मिट्‌टी का छोटा सा घर बना लिया। इसके अलावा एक और फैसला किया कि उन्हें उनके पुस्तैनी काम के साथ और भी काम करने होंगे ताकि दिशा की बड़ी बहन की शादी हो सके। वे अच्छी तरह जान गए थे कि अपना पुराना धंधा करके वे दो वक्त की रोटी कमाने के अलावा और कुछ नहीं कर सकते। काफी कोशिशों के बाद दिशा के

पापा और बड़े भाई को एक फैक्ट्री में नौकरी मिल गई। दिशा की बड़ी बहन का रिश्ता हो गया और शादी के लिए एक तारीख भी रख दी गई।

किस्मत इतना बड़ा धोका देगी, सोचा न था। सारी खुशियां शीशे की तरह चकनाचूर हो गईं। उस दिन घर में बड़ी बहन की शादी के लिए तैयारियां चल रही थीं। उस सांझ खबर आई कि फैक्ट्री में एक दुर्घटना हुई है, जिसमें काफी लोग मारे गए हैं। पूरे परिवार में खलबली मच गई। जिसका डर था वही हुआ। फैक्ट्री जाकर देखा तो उनके होश उड़ गए। पापा बिल्कुल मृत पड़े थे, एक मशीन में आने की वजह से उनके शरीर के तीन टुकड़े हो गए थे। भाई का कहीं अता–पता नहीं था। अस्पताल जाकर देखा तो वह आखिरी सांसों पर था। उसे बचाने के लिए डॉक्टर ने बहुत–बड़ी रकम मांगी। एक आकस्मिक ऑपरेशन होना था। पैसा न होने की वजह से वह भी जान से हाथ धो बैठा। दिशा ने अपनी आंखों के सामने उसे दम तोड़ते देखा।

अब दिशा के परिवार से उसके पापा और भाई जा चुके थे। बदले में फैक्ट्री मालिक द्वारा उनके मुंह पर चंद पैसे फेंक दिए गए, जिनसे बड़ी बहन की शादी हो गई। अब घर में दिशा व उसकी मां ही रह गए। परिस्थितियां ऐसी बनीं कि उसे दसवीं के बाद पढ़ाई छोड़नी पड़ गई। अपने खर्चों की पूर्ति के लिए उन्होंने घर–घर जाकर छोटे–मोटे काम करना शुरू कर दिया, जिससे घर का गुजारा हो जाता था। इसके अलावा दिशा ने घर पर ही मधुमक्खी पालने का काम शुरू कर दिया। वह रोजाना साइकिल से शहद बेचने के लिए पास के लखनऊ शहर जाती। इसी तरह जीवन गुजरने लगा। आंखों में सपने अभी भी जिंदा थे। पर वह खोई–खोई सी रहती थी, क्योंकि उसका सपना उससे दूर होता जा रहा था।

कुछ भी हो दिशा की निगाहें हमेशा लक्ष्य पर ही रहतीं, क्योंकि शाहरुख खान की फिल्म के उस डायलॉग में वह अब भी विश्वास करती थी। इस बार यह डायलॉग सच होता हुआ प्रतीत भी हुआ। उस दिन वह रोजाना की तरह शहर से शहद बेचकर वापस घर आ रही थी। उसकी नजर एक पोस्टर पर पड़ी। चौंककर वह उसे पढ़ने लगी।

उसमें एक ऐसे कॉलेज के बारे में था जो उसके सपनों को उड़ान दे सकता था। उस पोस्टर में जिस कॉलेज के बारे में बता रखा था उसमें एक्टिंग, डायरेक्सन आदि के कोर्स कराए जाते थे। दिशा को बस इसी का तो इंतजार था। उस कॉलेज का नाम 'स्कूल ऑफ ड्रामा लखनऊ' था।

आज रात आंखों में नींद न थी। मन में बेचैनी थी। साथ ही कुछ अनसुलझे सवाल भी। कुछ घबराहट थी तो कुछ रोमांचकता भी। उस कॉलेज में प्रवेश होगा या नहीं? कितना अच्छा होगा अगर उस स्कूल में उसका दाखिला हो जाए? अचानक उसने अपनी मां से सवाल किया, "मां आपने बचपन में पढ़ने–लिखने की कोशिश नहीं की, या कुछ बनने की।"

"आज तुझे क्या हो गया है दिशा? रात काफी हो चुकी है, सो जा बेटी।"

"नहीं मां, पहले मेरे सवाल का जवाब दो।"

"बेटी कुछ बनने और पढ़ने–लिखने का अधिकार केवल लड़कों को होता है। लड़कियां सिर्फ एक बेटी, बहु और मां बनकर जीवन गुजार देती हैं। उन्हें सपने देखने का कोई हक नहीं है।"

"पर मां मैं तो खूब पढ़ना चाहती हूं। कुछ बनकर दिखाना चाहती हूं। अपनी काबिलियत के दम पर अपने पैरों पर खड़ा होना चाहती हूं।"

"अब इस बारे में मत सोच बेटी। अब इसके लिए वक्त कहां है? अब कुछ समय बाद तेरी शादी हो जाएगी। मैंने बात कर ली है। तेरे जीजा का छोटा भाई है। उसे तू पसंद भी है। ये पढ़ाई–लिखाई भूल जा बेटी। इसी में तेरी भलाई है।"

इसके बाद दिशा कुछ न बोल सकी। शायद शब्द ही न बचे थे। अब मां भी सो चुकी थी पर वह कैसे सोती? उससे उसकी सांसे जो छिन रही थीं। वह आगे नहीं पढ़ सकती थी, फिर उस कॉलेज के बारे में सोचने का कोई मतलब बनता था क्या? शायद नहीं और फिर उसकी शादी..... । चारों ओर से मायूसियों ने घेर लिया। इतने बड़े व अच्छे मौके पर पानी फिरता नजर आ रहा था।

रात बीती। रोजाना की तरह उस दिन भी दिशा ने शहद इकट्ठा किया। साइकिल उठाई और शहर के लिए निकल पड़ी। आज वह खोई हुई थी। मन को समझाने पर भी वह एक्टिंग स्कूल की तरफ भाग रहा था। पर उसने तय किया कि वह अपनी मां की बात मानेगी। उसने शहद बेचा। घर वापस जाने के लिए तैयार हो गई। उस दिन वास्तव में ही उसे वहां से लौटना बड़ा ही मुश्किल लग रहा था। जैसे–जैसे वह घर की ओर जा रही थी उसके मन में अजीब सी हलचल बढ़ रही थी। सांस तक लेने में परेशानी हो रही थी। लग रहा था आसमां से अहसहनीय आग बरस रही हो। हर कदम के साथ मुश्किलें बढ़ने लगीं। सब कुछ बर्दाश्त से बाहर होने लगा। एकाएक दिशा ने अपने कदम रोके। उसने अपने–आप को शांत किया। इतना शांत कि वह अपनी सांसों की आवाज तक सुन सकती थी। उसने अपनी आंखें बंद कीं और अन्तरात्मा की आवाज सुनी। अन्दर से आवाज आई कि अगर वह उस एक्टिंग–कॉलेज में नहीं गई तो सब कुछ खत्म हो जाएगा। उसकी शादी कर दी जाएगी। उसे अभी निर्णय लेना होगा। जिस रास्ते पर वह चलने की कोशिश कर रही है, यह उसकी मां के खिलाफ जरूर है पर वह कोई गलत काम नहीं कर रही। उसका रास्ता कामयाबी का है। अगर वह कल कामयाब होती है तो उसकी मां को भी खुशी होगी। वह हल्के होठों से मुस्कुराई और फिर आंखें खोलीं। लगा कि ईश्वर उसके साथ है। उसे निडर होकर अपने रास्ते की ओर बढ़ना चाहिए। वह पीछे मुड़ी और उस एक्टिंग कॉलेज की ओर कदम बढ़ाने लगी। उसके कदमों के साथ उसकी धड़कनें भी बढ़ती जा रही थीं। कॉलेज के गेट पर आकर ही सांस ली। वह कॉलेज दिशा के लिए अब तक की सबसे खास और कीमती जगह प्रतीत हो रहा था। वह थोड़ी घबराई सी कॉलेज परिसर की ओर बढ़ने लगी। कॉलेज की बिल्डिंग बड़ी ही शानदार थी, पहली बार वह इतनी बड़ी बिल्डिंग में कदम रख रही थी। वह एक बरामदे में आई। जहां चारों तरफ लड़के–लड़कियों का तांता था। सभी लोग बड़ी हैरानी से आंखें फाड़े उसकी ओर देख रहे थे, शायद कुछ मजाक भी बना रहे थे। वह घबराई सी लगातार आगे बढ़ती जा रही थी। कॉलेज की प्राचार्या योगिता शर्मा ने उसे देखा और

अपने पास बुलाया। आने का कारण पूछा। दिशा ने अपने मन की पूरी बात मैडम के सामने रख दी।

प्राचार्या जी दयावान थीं। उन्होंने दिशा की भावनाओं को अच्छी तरह समझा। पर दिशा की पढ़ाई अभी भी रोड़ा बनी हुई थी। वहां प्रवेश होने के लिए कम से कम इंटरमीडिएट होना चाहिए था और दिशा अभी तक हाईस्कूल ही थी। पर प्राचार्या जी को दिशा की लगन के आगे झुकना पड़ा। यह तय किया कि उसे प्रवेश दे दिया जाएगा, पर इंटरमीडियट की पढ़ाई जारी रखनी होगी। रही बात अतिरिक्त खर्चों की, उसकी जिम्मेदारी प्राचार्या जी ने ले ली। पर दिशा को फीस का इंतजाम खुद करना था। पच्चीस हजार फीस थी। दिशा की सपनों वाली दुनिया के सामने इस रकम की कोई कीमत न थी पर असल जिंदगी में उसने इतना रुपया देखा तक न था। उसने फीस जमा करने के लिए वक्त मांगा। उसे महीना भर का समय दे दिया गया। वहां उसका प्रवेश हो चुका था, यह उसके लिए काफी खुशी की बात थी। पर और भी कई परेशानियां बांहें पसारे खड़ी थीं। मां इसके बिल्कुल खिलाफ थीं और वह अपनी मां को इसके बारे में बताये, उसमें इतनी हिम्मत न थी। वह तो यह भी तय नहीं कर पा रही थी कि कॉलेज में लगने वाले इस अतिरिक्त समय के बारे में वह मां को क्या बताएगी? झूठ बोलना बेहद मुश्किल था, क्योंकि आज नहीं तो कल मां को इसके बारे में पता चल ही जाना था।

रात के ग्यारह बजे होंगे। दिशा अभी भी जाग रही थी। चिंता थी न। अचनाक मां की आंख खुली। बेटी को जागता देख वे सहसा ही बोलीं, "क्या हुआ बेटी? तू अभी सोई नहीं।"

"नही मां नींद नहीं आ रही।" दिशा ने जवाब दिया।

"कोशिश कर बेटी आ जाएगी।"

"मां मैं सोच रही थी कि इंटर तक की पढ़ाई कर लूं।"

"बेटी अब तेरी उम्र पढ़ाई की नहीं, शादी की है। मुझे तेरी बहुत चिंता है। अरे हां मैं तुझे बताना भूल गई। कल तेरी दीदी की

ससुराल से कुछ लोग आए थे, तेरी शादी के लिए। मैंने भी फैसला किया है कि अब जल्द ही तेरी शादी कर दी जाए। मेरे कन्धों का बोझ तो उतरे।''

दिशा के मुंह से कोई शब्द न निकला। अब तो अहसास होने लगा था कि उसका हाथ–पैर मारना बेकार है।

सुबह हुई। रोजना की तरह शहद इकट्ठा किया। साइकिल उठाई ओर घर से चल पड़ी। ज्यादा नहीं सोचा। शहद बांटकर सीधे कॉलेज पहुंची। उसका पहला दिन बड़ा ही अच्छा रहा, पहले ही दिन उसने एक्टिंग के काफी गुर सीखे। कॉलेज बंद होने में शाम हो गई। कॉलेज से रवाना हुई। आज काफी देर हो चुकी थी। वह घबरा रही थी कि आखिर मां को इस देरी का क्या कारण बताया जाए?

घर पहुंची। जैसी उम्मीद थी मां ने सवाल किया, ''अरे बेटी आज देर क्यों हो गई? मैं तो काफी घबरा रही थी।''

''मां एक जगह ऑफिस में मुझे काम मिला है। शहद बांटने के बाद आसानी से किया जा सकता है। अगर आपको एतराज़ न हो तो मैं कर लूं।'' दिशा ने हिचकिचाते हुए कहा।

''क्या जरूरत है बेटी? पर तुझे लगता है कि करना चाहिए, तो मैं मना नहीं करूंगी। पर थोड़ा जल्दी आने की कोशिश करना।''

दिशा को यकीन न था कि मां इतनी जल्दी मान जाऐंगी। पर मन में थोड़ा दुःख भी था कि उसने उनसे झूठ बोला। पर और कोई रास्ता भी तो न था। बस कुछ ही समय की बात है, फिर वह एक अच्छी एक्ट्रेस के रूप में उभरकर सामने आएगी। उसके पास क्या कुछ नहीं होगा? गाड़ी, बंगला और बैंक बैलेंस। लोग पसन्द करेंगे और सराहेंगे। फिर सब कुछ ठीक हो जाएगा। मां भी मान जाएंगी।

अब वह रोजाना शहद बांटने के बाद कॉलेज जाती। दिन–रात एक कर दिया। अपनी फीस के लिए इधर–उधर का काम भी किया और इण्टरमीडिएट की परीक्षा भी अच्छे अंकों से उत्तीर्ण की। उसकी प्रतिभा का डंका चारों ओर बजने लगा। हर कोई उसके बारे में जानने लगा।

कुछ लोग तो उसके जैसा बनने की तमन्ना लेकर ही कॉलेज आते। उसमें अभिनय कूट–कूट कर भरा था। वह कॉलेज की जान थी।

तीन साल के बहुत बड़े संघर्ष का सामना करने के बाद वह दिन आया जिसका उसे इंतजार था। उसकी एक्टिंग की डिग्री पूरी हुई। इस बीच उसने कितनी मेहनत की थी, वह खुद ही जानती थी। उसने अपनी मां के विरुद्ध जाकर शादी की तारीखों को आगे बढ़ाया।

अध्याय–१४

दिशा अपने आप पर बिल्कुल खरी उतरी। एक–एक सपने को साकार करती हुई वह अपनी झोली में डालती गई। बस अब कुछ और दूरी रह गई थी, तय करने के लिए। पर एक हलचल हुई। 6 मई, ठीक पन्द्रह दिन बाद दिशा की शादी की तारीख रख दी गई। इस बार उसकी एक न चली। वह जिससे बच रही थी, उस सच्चाई का सामना करने का दिन आखिर नजदीक आ ही गया। मंजिल को पाये बिना ही सपनों की यह शहज़ादी ऐसे पिंजरे में बंद होने वाली थी, जिसमें रहकर मंजिल को पाना तो दूर, उसके बारे में सोचना भी मुश्किल था। जितनी मेहनत की थी सब पर पानी फिरता नजर अपने लगा।

एक बहुत बड़ी खुशखबरी मिली। ठीक पन्द्रह दिन बाद मुम्बई में एक बहुत बड़ा शो होने वाला था, जिसमें प्रतिभा को दिखाने के लिए दूर–दूर से प्रतिभागी आने वाले थे। दिशा के कॉलेज से भी चुनिंदा बीस लड़कियों को चुना गया। उनमें दिशा भी शामिल थी।

दिशा के सामने परेशानियों के बादल मंडराने लगे। शायद संयोग की ही बात थी कि उसकी शादी वाले दिन ही उसे मुम्बई भी जाना था। वह जिस मंजिल की ओर दौड़ लगा रही थी उसके बारे में कोई नहीं जानता था। उसकी मां भी नहीं। इस बार वह अपनी शादी की तारीख किसी कीमत पर भी नहीं बदल सकती थी और वह इतने बड़े मौके को भी नहीं गंवा सकती थी।

समय पलक झपकते ही गुजर गया। उसकी शादी की सारी तैयारियां कर ली गईं। चारों तरफ खुशियों का माहौल था। रिश्तेदारों से पूरा घर भरा पड़ा था। सब खुश थे, पर इन खुशियों में शामिल नहीं थी तो दिशा। शादी का दिन हर लड़की के लिए खुशियों भरा होता है क्योंकि यहां से उसकी नई जिंदगी की शुरुआत होती है। पर यहां उल्टा था। दिशा की शादी उसकी खूबसूरत व सपनों वाली जिंदगी में रोड़ा बनने जा रही रही थी।

अनसुलझे सवालों के साथ दिन गुजरा और रात आई। अगले दिन शादी थी। दिशा को आज रात एक ऐसा निर्णय लेना था जो उसकी जिंदगी बदलकर रख देने वाला था। चाहे वह मुम्बई के लिए रवाना हो या शादी के लिए राजी।

रात के ग्यारह बजे होंगे। घर के सभी जरूरी काम निपटाकर मां सोने के लिए कमरे में आई। बेटी को देर रात जागते देख अचम्भा हुआ। वे सहसा ही बोल उठीं, ''अरे दिशा तू अभी तक जाग रही है। क्या हुआ परेशान–सी लग रही है? क्यों आज खुश नहीं है क्या?''

''नहीं मां ऐसी बात नहीं है?''

''हां समझ गई, मां से बिछड़ने का समय नजदीक आ गया है न। हर मां–बेटी के लिए यह बड़ा ही अजीब समय होता है। खुशियां भी होती हैं और गम भी। दोनों जिंदगी भर एक दूसरे से अपनी भावनाएं बांटती हैं। अपने सुख–दुःख में एक–दूसरे को हिस्सेदार बनाती हैं और इस समय उन्हें बिछड़ना पड़ता है। क्या रीत है दुनिया की?''

''हां।''

''मैं कितनी अकेली पड़ जाऊंगी। ये घर मुझे खाने को दौड़ेगा। कितना अच्छा होता जो आज तेरे पापा और भइया जिंदा होते। कितनी खुशियां मनाते। यह घर खुशियों का महल नजर आता। अच्छा चल अब सो जा। रात बहुत हो चुकी है। सुबह उठकर ढेर सारे काम करने हैं।''

फिर वहां चुप्पी छा गई। दिशा की आंखों से आंसू बूंद–बूंद करके टपक रहे थे। वह परिस्थिति ऐसी थी कि उसका एक–एक पल गुजरना

भारी पड़ रहा था। इसी कसमकस में आंख कब लग गई? पता ही नहीं चला।

एकाएक आंख खुली। समय देखा, रात के दो बजे थे। शरीर में बेचैनी बढ़ने लगी। मानो शरीर में आग लगी हो और लपटों से पूरा कमरा तप रहा हो। नजरें घुमाईं, मां सो रही थी। कुछ समय के लिए वह उन्हें देखती रही। दिशा के दिल की धड़कन लगातार बढ़ती जा रही थी, उन्हें और ज्यादा गहराई से सहसूस करने के लिए आंखें बंद कीं। फिर एक गहरी सांस ली। अगले ही पल वह बड़बड़ाई, "मुझे जाना होगा। चांहे कुछ भी हो जाए मुझे जाना ही होगा। आठ दिन, बस आठ दिन और वह एक प्रसिद्ध एक्ट्रेस व डांसर बन चुकी होगी। यह सच है कि उसका यह कदम कई सारी जिंदगियों में तूफान लेकर आएगा। पर उसे पता है बाद मे सब सामान्य हो जाएगा। आठ दिन बाद अखबार और टेलीविज़न दिशा के गुलाम होंगे, फिर परिस्थितियां स्वतः ही अनुकूल हो जाऐंगी।

आंखें खोलीं। अगले ही पल वह चारपाई से उठी। फटाफट बैग पैक किया। अपनी भीगी पलकों से उसने एक बार फिर मां को देखा। फिर वह बाहर निकल आई। उसने अंत में सजीव से लगने वाले अपने उस घर को देखा और कहा, "अगर सब कुछ ठीक–ठाक रहा तो जल्द ही यहां एक अच्छा–सा बंगला बनेगा।"

साइकिल उठाई और सीधे कॉलेज पहुंची। बस में सभी लड़कियां तैयार थीं। बस दिशा का इंतजार हो रहा था। उसे देखते ही उनकी खुशी का ठिकाना न रहा। वह शो विशेषतः लड़कियों के लिए था, इसलिए बस में सभी लड़कियां ही थीं और उनके साथ प्राचार्या। रात के ठीक ढाई बजे बस मुंबई के लिए चल दी। बस चलते ही सारी लड़कियां खुशी से चिल्लाने लगीं। मानों वे जन्नत की ओर रुख कर रही हों। मन में हर्ष, उल्लास व जोश सातवें आसमान पर था। बस जैसे–जैसे आगे बढ़ रही थी, वहां बैठी हर लड़की के सपनों का आकार भी बढ़ता जा रहा था। मन बॉलीवुड की रंगीन दुनिया की सैर में लगा था। कोई अपने–आपको भावी एक्ट्रेस के रूप में देखती तो कोई डायरेक्टर। कोई अपना नाम थियेटर के पर्दे पर गीतकार व संगीतकार की लिस्ट में होने

के सपने देख रही थी तो कोई स्क्रिप्ट राइटर के। अपनी दिशा आज उदास जरूर थी पर वह इन सबमें सबसे आगे थी। वह पूरे संसार में एक सूपर–स्टार बनकर छा जाने के सपने देख रही थी। महसूस हो रहा था कि वह मुंबई के जितने करीब होती जा रही है, उसके सपने उतने ही सच होते जा रहे हों। अब वह वक्त आ चुका था जिसका उसे सालों से इंतजार था। वह प्लेटफार्म अब आने वाला था, जहाँ वह अपना गुस्सा, जोश और जुनून दिखा सकती थी। अपने उन सपनों को सच कर सकती थी जिनकी वजह से वह अपनी शादी तक छोड़ आई। उसके पास एक मौका था, जिससे वह अपनी मां का दिल जीत सकती थी। उनके साथ किए गए धोखे के लिए सिर ऊंचा करके माफी मांग सकती थी।

सपनों की इस उड़ान को एक झटका–सा लगा। बस एकदम एक झटके के साथ रुकी। किसी को कुछ समझ नहीं आया। जो सो रहे थे उनकी नींद खुल गई, मानो किसी ने गाल पर तेजी से तमाचा मारा हो। ड्राइवर शायद कुछ समझ चुका था, इसलिए वह सीट पर बैठा हुआ कांप रहा था। सामने देखा तो बीच रोड में एक वैन खड़ी थी, जिससे आंखों को चौंधियाने वाली रोशनी निकल रही थी। अभी भी ज्यादा कुछ समझ नहीं आया। ड्राइवर का चेहरा पसीने से तर देखकर समझा जा सकता था कि कुछ गड़बड़ जरूर है। पर क्या था? पता किसी को कुछ न था।

आगे किसी को भी ज्यादा दिमागी–घोड़े दौड़ाने की जरूरत नहीं पड़ी। सामने खड़ी वैन से तीन–चार लोग निकले, जिन पर बड़ी–बड़ी बन्दूकें व रायफलें थीं। सभी लड़कियां घबराकर एक–दूसरे का चेहरा ताकने लगीं। सच्चाई पता लगते ही चार सौ चालीस वोल्ट का करंट लगा। अब इसके आगे क्या होगा? ये लोग कौन हो सकते हैं? इस तरह के अनेकों सवाल वहां बैठी प्रत्येक लड़की के दिमाग में आने लगे। समय के साथ डर हावी होता जा रहा था। ज्यादा हालत तो तब खराब होने लगी जब वे सब बस की ओर बढ़ने लगे। अगले कुछ क्षणों में वे बस के अंदर चढ़ गए। उनका भयंकर चेहरा उनके खतरनाक मंसूबों को साफ–साफ बयां कर रहा था। उन आदमियों में से एक आगे बढ़ा और बस का शीशा तोड़कर आसमान में एक गोली चलाई, जिससे पूरी बस में तहलका मच गया। फिर कुछ समय के लिए वहां शांति–सी छा

गई। सब लड़कियां एक–दूसरे के पीछे छुपने की कोशिश कर रही थीं। एक–एक पल सदियों सा प्रतीत हो रहा था। सभी को अपनी मौत नजर आने लगी। वे एक–दूसरे को इस तरह देखने लगीं मानो जिंदगी के अंतिम क्षणों में वे एक दूसरे से विदा ले रही हों। इस हादसे से प्राचार्या जी तो बेहोश हो गई थीं।

अचानक एक गोली और चली, साथ ही सामने से एक आवाज आई, "सभी लड़कियां बस से उतकर सामने वाली गाड़ी में बैठ जाओ। फरिश्ता बनकर तुम लोगों को कोई बचाने भी आयेगा, ये बात भूल जाओ। तुम्हें शायद यह बताने की जरूरत नहीं है कि हम लोग कौन हैं? तुम्हारी जिंदगी अब बदलने वाली है, अब यह वैसे ही चलेगी जैसा हम चाहेंगे। हमारा एक बिजनेस है। लड़कियों का अपहरण करके उन्हे विदेशों में बेचने का बिज़नेस। ऊपर वाले की दुआ से हमारा यह व्यापार खूब फल–फूल रहा है और आप जैसी सुन्दर लड़कियों के तो हमें ढेर सारे पैसे मिलने वाले हैं। हमें लगता है किसी को भी किसी तरह की नसीहत देने की जरूरत नहीं है। अगर किसी ने कोई गड़बड़ की तो अंजाम सिर्फ एक होगा, मौत।"

मौत के डर से सभी लड़कियां बस से उतरने को आतुर थीं। पर पहल करने की किसी में हिम्मत नहीं थी। सामने खड़ा एक आदमी अपनी कड़क आवाज में फिर बोला, "लगता है मेरी आवाज़ तुम्हारे कानों तक अभी पहुंची नहीं है। देखो! मैं आखिरी दफा कहता हूँ। सामने खड़ी गाड़ी में जाकर बैठ जाओ। तुम कहां ले जाई जाओगी और तुम्हारा क्या होगा? इन्हें अभी सवाल ही रहने दो। इन सवालों के जवाब वक्त के साथ तुम्हे खुद मिल जायेंगे। पर हां अब तुम्हें अपना परिवार, गांव और यह देश भूल जाना चाहिए।"

उनके खौफ से सभी लड़कियां सिहर उठीं। पूरा समां ही दर्दनाक बन गया। ऐसे में सभी लड़कियों के दिमाग पर ताले लगे थे। वे लोग अपनी कही हुई बातों को अंजाम देने के लिए पूरी तरह तैयार थे। ऐसे में सारी लड़कियां डर से बुरी तरह कांप रही थीं और ऐसा हो भी क्यों न? उन्हें उन लोगों की रायफल से निकली गोली का डर था, कहीं वह उनके नाजुक वदन को छू गई तो इस जिंदगी से ही हाथ धोना पड़ जाएगा।

इस विपरीत परिस्थिति में अगर सबसे ज्यादा किसी लड़की का दिमाग काम कर रहा था तो वह दिशा थी। उसे अपनी मौत का डर नहीं था। उसका ध्यान उस परेशानी की उलझन को सुलझाने में लगा था, जो उसके सामने थी। उसे अपने सपनों से प्यार जरूर था पर वह इतनी कमजोर व कायर भी न थी कि अपने पवित्र शरीर को उन दरिंदों के हवाले कर दे। इसके बजाय उसे मरना पंसद था। वह जान चुकी थी कि ये लोग विदेश ले जाकर जिस्म के बाजार में उन्हें बेच देंगे, जहां उनकी जिंदगी पूरी तरह तबाह हो जाएगी।

दिशा सामने खड़ी परेशानी का हल निकालने और भावी परिणाम के बारे में सोचने लगी। अचानक अगली गोली चली। सभी लड़कियां वहां से जाने के लिए तैयार हो गयीं। सभी के शरीर अभी भी डर से कांप रहे थे। ऐसे में दिशा ने हिम्मत बंधाई और बोली, "रुको! ये हम क्या करने जा रहे हैं? जानती हो हमारे साथ क्या होने वाला है? इसका परिणाम क्या होगा? ये लोग हमें विदेश ले जाऐंगे। वहां हमारी जिंदगी बद्तर होगी। तुम सब मेरा साथ दो। अरे कलंकित और कमजोर होकर विदेश में जाकर जीने से अच्छा है, इनसे संघर्ष करके हम लोग अपने देश में मरें।"

मौत का डर दिशा के अलावा उन सभी लड़कियों पर पूरी तरह हावी था। इसलिए उसकी कही गई बातों का किसी पर कोई भी असर होता दिख नहीं रहा था। वे एक–एक करके बस से नीचे उतरती गईं। पूरी बस खाली हो गई। अकेली रह गई थी तो बस दिशा। परिस्थितियों से सामना करने के लिए वह भी बस से नीचे उतरी। सारी लड़कियां उन अपहरणकर्ताओं के सामने भीगी बिल्ली की तरह खड़ी थीं। अगले कुछ पलों में उन लोगों की वैन से तीन–चार लोग नीचे उतरे। सबसे ज्यादा खतरनाक सा दिखने वाला आदमी उन लड़कियों से अलग खड़ी दिशा को देखकर बोला, "ऐ लड़की! तुझे अलग से इंविटेशन देना पड़ेगा क्या? चल इन लड़कियों के साथ खड़ी हो जा।"

"देखो, हम मासूम हैं। हमें जाने दो।" दिशा ने विनती की।

"ज़ाहिल लड़की, जिसकी तू भीख मांग रही है वह नहीं हो सकता।"

"देखो हमें छोड़ दो। आपको जितना रुपया चाहिए, हम उसकी व्यवस्था करेंगे।"

"बेवकूफ लड़की तूने क्या हमें चिंदीचोर समझ रखा है? हम लाख–दो लाख कमाने वाले नहीं हैं और वैसे भी लाख–दो लाख रुपये हमें एक बार मिल जाएंगे। हमें पैसा नहीं तुम्हारी जिंदगी चाहिए। हम चाहते हैं तुम हमारे लिए जीवन भर काम करो। करोड़ों, अरबों रुपयों की दौलत हमारे लिए कमाकर दे सको। इंसानी जिंदगी की लोग कीमत नहीं समझते, इसलिए अपनी बोली लाख–दो लाख लगाकर अपनी औकात गिरा देते हैं। इसी वजह से मैं लोगों से नफरत करता हूं, उन पर जुल्म करता हूं।"

"दूसरों की जिंदगी की कीमत लगाने वाले आप कौन होते हैं? यह जिंदगी भगवान की दी गई है। इस पर केवल उसका ही अधिकार है।"

"बेगैरत लड़की तुझे क्या लगता है यहां हम तेरी बकवास सुनने आए हैं? ये नसीहत किसी और को देना। भगवान, ईश्वर और अल्लाह ये सब बकवास हैं। जानती भी है हम कौन हैं? जो हमारी बातों से नहीं मानता वो हमारे ख़ौफ से मानता है।"

"मुझे मरना पसंद है पर तुम जैसे जल्लादों के साथ जाना पसंद नहीं है। मैं इतनी कमजोर नहीं हूं और वैसे भी यहां मरना तुम्हारे साथ रहकर घुट–घुटकर जीने से सौ गुना अच्छा है।"

"तुम हिन्दुस्तानी लोग भी निहायती ज़ाहिल–गंवार होते हो। अपने ईमान–धर्म के लिए किसी भी हद से गुजरने के लिए तैयार हो जाते हो। पर पिटने के बाद ही अक्ल आती है। तेरी इस गुस्ताखी के लिए मैं चाहूं तो तुझे अभी मौत के घाट उतार दूं। पर हमें अपनी ताकत खराब नहीं करनी है। हमें इतना जलील भी न कर कि हम ज़ालिम हो जाएं। पैसा कमाने के लिए तुम्हें जिंदा रखना हमारी मजबूरी है। पर तुम मौत से कितना बच पाती हो, कहा नहीं जा सकता?"

"मुझे मौत से नहीं बचना है। तुम चाहो तो मुझे अभी गोली मार दो।"

"तुम्हें मौत देकर हमें कुछ नहीं मिलने वाला। हमें तो तुम्हारे बेशकीमती शरीर की जरूरत है, वो भी सही सलामत। जिद्दी लोग हमें कतई पसंद नहीं है। जो लड़की चाहती है कि वह आगे भी जिंदा रहे, तो हमारी उस वैन में जाकर बैठ जाए और जो अपनी जिंदगी से खफा होकर अपनी मौत से रूबरू होना चाहती है, वह यहीं रुक जाए। उसे हम बद्तर से बद्तर मौत देंगे।"

किस्मत ने यहां भी साथ छोड़ा। एक भी लड़की दिशा के साथ वहां नहीं रुकी। डर के वशीभूत होकर वे सब उन लोगों की वैन में जाकर बैठ गईं। एक आदमी के कहने पर वह वैन वहां से चली गई। उस वैन में आए दो लोग वहां बच गए और बेचारी अकेली दिशा। उन दोनों ने उसे बुरी तरह पीटना शुरू कर दिया। उसे अपनी हबश का शिकार तक बनाया। फिर उसके पेट में कई सारे चाकू मारे और कहीं दूर एक रेलवे–पटरी के किनारे उसे मरा समझकर फेंक गए।

मौत मिली नहीं, शायद इतनी जल्दी किस्मत में न थी। पर उसमें फिर से जीवन की चुनौतियों का सामना करने की ताकत न थी। वह ट्रेन से कटकर मर जाना चाहती थी। पर यह भी न हो सका। उसे बचा लिया गया।

दिशा ने अपने शब्दों को विराम दिया। बस इतनी सी थी उसके जीवन की दास्तां। उसके चारों ओर मायूसी ही मायूसी थी। उसका अभिनेत्री बनने का सपना चकनाचूर हो चुका था। अब उसमें इतनी हिम्मत भी न थी कि अपनी मां के सामने खड़ी होकर उनसे नजरें मिला सके। वह नहीं जानती थी कि उसके लिए यह नया जीवन अच्छा था या बुरा, वह बहुत बड़ी असमंजस में थी। पर उसे समय के साथ कोई न कोई फैसला तो जरूर ही करना था।

दिशा ने चारों ओर से हिम्मत बटोरी और घर जाकर मां के सवालों का सामना करने का फैसला किया। उसने यह भी फैसला किया कि अब वह अपनी मां के बनाए गए उसूलों पर चलेगी। उसे लग रहा था कि यह जिंदगी उसकी मां की किस्मत की वजह से ही बची है। वह उस लड़के से भी माफी मांग लेगी, जिसे वह शादी के झूठे सपने दिखाकर

स्वर्ग से दिखने वाले नर्क की ओर भाग आई थी। उसने मुझसे उसके घर तक पहुंचाने की विनती की। इसके लिए मैंने हामी भर दी। हमने अगले दिन सुबह वहां से निकल जाने का निर्णय लिया। अगले चंद पलों में उसे नींद आ गई।

दिशा से मिले अभी कुछ ही घंटे हुए थे और लग रहा था कि मैं उसे वर्षों से जानता हूं। यह वही अपनापन था जो मुझे कभी कनिका से मिलता था। पर इस अपनेपन के बारे में उसे कौन बताता? यह मुझे जिंदगी जीने की एक नई वजह दे सकता था। पर अब वह चंद घंटों की हमसफर थी। सुबह होते ही मैं उसे उसके घर तक छोड़ने वाला था, फिर उसके और मेरे रास्ते इस कदर जुदा होने वाले थे कि शायद हम फिर कभी मिल भी न पाते।

इस मुट्ठीभर समय में मैं उसे जी भरके देख लेना चाहता था। वह सोती हुई इतनी प्यारी लग रही थी कि उससे नजरें हटाने को मन ही नहीं कर रहा था। मैं दीवानों की तरह उसे दूर से ही देखे जा रहा था और ऊपरवाले से यह उम्मीद लगाए बैठा था कि यह रात सदियों सी लम्बी हो जाए। वह इसी तरह ही सोती रहे और मैं उसे ऐसे ही देखता रहूं।

लगा मानो पलक झपकते ही रात बीत गई हो। दिशा ने अपनी आंखें खोलीं। सूरज की लाल किरणों के साथ ही उसने प्रार्थना की कि आज सब कुछ ठीक हो जाए। भगवान उसे इतना हौसला दे कि वह अपनी मां का सामना कर सके और एक नई जिंदगी की शुरुआत कर सके।

पास में मौजूद चंद रुपयों से मैंने उसके लिए नए कपड़े खरीदे। एक छोटे से बैग में जरूरत का सामान लिया और हम नेपाल की सरजमीं को अलविदा कह लखनऊ के लिए निकल गए, जहां दिशा का घर था। मन में खुशी इस बात की थी कि वह अपनी मां के साथ मिलकर एक खुशियों वाली जिंदगी की शुरुआत करने वाली थी और गम इस बात का था कि मैं कुछ ही समय में उसे हमेशा–हमेशा के लिए खो देने वाला था।

दिशा का गांव आया। हम लोग एक घोड़ा–गाड़ी से उतरे। वह डरते–डरते हल्के कदमों से घर की ओर बढ़ने लगी। घर दिखते ही उसके कदम एकाएक रुक गए। डर उस पर हावी था। पर अब वह अपने कदमों को वापस नहीं ले सकती थी। हिम्मत करके आखिर उसने अपने घर के आंगन में कदम रख ही दिये। उसके वहां पहुंचते ही पास–पड़ौस के लोग इकट्ठे हो गए। वे उसे अचम्भे से देख रहे थे, मानो वह कोई अजनबी हो। ऐसा क्यों था? यह सच्चाई कोई नहीं जानता था। जब सच्चाई पता लगी तो उसने दिशा को तोड़कर रख दिया। शादी की रात दिशा के घर से भाग जाने के कारण उसकी मां को दिल का दौरा पड़ गया था। शायद वे इस घटना को बर्दाश्त ही नहीं कर पाई थीं। उनकी मौके पर ही मौत हो गई। दिशा की एक जरा सी गलती से सब कुछ खत्म हो चुका था। एक मां का सपना, एक दूल्हे की आस और दो परिवारों का मिलन। सब पर पानी फिर गया था। दिशा को अब अहसास हो रहा था कि नासमझी में उससे कितनी बड़ी गलती हो गई है। पर अब पश्चाताप करने और रोने के अलावा उसके पास कुछ न बचा था। जिस लड़के से दिशा की शादी होने वाली थी, अब उसने दिशा को अपनाने से इंकार कर दिया था। इस मुश्किल घड़ी में वह इतनी अकेली पड़ गई थी कि उसका साया भी उससे दूर होता नजर आने लगा। पर मैं भी दिलासा देने के अलावा शायद कुछ और कर भी नहीं सकता था। दिशा ने इस सच को स्वीकार कर अपनी एक अलग दुनिया बसाने का निर्णय लिया। अंत में मैंने उससे विदा ली और वहां से चला आया।

कुछ रिश्तों को नाम नहीं दिये जा सकते, पर वे दिल के इतने करीब हो जाते हैं कि भूले से भी नहीं भुलाए जाते। मैं दिशा को उसके घर तक छोड़ जरूर आया था, पर लग रहा था कि मेरा सब कुछ उसी के पास रह गया है। वहां से आने का मन तो पहले से ही नहीं था पर इस बेनाम रिश्ते के रहते मैं वहां कैसे ठहर सकता था? मर्यादा व लोकलाज की वजह से मेरे सपनों का महल टूट चुका था। मैं प्यार से एक बार फिर से रूबरू हो गया था। आते वक्त मैं सिर्फ यही सोच रहा था कि काश दिशा मुझे रोक लेती और एक बार फिर से खानाबदोश होने से बचा लेती। पर ऐसा नहीं हुआ।

वह एक छोटा सा बस स्टेशन था, जहां आकर मैं ठहर गया। बसें आ–जा रही थीं पर मैं तय ही नहीं कर पा रहा था कि मुझे कहां जाना है? ऐसा शायद इसलिए था कि मैं इतनी बड़ी मंजिल को छोड़ आया था, अब किसी और मंजिल की चाहत न थी। पर मैं यह भी तो भूल गया था कि कुछ रिश्तों की कोई उम्र नहीं होती। उन्हें भुला देना ही फायदेमंद होता है। इसी विचार को दिमाग में रखकर मैं एक बस की ओर बढ़ा ताकि कहीं और पहुंच सकूं।

मैं यह नहीं जानता था कि इस राज की कहानी भी शाहरुख की दिलवाले दुल्हनिया ले जाएंगे जैसी होने वाली थी। मैं जिस बस में बैठा था वह रफ्तार पकड़ चुकी थी और पीछे देखा तो दिशा मेरी ओर दौड़ रही थी। उस पल ने जो सुकून दिया, उसे दुनिया की कोई कलम पन्नों पर नहीं उतार सकती। मैं बस से नीचे उतरा। वह हांफते हुए मेरे पास तक आई और बोली, "मुझे इस तरह छोड़कर कहां जा रहे हो? मैं अकेले गुजारा कैसे करूंगी? इतना अकेला मैंने अपने आपको कभी नहीं पाया। मुझे नई जिंदगी दे तो दी है, कुछ दिन तो और जीना सिखा दो। आओ घर चलते हैं।"

दिशा ने इन चंद शब्दों में वो सब कुछ कह दिया था, जिसकी मुझे तलाश थी। इसके लिए मैंने भगवान को धन्यवाद दिया। अब मन मैं बस एक ही बात थी कि अब कहीं नहीं जाना है। जीवन भर बस उसी के साथ रहने का मन बना लिया। दुनिया भर की खुशियां उसे देना तय किया। मेरे पास कनिका की अधूरी जिंदगी को दिशा की खुशियां देकर पूरी करने का एक बेहद प्यारा मौका था।

दिशा ने भी अपने जीवन में काफी उतार–चढ़ाव देखे थे। पर वक्त हर मर्ज़ की दवा होता है। हमने दिशा के घर में ही एक ऐसी जिंदगी की शुरुआत कर दी थी जो दिनों–दिन बेहद प्यारी होती जा रही थी। हम अपना अतीत पूरी तरह से भूल गए थे और शादी करके अपनी एक अलग दुनिया बना ली थी। दिलों में ज्यादा अरमान न थे। खुशियां बेसुमार थीं। हमने कभी न सोचा था कि जिंदगी इतनी प्यारी भी हो सकती है। घर का खर्च चलाने के लिए हम दोनों ही छोटे–मोटे काम कर लिया करते थे।

अध्याय–१५

किशनपुर नाम के उस गांव में रहते हुए हमें दो साल हो चुके थे। इसी बीच नन्हीं परी के रूप में रिया का जन्म हुआ। उसे पाकर लगा मानो दुनिया भर की खुशियां भगवान ने मेरी झोली में डाल दी हों। रिया और दिशा की खुशियों के लिए मैं दिन–रात मेहनत कर रहा था। दोनों के प्यार से सराबोर मैं अपने आप को भूलकर एक सुनहरे भविष्य की कल्पना किए जी रहा था।

मैं जानता था कि दिशा न ही अपने अतीत को भुला पाई थी और न ही अपने सपनों को। वह अभी भी दीवारों पर लगे फिल्म–स्टार्स के पोस्टर्स को ध्यान से देखती थी। वह अभी भी टेलीविजन पर आ रही फिल्मों को ध्यान से देखती और कहीं खो जाती। हालाकि वह दिखावा करती थी कि वह खुश है।

मैं दिशा को आगे बढ़ाने के लिए प्रेरित करना चाहता था, ताकि वह अपने सपने के करीब पहुंच सके। हमारे पास पैसा और पहचान दोनों ही नहीं थे, पर लगन थी और शायद यही काफी था। यह बात दिशा भी जानती थी और मैं भी कि वक्त निकल जाने के बाद हमारे पास कुछ नहीं बचने वाला। मैं उसे कनिका की वो जिंदगी देना चाहता था, जिसमें वह अपने सारे सपने पूरे करती है।

उस रात दिशा को तेजी से बुखार आया था। मैं उसके पास बैठकर उसके माथे पर गीले कपड़े की पट्टियां रख रहा था, ताकि उसे आराम मिल सके। वह सवालिया नजरों से मुझे देख रही थी। वह हिचकिचा

रही थी कि उसे ये सवाल पूछने चाहिए या नहीं। मैं एकाएक उससे बोल उठा, ''क्या सोच रही हो दिशा? अब पहले से आराम तो है न।''

''हां, सुबह से तो काफी आराम है। सोच रही थी कि आप नहीं मिले होते तो तो क्या होता मेरा? शायद इस दुनिया में ही नहीं होती।''

''ऐसा क्यों कहती हो दिशा? मुझे भगवान ने तुम्हारे लिए भेजा है। जिसकी जिंदगी ऊपर वाला सलामत रखता है, भला उसे कोई कैसे मार सकता है?''

''आप सही कहते हो। मेरे लिए आप सचमुच भगवान बनकर ही आए हो, वरना ये खूबसूरत पल मुझे कभी नसीब नहीं होते। मुझे किसी तरह जिंदगी मिल भी जाती तो आप जैसा प्यारा इंसान कभी नहीं मिल पाता।''

''मैं खुद तुम्हारे बगैर अधूरा था। दिशा, मेरी खानाबदोश जिंदगी में तुम एक मंजिल बनकर आई हो। न जाने में कहां भटक रहा होता? पता नहीं किस गली, किस चौराहे पर अपना ठिकाना ढूंढ रहा होता। मेरा साथ पाकर तुम खुश तो हो न?''

''आप ये कैसी बातें कर रहे हो? मैं बहुत खुश हूं। आप से ज्यादा प्यारा इंसान मेरे लिए कोई हो ही नहीं सकता। मैंने पिछले जन्म में अच्छे काम किए होंगे जो इस जन्म में आप मुझे मिल गए।''

''मैं आज भी सोचता हूं कि तुम खुश हो या नहीं। दिशा, मैं अपने परिवार को खुश देखने के लिए बड़े से बड़ा दुःख उठाने के लिए भी तैयार रहूंगा। तुम्हारी और रिया की खुशी के लिए अगर मुझे अपने आपको बेचना भी पड़ जाए तो भी कम ही होगा।''

''आपने पहले ही मेरे लिए इतना कुछ किया है कि मैं जन्मों तक आपके इस उपकार की आभारी रहूंगी। हम वादा करते हैं कि बड़ी से बड़ी विपत्ति में भी एक–दूसरे का साथ कभी नहीं छोड़ेंगे।''

''हां, और रिया को वे सारी खुशियां देंगे जो हमें नसीब नहीं हो पाईं। जिनके लिए हम तरसते रहे। पर .....।''

''पर क्या?''

"क्या हम इन हालातों में रिया को अच्छी पढ़ाई, कपड़े और अच्छी जीवनशैली दे पाएंगे?"

"शायद नहीं। इन हालातों में तो हम दो वक्त की रोटी ही खा सकते हैं। रिया के लिए यह सब तो बहुत दूर की बात है।"

"फिर हम उसके उज्ज्वल भविष्य की कामना कैसे कर सकते हैं?"

"आप सही कहते हो। इस सच से हम मुंह नहीं मोड़ सकते। मुझे तो डर है कि कहीं वह भी हमारी ही तरह संघर्ष करती न रह जाए।"

"हमें उसके लिए आज नहीं तो कल सोचना ही पड़ेगा। क्या छोटी–छोटी चीज़ों के लिए हम उसे तरसता हुआ देख पाएंगे?"

"आप सही कहते हो। बाद में पछताने से अच्छा है हम अभी उसके लिए ऐसी नींव तैयार करें कि उसकी प्रतिभा हमारे संघर्ष को चीख–चीख कर बयां कर सके।"

"हम उसके लिए ये सब भी नहीं कर सकते तो क्या फायदा उसके पालन–पोषण का? हमें अपने आपको इस तरह तैयार करना होगा कि दुनिया भर की खुशियां उसके कदमों में रख सकें।"

"हां, उसके हर सपने को पूरा करने में सहयोग देना हमारा फर्ज बनता है।"

"सपने तो तुम्हारे भी थे दिशा।"

"आप किन सपनों की बात कर रहे हो, जो मेरे लिए इतनी बड़ी बर्बादी लेकर आए उनकी। उस वक्त के बारे में सोचती भी हूं तो आत्मा कांप उठती है। मैं भी किसके लिए पागल होकर हाथ–पैर मारती रही। कितनी बेवकूफ थी मैं। मुंह उठाकर ऐसे ही निकल पड़ी, ये भी नहीं सोचा कितने कांटे मिलेंगे राहों में? मेरी वजह से कई जिंदगियां बर्बाद हुईं। मां को भी जान से हाथ धोना पड़ा। मेरे पास कुछ नहीं था और चली थी इतना कुछ खरीदने।"

"तुम गलत कहती हो दिशा। तुम्हारे पास सब कुछ था और आज भी है। इंसान की काबिलियत ही सब कुछ होती है। रुपया–पैसा,

जान–पहचान सब धरे रहे जाते हैं। तुम एक बार और कोशिश करो दिशा। मैं तुम्हारी कामयाबी के लिए अपने दिन–रात एक कर दूंगा।''

''अब मेरे लिए इसका कोई मतलब नहीं है। इस तरह की कामयाबी अब मेरे लिए कोई मायने नहीं रखती। आप और रिया ही मेरी दुनिया हो। मेरी हर सांस, हर पल आप दोनों के ही नाम रहेंगे।''

''पर क्या तुम उन ख्वाबों को भुला पाओगी जिनके लिए तुमने इतना कुछ लुटा दिया? तुम्हें इस बारे में एक बार और सोच लेना चाहिए। अभी वक्त भी है। कहीं ऐसा न हो कि बाद में पछताना पड़े।''

''ऐसा नहीं होगा। अभिनेत्री बनकर मैं नाम और पैसा ही कमाऊंगी न। वहां से मिलने वाली शोहरत और पैसा आपके प्यार के सामने कोई मायने नहीं रखते। मेरा सपना था कि मैं शाहरुख खान के साथ फिल्में बनाऊं, पर आपके साथ जिंदगी उस सपने से कहीं ज्यादा प्यारी है। अगर चाहे तो मेरे इस ख्वाब को आप पूरा कर सकते हो।''

''मैं! कैसे?''

''मेरी तमन्ना है कि जिन सितारों की दुनिया में मैं न पहुंच सकी, वहां आप पहुंचकर मेरी इस चाहत को पूरा करें।''

''मुझसे ये हो पायेगा?''

''मुझे आप पर पूरा यकीन है। मैं जानती हूं आप एक सूपर–स्टार बनकर दिखाओगे। आपके बड़े–बड़े पोस्टर लगेंगे। अगर ऐसा होता है तो उन तश्वीरों में मैं आपकी जगह खुद को देख लूंगी। हमारी रिया को भी वो सब कुछ मिल सकेगा, जिसकी ख्वाहिश हम आज करते हैं।''

''अब तो मेरी उम्र भी हो गई है। पैंतीस साल की उम्र में अब मुझे कौन हीरो बनाएगा? वैसे भी मैं हीरों जैसा दिखता ही नहीं हूं।''

''हमारी उम्र को हमारे इरादे तय करते हैं। मुझे पूरा यकीन है कि एक दिन आप भारत ही नहीं पूरे विश्व में अपना नाम करके दिखाओगे।''

''इतना भरोसा है मुझ पर।''

"मुझे आप पर खुद से ज्यादा यकीन है। मैं पूरे विश्वास से कह सकती हूं कि आप एक दिन शाहरुख खान से भी बड़े सूपर–स्टार बनकर दिखाओगे।"

मैं तो अपने बारे में ये सब जानता भी न था। पर दिशा के विश्वास ने इतना जोश भर दिया था कि मैं सारी हदों को तोड़ते हुए अपनी मंजिल को करीब से महसूस कर सकता था।

मैंने मुंबई जाने के लिए पूरा मन बना लिया। उस खास दिन मेरा तिलक किया गया। वहां ले जाने के लिए ज्यादा कुछ न था, सिवाय एक पुराने से दिखने वाले झोले और मन में सजे सैकड़ों सपनों के। पास में ज्यादा पैसे न थे और शायद उनके इंतजार में तो सदियां ही गुजर जातीं। दिशा और रिया को नम आंखों से विदा करके मैं घर से निकल गया। मुंबई जाने के लिए जो ट्रेन मिली वह लोगों से बुरी तरह ठुंसी पड़ी थी। पर मेरे जोश के आगे वह परेशानी भी तुच्छ प्रतीत होने लगी। करीब चौबीस घण्टे के लम्बे और थका देने वाले सफर के बाद ट्रेन मुंबई पहुंची। वहां की सरजमीं को झुककर सलाम किया। अब सबसे वड़ी परेशानी वहां रात गुजारने की थी। उस समय मुंबई में बेहद कड़ी सुरक्षा थी। किसी को भी फुटपाथ, बस–स्टेशन या रेलवे स्टेशन पर ज्यादा देर तक ठहरने की अनुमति न थी। पास में इतने पैसे भी न थे कि किसी होटल या लॉज में कमरा लिया जा सके। मुझे बस वह रात ही बितानी थी, सुबह के लिए तो पहले से ही तय कर लिया था कि मैं बड़े–बड़े डायरेक्टर्स, प्रोडयूसर्स और एक्टर्स से मिलूंगा और उन्हें अपना टैलेंट दिखाऊंगा। मुझे अपने आप पर पूरा भरोसा था। इसी विचार ने दिमाग में बेहद खुशी भर दी थी।

वहां मौजूद कुछ लोगों से पता लगा कि वहां से छः–सात किलोमीटर दूर एक मेला लगा है। रात बितानी वहीं तय की। वहां पहुंचाने के लिए रिक्शे वाले सौ रुपये मांग रहे थे। जेब खंगाली तो मात्र तिरानबे रुपये ही बचे थे। उन्हें बचाने के उद्‌देश्य से वहां पैदल जाना तय किया। मन की गति से भी तेज दौड़ती उस भीड़–भाड़ में मैं अपने कदमों को धीरे–धीरे बढ़ाने लगा। उस समय हालत देखने लायक थी। मेरे हाथों में

दो तनी वाले उस थैले की मौजूदगी बड़ी ही हास्यास्पद लग रही थी। थैले के अंदर मौजूद एक जोड़ी कपड़े इस तरह सिकुड़ गए थे कि उस मैले से थैले को फुटबॉल का रूप दे रहे थे। उसे दबोचे मैं लगातार आगे बढ़ता जा रहा था। बिल्कुल किसी जोकर की तरह। आते–जाते लोग देखकर हंस रहे थे। करीब डेढ़ घण्टे की पद–यात्रा के बाद मेला आया। रात के उस माहौल में वह जगह किसी जन्नत से कम नहीं लग रही थी। लोग वहां कुछ ज्यादा ही व्यस्त थे। कुछ काम–धन्धे में और कुछ मौज–मस्ती में। वहां सब खुश थे, सिवाय मेरे। मैं उस मेले में घूमने के अलावा कुछ नहीं कर सकता था। कोई चीज खरीदने का मन होता तो हाथ तेजी से जेब में जाता, पर तिरानबे रुपयों का अहसास होते ही तेजी से बाहर आ जाता। ढेर सारी निराशाओं से भरी वह रात हाथों से फिसलती नजर आने लगी। उसकी जगह अब आशाओं से भरी सूरज की किरणों ने ले ली थी।

सामने एक मंदिर था, जहां काफी भीड़ लगी हुई थी। मन हुआ प्रसाद चढ़ाकर दिन की शुरुआत करनी चाहिए। प्रसाद लेने के लिए लाइन में लग गया और जैसे ही पैसे निकालने के लिए हाथ जेब में डाला तो होश उड़ गए। जेब कट चुकी थी, जिसके साथ ही तिरानबे रुपयों की वह शक्ति भी छिन चुकी थी जो मुझे मुंबई जैसे शहर में रहने का साहस प्रदान कर रही थी।

जेब कट जाने के कारण आस–पास के लोग मजाक बना रहे थे। किसी पुतले की तरह मैं वहां खड़ा होकर उनके हंसते चेहरे और मजाक बरदाश्त कर रहा था। सामने से एक दुकानदार की आवाज़ आई, "लगता है बम्बई शहर में नए–नए आए हो। भईया यहां बहुत सतर्क रहना पड़ता है। किसी गांव के लगते हो। गांव वाले सीधे–सादे लोगों को तेज रफ्तार वाली यह मायानगरी कम ही रास आती है। अब आ ही गए हो तो भुगतो। चलो अब दुकान के सामने से हटो, अभी भी ढीलेपन से काम ले रहे हो।"

चंद पलों में कितना कुछ बदल गया था न। पर मन थोड़ा करने से बात नहीं बनने वाली थी। एक सार्वजनिक जगह पर नहा–धोकर

अपने आपको तरोताजा किया। पैसे तो थे नहीं इसलिए एक लम्बी–सी पद–यात्रा करके वहां पहुंचा जिसकी तमन्ना लिए मुंबई आया था। वह एक प्रसिद्ध डायरेक्टर विक्रम प्रताप सिंह का तिमंजिला ऑफिस था। मैं पहले तो थोड़ा हिचकिचाया, पर जल्द ही आत्मविश्वास लिए ऑफिस के अंदर पहुचा। सामने रिसेप्सन पर एक महिला दिखाई दी। मुझे देखते ही उसने सवाल किया, "किससे मिलना है आपको?"

"विक्रम प्रताप जी से।" मैंने जवाब दिया।

"अच्छा, उनसे मिलना है। अपॉइंटमेंट लैटर दिखाइए।"

"लैटर तो नहीं है।"

"अच्छा! तो किसी ने भेजा होगा आपको।"

"जी नहीं। मैं लखनऊ से आया हूं। मुझे किसी ने नहीं भेजा और न ही विक्रम जी से मेरी पहचान है। पर मुझमें प्रतिभा है। कुछ कर दिखाने का जुनून है। अच्छी एक्टिंग और ढेर सारी फिल्मों की कहानियां हैं। प्लीज आप मुझे उनसे मिलने का एक मौका दीजिए।"

"आप प्रताप जी को नहीं जानते और न ही आप किसी ऐसे शख्स को जानते हैं जिससे प्रताप जी की पहचान हो। फिर आप उनसे मिलने के बारे में कैसे सोच सकते हो?"

"उनसे मिलने के लिए यह सब जरूरी है क्या?"

"हां जरूरी है।"

"क्या इंसान की प्रतिभा की कोई कीमत नहीं है?"

"आप किस प्रतिभा की बात कर रहे हैं? आप यहां खड़े हो यही बहुत बड़ी बात है। बॉलीबुड में योग्यता–प्रतिभा सब्जियों की तरह दस रुपये किलो बिकती है। यहां जान पहचान वाले ही टिक पाते हैं। आप जैसे लोग मुंह उठाकर चले आते हैं और योग्यता–प्रतिभा की बातें करते हैं। अगर आप जैसे लोगों से प्रताप जी मिलना शुरू कर दें तो उन्हें फिल्में बनाने का वक्त मिलेगा क्या? आप जैसे लोगों से बात करके हमारे ही सिर में दर्द होने लगता है फिर प्रताप जी का क्या हाल होता होगा? रही बात योग्यता–प्रतिभा की, यहां बहुत सारे लोग आते–जाते

रहते हैं। आपकी हालत देखकर लगता है कि आपकी प्रतिभा को यहां कोई दो रुपये किलो में भी न खरीदे। जो अपनी हालत ठीक नहीं रख सकता। जिसके कपड़े तक अच्छे न हों, वो क्या प्रताप जी से मिलेगा।"

अपनी बात को खत्म करने के बाद उस महिला ने एक गार्ड को इशारा किया। उसने मुझे गेट के बाहर कर दिया। लगा कि रिसेप्सनिस्ट गर्म स्वभाव की होगी, जिसने तमीज से बात नहीं की। मुझे कहीं और कोशिश करनी चाहिए। एक दूसरे ऑफिस पहुंचा। वहां तो स्थिति और भी बद्तर थी। रिसेप्सन तक पहुंचना भी मुश्किल था। सुबह से शाम हो गई, एक बुरा दिन समझकर भूल जाना ही सही समझा और सोचा कि अगले दिन कोशिश करनी चाहिए। अब फिर से वही परेशानी आ गई, रात गुजारने की। भूख भी काफी लगी थी। करीब पांच किलोमीटर दूरी चलने के बाद एक सुनसान सी जगह पर एक रेलवे पुल आया। वहां काफी अंधेरा था। मैं पुल के एक कोने पर जाकर लेट गया। सुबह से भूखा होने के कारण नींद के लिए भी जद्दोजहद करनी पड़ रही थी।

सुबह आंखें खुलीं। किसी के हंसने की आवाज सुनाई दी। अपने आस–पास का अवलोकन करने से पता लगा कि वह तो कूड़ा फेंकने की जगह थी। मेरे पास जो एक मात्र कपड़े बचे थे अब वे भी गंदे हो चुके थे। कुत्तों जैसी हालत हो चुकी थी। मैं अपनी जगह से उठा और वहां से कहीं और जाने के लिए चल पड़ा। चाहे कुछ भी था, पर मैं उम्मीद का दामन नहीं छोड़ने वाला था।

हालत बद्तर होती जा रही थी। रोजाना नया संघर्ष करना पड़ता। रोजाना परिस्थितियां इरादे तोड़ने पर मजबूर कर देतीं। कभी तो लगता यहां कामयाबी मिलना बेहद मुश्किल है। पर मैं खाली हाथ क्या मुंह लेकर दिशा के सामने जाता? वैसे भी यहां आने से पहले मैंने वापस लौटने के सारे पुल जला दिए थे। अब धीरे–धीरे समझ आ रहा था कि यहां जल्दबाजी का काम नहीं है। यहां तो समझदारी व धैर्य का परिचय देकर अपनी पहचान बनानी होगी। वहां गुजर–बसर करने के लिए एक होटल में वेटर की नौकरी करनी शुरू कर दी। हालाकि वह काम मेरे

स्वभाव के बिल्कुल विपरीत था, पर वहां रहने के लिए कुछ तो करना ही था।

अब ज्यादातर समय वहां काम करते हुए गुजरता, खाली समय में मैं अपने सपनों के लिए संघर्ष करता। फिल्म इंडस्ट्री में ऑफिसों के चक्कर काटता। साथ ही एक जगह अभिनय के गुर सीखने भी शुरू कर दिए ताकि अपनी पहचान जल्दी बना सकूं। मुंबई आने से पहले मेरी आंखों में एक एक्टर बनने की जो चमक थी, अब वह फीकी होती जा रही थी। मुझे लगता था कि मुंबई मेरे लिए बांहे पसारे खड़ी होगी और यहां आते ही मैं छा जाऊंगा। पर सच्चाई कुछ और ही निकली और हीरो बनने की दौड़ में मैं लगातार पीछे छूटता हुआ महसूस कर रहा था। समय लगातार बीतता हुआ नजर आ रहा था और कामयाबी के दूर–दूर तक निशां न थे। वहां पांच साल बीत चुके थे और बॉलीवुड में जरा भी पहचान न थी। लगने लगा था कि मैं यहां होटल में वेटर बनने ही आया हूं। इतने वक्त के बाद भी लगता कि मैं वहीं खड़ा हूं, जहां से मैंने शुरु किया था। इन पांच सालों में मैं घर भी नहीं गया। दिशा व रिया का चेहरा तक नहीं देखा। तमन्ना तो बस एक ही थी कि भाई अब उसी दिन घर जाएगा जब उसका नाम होगा, दीवारों पर भाई के पोस्टर्स लगेंगे।

जिस होटल में मैं वेटर की नौकरी करता था, उसका मालिक मेरे बारे में सब कुछ जानता था। वह मेरी भावनाओं की कदर करता था और आगे बढ़ाने के लिए हमेशा मदद करता था। एक दिन उसने बताया कि उसकी पहचान में विशाल भारद्वाज नाम का एक लड़का है जो फिल्मों में छोटे–मोटे रोल करता है। मैंने विशाल से फोन पर बात की और उसने जल्द ही मुझसे मिलने के लिए बोला।

करीब हफ्ता भर बाद हमारी मुलाकात हुई। हम दोनों को एक दूसरे से मिलकर काफी अच्छा लगा। हमने बॉलीवुड के हर छोटे बड़े मुद्दे पर बात की। विशाल को वहां करीब सात साल हो चुके थे और वह अभी भी संघर्ष कर रहा था। कुछ ही दिनों में हमारी अच्छी दोस्ती हो गई। हमने एक ही जगह किराए पर कमरा लिया और साथ रहने लगे।

अध्याय–१६

एक दिन अचानक विशाल ने बताया कि हमारे पास एक बहुत अच्छा मौका है। ठीक छः महीने बाद बॉलीवुड के बड़े–बड़े महारथियों की देखरेख में एक बहुत बड़ा रियलिटी शो होने वाला है। उस शो को जीतने वाले को सब कुछ मिलने वाला था–ढेर सारा पैसा, कई फिल्मों में काम और दुनिया भर में एक अलग पहचान। मैं और विशाल इस मौके को हाथ से नहीं जाने देना चाहते थे। हमने इसके लिए खूब मेहनत करने का मन बनाया और वादा किया कि दोनों में से कोई भी यह शो जीते, एक दूसरे की मदद जरूर करेंगे। 'इंडियन सुपर–स्टार' नाम के उस रियलिटी शो के लिए हमने दिन–रात एक कर दिया। छः महीने तक हमने इसके लिए कोई कसर नहीं छोड़ी। सबसे पहले उसका ऑडीशन होने वाला था, जिसे पास करने वाला शख्स ही इस शो का हिस्सा बन सकता था।

ऑडिशन देखकर हमारे होश उड़ गए। यह हमारी सोच के बिल्कुल विपरीत था। इस मायानगरी ही नहीं बल्कि पूरे भारत में ही इस शो के प्रति दीवानगी सिर चढ़कर बोल रही थी। लोगों में इस शो के लिए इतना गुस्सा था, जो हद को भी पार कर दे। सकारात्मक सोच के साथ आगे बढ़ने के अलावा हमारे पास कोई चारा न था। पूरे भारत में ऑडिसन से सोलह लोगों का चुनाव किया गया। किस्मत से मेरा और विशाल का नाम भी इनमें था। इस महासंग्राम में होने वाले पहले बड़े मुकाबले के लिए दिन–रात एक कर दिया। हम काफी खुश थे कि लोगों ने हमारी

प्रस्तुति को काफी सराहा। हम अपनी मेहनत के बल पर लगातार आगे बढ़ते जा रहे थे। हमें लगने लगा था कि अगर सब कुछ ठीक–ठाक रहा तो हम दोनों में से एक न एक इस शो को जरूर जीतेगा। गौरव शर्मा नाम का एक और शख्स था, जिसने अपनी प्रतिभा का डंका उस शो में बजा रखा था। जीत के दावेदारों में उसका नाम भी आता था। फाइनल से ठीक पहले मुकाबले में विशाल को बाहर का रास्ता दिखा दिया गया। उसकी मायूसी का ठिकाना न रहा। मैंने उसका साहस बंधाया और कहा कि मैं उसके साथ हूं।

अब फाइनल में सिर्फ दो प्रतिभागी रह गए थे, मैं और गौरव शर्मा। हमारे पास जीत की दावेदारी दिखाने के लिए सिर्फ चार दिन थे। दिन–रात एक कर दिया। सांसों का तूफान, जोश और जज्बा साथ लिए रियर्सल जारी थी। उस शाम विशाल भी वहीं मौजूद था। वह कुछ उदास सा दिखाई पड़ा। मैंने उससे उदासी का कारण पूछा तो वह बोला, ''कितना अच्छा होगा अगर इस शो को हम जीत जाएंगे? इससे जो कुछ भी मिलेगा उसके बाद हमें किसी और चीज को पाने की तमन्ना नहीं रहेगी। पर सोचो अगर ऐसा नहीं हुआ तो। गौरव को हमें कम नहीं आंकना चाहिए। अगर उसने बाजी मार ली तो हम कहीं के नहीं रहेंगे।''

विशाल ने अपने मन की बात को बताते हुए इस फाइनल शो में एक बहुत बड़ी रणनीति बनाने की बात कही। उसने मुझे पूरी बात समझाई और गौरव से बात करने को कहा। उसकी बात मुझे भी पसंद आई। उसकी इसी रणनीति के साथ मैं गौरव के घर पहुंचा।

गौरव के घर जाकर पता लगा कि वह भी हमारी ही तरह किराए के मकान में रहता है। उस वक्त उसका कमरा म्यूज़िक की तेज आवाज से गूंज रहा था। मुझे पांच मिनट वहां गुजर चुके थे और वह अपनी तैयारी में इतना मस्त था कि उसे अपने आस–पास का भी आभास न था। मुझ पर नजर पड़ते ही वह मुस्कराता हुआ मेरी ओर आया और बोला, ''इतने महान अभिनेता के कदम इस गरीब की झोपड़ी में।''

"एक एक्टर कभी गरीब नहीं हो सकता। वो अपनी जिंदगी में सैकड़ों रंग बदलता है। हजारों जिंदगियां जीता है। आप जैसा अभिनेता महान हो सकता है, गरीब नहीं।"

"आप मेरी कुछ ज्यादा ही तारीफ कर रहे हैं। वास्तव में तारीफ के काबिल मैं नहीं, आप हैं। आपके जैसा मेहनती शख्स मैंने पहले कभी नहीं देखा। मुझे बेहद खुशी है कि आपके साथ काम करने का मौका मिल रहा है। वैसे आपका आगमन कैसे हुआ? एक फोन कर दिया होता, यह नाचीज़ आपके पास खुद चला आता।"

"कभी भी कुआं प्यासे के पास नहीं आता, प्यासे को वहां खुद ही जाना पड़ता है। मैं भी आपके पास आया हूं।"

"भला मैं आपको क्या दे सकता हूं? शायद आपको कोई गलतफहमी हुई है।"

"आप अपनी कीमत गलत लगाए बैठे हैं शर्मा जी। आप अपने आपको मेरी नजर से देखो, तब पता चलेगाा कि आप क्या हो? इंसान भगवान का तराशा गया एक बेशकीमती हीरा है।"

"राज साहब ये आदर्श और पुराण की बातें मेरी समझ से बिल्कुल बाहर रहती हैं। व्यवहारिक दुनिया तो इनसे बिल्कुल ही अलग है।"

"इस बात से तो मैं भी सहमत हूं। इस बात को मुझसे ज्यादा भला कौन जानता होगा? इतने सारे उतार–चढ़ाव जो देखे हैं मैंने।"

"यह सच होगा, पर राज साहब आपने मुझसे ज्यादा दुःख नहीं झेले होंगे। मैं आज भी दिन–रात संघर्ष कर रहा हूं।"

"अच्छा!"

"हां, जिसकी पत्नि एक्सीडेंट के कारण अंधी हो गई हो और मां दिन–रात चिल्लाकर भगवान से मौत की दुआ मांगती हो, पापा को लकवा गिरा हो और बच्चे पढ़ाई के लिए तरसते हों, क्या हालत होगी उसकी?"

"आप तो काफी दुःखी हो।"

"मैं अपनी आंखों से अपनी पत्नि को यह पूरी दुनिया दिखाना चाहता हूं। मैं उसे बहुत ज्यादा प्यार करता हूं। मैं नहीं चाहता कि वह जिंदगी भर अंधेरे में ही घुटकर मर जाए। मैंने उससे बड़े–बड़े सपनों के साथ शादी की थी। उसे अंधेरे में भटकता छोड़ने के लिए नहीं। मेरे दो बच्चे जब दूसरे बच्चों को स्कूल जाते देखते हैं तो उनकी हालत देखने लायक होती है। सब कुछ पैसे का खेल है। स्कूल जाने की आस उनके अंदर हिचकोले मारने लगती है। उनके पढ़ने की आस को लेकर मैं उनकी जिंदगी के साथ खिलवाड़ कर रहा हूं।"

"तुम चिंता मत करो। अब जल्द ही उनके लिए अच्छे दिन आएंगे।"

"मेरी मां के दिन–रात चिल्लाते हुए गुजरते हैं। अगर आप मेरे एक कमरे के मकान के पास से गुजरोगे तो आज भी उनकी चीखों की आवाज सुन सकते हो। मैं उनके लिए कुछ नहीं कर सकता हूं, क्योंकि मेरे पास उनके इलाज के लिए पैसे नहीं हैं। क्या कभी वे सुकून भी पाएंगी? ये सवाल मुझे दिन–रात खाए जाता है। मेरे पापा आज भी कर्ज़ के बोझ तले दबे हुए हैं। मुझे पाइलट बनाने के लिए उन्होंने लाखों रुपयों का कर्ज़ लिया। पर मैं बन न सका, क्योंकि मुझे एक्टर बनना था। मैं अपने परिवार के जिस कर्ज तले दबा हुआ हूं, उसे उतारने की मैं दिन–रात कोशिश कर रहा हूं। स्वर्ग जैसा परिवार नर्क बन गया है। कभी–कभी तो मन में आता है कि आत्महत्या कर लूं।"

"मुझे लगता था कि मैं ही परेशान और दुःखी हूं। पर आज पता लगा कि यहां तो मुझसे भी ज्यादा दुःख–दर्द सहन करके लोग जी रहे हैं। सचमुच आप एक महान अभिनेता हैं।"

"यहां टिकना है तो सब कुछ भूलकर संघर्ष करना ही पड़ता है। ये मायानगरी है। यहां किसी पर कोई रहम नहीं होता। ये मेरे सालों के संघर्ष का नतीजा है।"

"हमारा यह संघर्ष यूं ही जारी रहेगा, अगर हमने अपने दिमाग से काम नहीं लिया तो। मेरे पास एक सुझाव है।"

"कैसा सुझाव?"

"हम लोग एक सौदा करते हैं। एक ऐसा सौदा जिसमें हम दोनों का ही फायदा होगा।"

"मैं कुछ समझा नहीं।"

"मैं तुम्हें आसान भाषा में समझाता हूं। चार दिन बाद होने वाले फाइनल शो में हममें से एक जीतेगा और दूसरा हारेगा। पर जिस तरह मैं सोच रहा हूं, उस हिसाब से हम दोनों की ही जीत होगी।"

"आपकी उलझी हुई बातों को मैं समझ ही नहीं पा रहा हूं। मुझे या तो जीतना आता है या फिर हारना। जब मैं जीतता हूं तो उसे अपनी मेहनत का फल समझता हूं और जब हारता हूं तो उससे कुछ न कुछ सीखता हूं।"

"लोग बिना सोचे–समझे मेहनत करके बस दो वक्त की रोटी ही कमा पाते हैं। दिमाग का प्रयोग करके वे सारे जहां को जीत सकते हैं। तुम्हें मेहनत करते हुए यहां आठ साल हो गए हैं, पर कुछ हुआ क्या? तुम मजदूरों की तरह मेहनत करते जा रहे हो पर कुछ नहीं मिला और इस तरह शायद मिलेगा भी नहीं।"

"इस बड़े से लैक्चर की वजह जान सकता हूं?"

"देखो गौरव जो मैं बता रहा हूं उसे ठण्डे दिमाग से समझो। फाइनल में जीतने वाले को बॉलीवुड में काम मिलेगा और करोड़ों रुपये भी। हारने वाले की हालत एक भिखारी जैसी होगी।"

"हां यह सच है। तुम इसे बदल सकते हो क्या?"

"हां।"

"कैसे?"

"मेरे पास एक ऑफर है, जिससे हारने वाला भी एक राजा की जिंदगी जिएगा। देखो गौरव हो सकता है मेरी बात तुम्हें बुरी लगे पर इस बारे में ध्यान से सोचना। इस शो में तुम्हें जानकर हारना होगा। मेरे लिए। इसके बदले मैं तुम्हें मिलने वाले एक करोड़ रुपये दूंगा। बस यह जीत मुझे चाहिए। उन पैसों से तुम अपने सारे सपने पूरे कर सकते हो।

जब मुझे फिल्मों में काम मिलेगा तो मैं तुम्हें भी इस रास्ते पर ले आऊंगा। पर अभी मुझे इस जीत की बहुत ज्यादा जरूरत है।"

"तुम मेरी काबिलियत चंद पैसों से तौल रहे हो। मैंने कभी भी अपने आप से कोई समझौता नहीं किया। फिर इस मोड़ पर कैसे करूं? जीत मिलने के साथ ही तुम पूरी दुनिया पर छा जाओगे और मैं चंद पैसे लेकर एक गुमनाम की जिंदगी जिऊं।"

"ऐसा नहीं होगा। मेरी पहचान का तुम्हें भी फायदा मिलेगा।"

"मुझे तुम बेवकूफ मत समझो। इस समझौते में तुम राजा और मैं एक भिखारी रहूंगा। फिल्मों से मिलने वाले पैसे से तुम करोड़ों रुपयों की सम्पत्ति इकट्ठी करोगे और मुझे क्या मिलेगा?"

"गौरव, तुम ये बात इस लिए कह रहे हो क्योंकि तुम्हें बस अपनी जीत दिखाई दे रही है। तुम उस हार के बारे में भी तो सोचो जो तुम्हे मिल सकती है। उस हालत में तुम्हें क्या मिलेगा? न पैसा, न नाम और न ही करने के लिए फिल्में। इतने बड़े शो में पहुंचने के मौके बार–बार नहीं आते। तुम्हारी जरा सी गलती तुम्हारा भविष्य बर्बाद कर सकती है। अगर तुम हारे तो सोचो क्या हालत होगी तुम्हारी? फिर ईमानदारी और मेहनत का लेप अपनी पत्नि की आंखो पर लगाना, जिससे वह देख सके। अपनी काबिलियत को बेचकर करोड़ों रुपये कमाना ताकि तुम्हारे पापा का कर्ज़ उतर सके और तुम्हारे बच्चों की पढ़ाई हो सके।"

"तुम यह क्या बोले जा रहे हो?" गौरव गुस्से में बोला।

"मुझे बोलने दो। अभी मेरी बात पूरी नहीं हुई है। अपनी मेहनत और ईमानदारी की कहानी अपनी मां को सुनाना ताकि वो मरहम का काम कर सके और तुम्हारी मां को दर्द से आराम मिल सके।"

"तुम कहना क्या चाहते हो?"

"देखो गौरव, मैं तुम्हें एक साधारण सी बात समझाने की कोशिश कर रहा हूं, जिसमें हम दोनों का ही फायदा है। हम भविष्य के हाथों बिकना नहीं चाहते। बल्कि भविष्य को खरीदकर अपना गुलाम बना लेना चाहते हैं।"

"भविष्य को गुलाम बनाने वाले एक दिन खुद गुलाम बनकर रह जाते हैं। रही बात मेरे परिवार की, उसकी तुम्हें चिंता करने की कोई जरूरत नहीं है। आज तक मैं समझता था कि तुम एक समझदार और अच्छे इंसान हो। पर आज पता लगा कि मैं कितना गलत था। अपनी हार की तैयारी करना शुरू कर दो राज साहब, क्योंकि 'इंडियन सूपर–स्टार' का फाइनल ऐसा शख्स जीत ही नहीं सकता जो अंदर से खोखला हो। आज मुझे पता लग गया है कि तुम्हारे अंदर तो बस हवा ही भरी है, जो मेरी योग्यता की सूंई चुभाने मात्र से ही निकल जाएगी। जाओ और अपनी हार की तैयारी करना शुरू कर दो।"

"इतना विश्वास है तुम्हें अपनी जीत पर?"

"विश्वास मुझे अपनी जीत पर नहीं, तुम्हारी हार पर है।"

ये गौरव के आखिरी शब्द थे। मुझे निराश होकर वहां से आना पड़ा। उसकी तरह मुझे भी अपनी जीत पर पूरा भरोसा था। अब मुझे अपने आपको उसे हराने के मकसद से बस तैयार करना था। गौरव से हुई बात को सुनकर विशाल आग बबूला हो गया। उसे विश्वास था कि गौरव मान जाएगा, पर ऐसा नहीं हुआ। मेरी जीत से आश्वस्त वह भी अपनी कामयाबी के सपने देखने लगा था। पर अब सारे सपने टूटते हुए नजर आ रहे थे। काफी सोच–विचार करने के बाद वह बोला, "मेरे पास एक ऐसा रास्ता है जिससे हमारी जीत पक्की हो सकती है। पर मुझे लगता है वो तुम्हें पसंद नहीं आएगा।"

"इस जीत के लिए मैं कुछ भी कर सकता हूं।"

"हम दोनों को गौरव का मर्डर करना होगा।"

"तुम ये क्या बोल रहे हो विशाल? होश में तो हो।"

"मैं जानता था, तुम्हें मेरा रास्ता पसंद नहीं आएगा।"

"मुझे ये जीत जरूर चाहिए, पर इसके लिए उसका खून करना जरूरी है क्या?"

"बिल्कुल जरूरी नहीं है, पर इससे तुम्हारी जीत भी पक्की हो, यह भी जरूरी नहीं है। मैंने सोच लिया था कि अगर गौरव नहीं माना तो

क्या करना चाहिए? इसलिए मैंने ये रास्ता पहले से ही ढूंढ कर रख लिया था।''

''पर तुम्हें क्या लगता है? गौरव के कत्ल की बात सामने नहीं आएगी क्या?''

''बिल्कुल सामने आएगी, पर हम उसे आत्महत्या का रूप दे देंगे।''

''तुम्हें क्या लगता है मुंबई पुलिस क्या यूं ही हाथ पे हाथ धरके बैठी रहेगी? पुलिस वाले कातिल को जरूर ढूंढ निकालेंगे।''

''तुम क्या सोच रहे हो मैंने इस बारे में नहीं सोचा होगा? कत्ल के बाद हम उसकी हैंडराइटिंग में एक लैटर लिख देंगे कि, मेरी फाइनल शो के लिए तैयारी नहीं हो सकी। मैं हार को बर्दाश्त नहीं कर सकता, इसलिए आत्महत्या कर रहा हूं।''

''विशाल भाई मुझे तो इससे बहुत डर लग रहा है। इस बारे में सोचने से ही मेरी रूह कांप रही है, अगर हम पकड़े गए तो सीधे जेल जाएंगे। सारे सपने मिट्टी में मिल जाएंगे। फिर मेरे परिवार का क्या होगा?''

''तुम घबराते क्यों हो? मैंने इस बारे में काफी सोच–विचार कर रखा है। यह तरीका एकदम महफ़ूज़ है। गौरव की मौत के बाद हमारी जीत अपने आप ही सिद्ध हो जाएगी, फिर उसकी मौत को भी लोग धीरे–धीरे भूल जाएंगे।''

''पर गौरव के परिवार का क्या होगा? उसके परिवार वाले उससे ढेरों आस लगाए बैठे हैं। परिवार का वह अकेला ही तो सहारा है।''

''ये दुनिया है मेरे दोस्त। यहां तुम किस–किस के बारे में सोचोगे? अपनी कामयाबी के लिए कुछ बातें भूलनी पड़ती हैं। फिर भी, कुछ पैसा देकर हम गौरव के परिवार की मदद कर देंगे। स्थिति को समझने की कोशिश करो राज भाई। ऐसा मौका फिर नहीं आएगा। इस मौके से हम पूरी दुनिया पर छा सकते हैं।''

''पर तुम भूल रहे हो कि इससे हमें जो कामयाबी मिलेगी वो किसी के खून में सनी होगी। विशाल तुम बार–बार गौरव को मारने की बात क्यों कर रहे हो?''

"क्योंकि मुझे कैंसर है और डॉक्टर ने कहा है कि मेरे पास बस एक साल का ही वक्त है।"

"तुम ये क्या बोल रहे हो?"

"मैं सच कह रहा हूं। इस एक साल तक मैं तभी तक जिंदा रह सकता हूं जब तक दवाई खाता रहूंगा। मुझे लाखों रुपयों की दवा खानी पड़ेगी। इस एक साल में मैं अपनी पूरी जिंदगी जी लेना चाहता हूं। मेरी यह बाकी की जिंदगी तुम्हारी जीत से ही खूबसूरत हो सकती है। पर लगता है अब मुझे यह आस छोड़ देनी चाहिए।"

इतना कहकर वह बरामदे में चला गया। उसके कैंसर की बात सुनकर मुझे एक धक्का सा लगा। उसका मासूम चेहरा आंखों के आगे बार–बार घूम रहा था। मुझे दुःख था कि वह इस सच के साथ जी रहा था।

रात करीब दो बजे आंख खुली। शरीर में अजीब सी बेचैनी थी। मुझे एक फैसला करना था। एक बहुत बड़ा फैसला। आंखे बंद कीं और मन शांत किया। इतना शांत कि मैं अपनी सांसों की आवाज तक सुन सकता था। दिल सीने में कहीं तेजी से उछल रहा था। स्थिति का गहन अध्ययन करने के बाद आंखें खोलीं। बिस्तर से उठा। विशाल अभी भी बरामदे में सुध–बुध खोए बैठा था। उसके पास जाकर उसके कंधे पर हाथ रखा। वह सब कुछ समझ गया। उसने एकाएक मुझे गले लगा लिया।

अपना पुराना सा पिस्तौल लेकर हम गौरव के घर पहुंचे। इतनी रात गए भी म्यूज़िक बज रहा था और वह तैयारी में लीन था। पिस्तौल के साथ हमारी वहां मौजूदगी से उसके होश उड़ गए। चेहरे से पसीना टपकने लगा। विशाल ने बिना समय गंवाए गौरव की कनपटी पर पिस्तौल रखा और गोली चला दी। एक पतली सी चीख के साथ वह नीचे गिर गया। हम जल्द ही वहां से निकल आए और बाहर से उसके घर का ताला लगा दिया ताकि उसके मृत शरीर के अंदर कमरे में होने का किसी को भी शक न हो, साथ ही उसके जैसी राइटिंग मे उसकी आत्महत्या का एक पत्र भी लिख दिया।

हम दो दिन तक अपने कमरे में बंद रहे और हमें किसी तरह की कोई खबर नहीं मिली। फाइनल शो वाले दिन मैं और विशाल तैयार होकर सैट पर पहुंचे। लोगों से भरा यह एक बहुत बड़ा हॉल था, जो उस शो के लिए उनकी दीवानगी को साफ–साफ दर्शा रहा था। करीब बीस लोगों की टीम के रूप मे जूरी बैठी थी और जब मेरी नजरें उन पर गईं तो सिर ऐसा चकराया कि मैं बेहोश होने को तैयार था। रक्त कांच की तरह धीरे–धीरे जम गया। सांस लेना तो बेहद मुश्किल था। मैंने कभी न सोचा था कि कभी ऐसा भी हो सकता है। सामने मेरी मौत के रूप में टोनी की पत्नि एंजेलिना बैठी थी। उसकी मुझपे नजरें पड़ते ही वह एकाएक अपनी जगह से खड़ी हो गई। वह अपलक मुझे देख रही थी। अब मेरा वहां से जेल जाना तय हो गया था।

वहां से भाग जाने की जगह मैंने परिस्थितियों से सामना करने का मन बनाया। गौरव के समय से न पहुंचने के कारण लोगों में निराशा बढ़ती जा रही थी। वक्त बीतता जा रहा था और उसके वहां न होने से लोग परेशान थे। जूरी के कुछ लोग उस फाइनल शो को हटाकर किसी और दिन रख देना चाहते थे ताकि गौरव के वहां न पहुंचने का कारण मालूम किया जाए और उसे एक और मौका दिया जाए। पर ज्यादातर लोग इससे सहमत नहीं थे। यह एक राष्ट्रीय शो था और उन्हें शो की गरिमा को देखते हुए उसी दिन परिणाम देना था।

सभी ने गौरव का पांच घंटे तक इंतजार किया। पर वह कहीं न था। मुझे बिजेता घोषित करने से पहले जूरी ने मेरी तैयारी का परीक्षण करना चाहा। यह शायद इसलिए भी था कि वे लोग देखना चाहते थे कि मैं इस जीत के लायक हूं भी या नहीं। मैंने अपने जबरदस्त डांस और अभिनय से सबका मन मोह लिया। तीन घंटे तक चले उस शो में हर कोई मेरा दीवाना बन गया था। एंजेलिना अभी भी चुपचाप बैठकर मुझे घूरे जा रही थी। अपने पति के हत्यारे को वह चुपचाप देखकर बर्दाश्त कर रही थी, यह मेरे लिए बड़े ही अचम्भे की बात थी।

मुझे उस शो की जबरदस्त जीत और एक ट्रॉफी के साथ नवाज़ा गया। एक बहुत बड़ी ब्रिटिश एक्टर और बॉलीवुड में एक अलग पहचान होने के कारण उस शो की ट्रॉफी एंजेलिना द्वारा मुझे दी गई। ट्रॉफी

देते समय भी उसकी नजरें मुझसे हट ही नहीं रही थीं। पर मुझमें उससे नजरें मिलाने की हिम्मत न थी। वह धीरे से मुझसे बोली, ''क्या हम पहले भी मिल चुके हैं?''

''नहीं।'' मैंने जवाब दिया।

''पर ऐसा क्यों लग रहा है कि मैं आपसे पहले भी कहीं मिल चुकी हूं?''

''मुझे नहीं पता कि ऐसा क्यों है? पर आज हम पहली बार मिल रहे हैं।''

''ओके, इस जीत के लिए आपको बहुत–बहुत बधाई। मैं आपसे जल्द ही दोबारा मिलती हूँ।''

गौरव शर्मा के सड़ते शरीर की हवा में उड़ती दुर्गंध पुलिस तक पहुंच गई। उसके परिवार को खबर कर दी गई। जल्द ही पुलिस ने इस मौत की जांच शुरू कर दी। पुलिस ने विशाल व मुझसे भी पूछताछ की, पर हमारे बिना हिचकिचाए दिए गए उनके प्रश्नों के उत्तरों से उन्हें हम पर शक नहीं हुआ। पर वे लगातार जांच कर रहे थे और कातिल तक पहुंचने की उन्होंने ठान ली थी।

अध्याय–१७

जैसा तय था, मेरे लिए बड़ी–बड़ी फिल्मों के ऑफर आने लगे। शो से मिले पैसों से मैंने मुंबई में एक अच्छा सा घर खरीद लिया। जल्द ही दिशा व रिया को भी वहां बुला लिया। एंजेलिना के बारे में जानकरी निकालने के बाद पता लगा कि उसकी यादाश्त जा चुकी है। वैसे तो सब कुछ ठीक था पर वह अतीत की कुछ यादों को भुला बैठी थी। शायद अपने पति की मौत और उसके हत्यारे को भी। उसने मुंबई में ही अपने बेटे के साथ रहना शुरू कर दिया। उसने बॉलीबुड में अपनी एक अलग पहचान बनाई और फिल्में बनाने का अपना प्रोडक्सन–हाउस खोल लिया। वह टोनी को बहुत प्यार करती थी, इसलिए उसने दूसरी शादी भी नहीं की।

सप्ताह भर के अंदर ही एंजेलिना मेरे घर पहुंची। उसे देखकर घबरा गया। पर अपना आत्मविश्वास समेटे हिम्मत से काम लेकर मैं उसके सामने पहुंचा। मैंने अपने अतीत और टोनी के मर्डर के बारे में दिशा को कुछ भी नहीं बता रखा था। दिशा ने खुश होकर एंजेलिना का स्वागत किया। उनमें ढेर सारी बातें हुईं। अंत में उसने बताया कि वह मुझे लेकर एक बहुत बड़ी फिल्म बनाना चाहती है। उसने विश्वास दिलाया कि करोड़ों की लागत वाली यह फिल्म बॉलीवुड में अपनी एक अलग पहचान बनाने में जरूर कामयाब रहेगी।

कुछ ही दिनों में फिल्म का काम शुरू हो गया। फिल्म में मुझे मुख्य भूमिका में लिया गया था और अभिनेत्री के रूप में एंजेलिना मुख्य

किरदार में थी। यह एक बड़े बजट की फिल्म थी, जिसकी प्रसिद्धि उसकी रिलीज़ से पहले ही देखी जा सकती थी। एक छोटे से किरदार में विशाल को भी काम दिया गया था।

मैंने यह कभी भी न सोचा था कि ऐसा होगा? पर एंजेलिना की मेरे लिए दीवानगी बढ़ती जा रही थी। अपना हर काम मुझसे पूछ कर करना, मेरे साथ ज्यादा खुश रहना और मुझे देखकर अकेले ही मुस्कुराते रहना इस बात के सबूत थे। पर यह प्यार और मेरी सांसें तभी तक थे जब तक उसे सब कुछ याद नहीं आ जाता।

लंदन में फिल्म की शूटिंग चल रही थी। शाम तक सारा काम निपटाने के बाद हम सभी लोग एक होटल में पहुंचकर अपने–अपने कमरे में चले गए। मैं सोने की तैयारी कर रहा था। वह अचानक मेरे कमरे के दरवाजे पर आई और बोली, ''क्या कर रहे हो राज, क्या मैं अंदर आ सकती हूं?''

''आइए न मैडम। प्लीज़ कम।''

''मैं अपने कमरे में बैठी हुई बौर हो रही थी। सोचा तुम्हारे पास आकर दो–चार बातें कर लूं।''

''जी बिल्कुल। आप कुछ लेंगी– चाय, कॉफी।''

''नहीं, अभी–अभी खाना खाया है न।''

''अच्छा! बाहर कितनी बारिश हो रही है। लंदन का मौसम भी कितना अजीब है न। ठहरता ही नहीं। वक्त बेवक्त बदलता ही रहता है।''

''बिल्कुल मेरी किस्मत की तरह। सोचती हूं इसमें ठहराव आ जाएगा, पर ऐसा कभी नहीं होता। पैसा, गाड़ी और पहचान सब कुछ होते हुए भी मैं अकेली हूं। मेरे चेहरे पर ये जो तुम मुस्कान देख रहे हो, यह भी झूठी है। अंदर तो मैं घुट–घुट कर मर रही हूं। आस–पास के लोग भी दिखावटी व्यवहार करते हैं। कोई भी सच्चा दोस्त बनने की कोशिश नहीं करता, जो मुझे और मेरी तन्हाई को समझने की कोशिश कर सके।''

''हर किसी की जिंदगी में बुरा वक्त जरूर आता है। हमें अच्छे वक्त का इंतजार करना चाहिए।''

"मुझे अच्छे वक्त के निशां दिखाई ही नहीं देते। दिखाई देता है तो बस अंधेरा। मेरी इस अंधेरी जिंदगी में बड़े अरसे बाद उजाले की किरण दिखाई दी थी, जब मैंने पहली बार आपको देखा। हम पहली बार जरूर मिले थे पर लग रहा था कि मैं आपको वर्षों से जानती हूं। पता नहीं यह सब क्या था? पर आपका चेहरा इतना जाना पहचाना लग रहा था मानो वह मेरी रग–रग में बसा हो। मानो मैं उसका वर्षों से इंतजार कर रही हूं। डॉक्टर कहते हैं मैं सब कुछ भूल चुकी हूं। मेरी यादाश्त जा चुकी है। आपको देखकर लगता है कि मैं वर्षों पहले आपसे मिल चुकी हूं। पता नहीं कहां? पर महसूस होता है कि उस मुलाकात में एक अलग अपनापन था। जिसका अहसास मुझे कहीं नहीं होता। पर मैं अक्सर देखती हूं कि आप मुझसे नजरें चुराते रहते हो। सच बताओ राज उस फाइनल शो से पहले हम कभी नहीं मिले हैं क्या?"

"नहीं, उस फाइनल शो में मैंने आपको पहली बार देखा था।"

"फिर इस पागलपन की वजह क्या है? क्या ये बस भ्रम है? आपसे मिले हुए छः महीने हुए हैं और आपका चेहरा हर वक्त आंखों के सामने ही रहता है। सोती हूं तो ख्वाबों में और जागती हूं तो हर चीज में बस आप ही होते हो। मैं किसी से बताती नहीं पर मैं पागल होने की कगार पर हूं। एक तो पहले ही यादाश्त खोए बैठी हूं और अब ये पागलपन। इन सबको मैं कैसे बरदाश्त करूं? मुझे कोई तो चाहिए संभालने वाला। पति की हत्या होने के बाद मुझ पर मानो दुःखों का पहाड़ टूट पड़ा। डॉक्टर तो हैरान थे कि इस हालत में मैं बच कैसे गई? कई महीने कोमा में रही और जब बाहर आई तो पिछला कुछ याद नहीं था। अपने पति का चेहरा तक भूल चुकी थी। लोगों ने सब कुछ याद दिलाने को कोशिश की पर कुछ याद नहीं आया। मुझे अपने अतीत के बारे में कुछ नहीं पता, सिवाय इसके कि मैं एक एक्ट्रेस हूं और लोगों ने मुझे एक बच्चा दे रखा है, जिसका नाम सिड है। मुझे उसकी देखभाल करनी होती है। इसके अलावा मैं अपने बारे में कुछ नहीं जानती। सालों गुजर गए हैं अपनी तलाश करते हुए। कोई तो मुझे मेरे बारे में बता दे कि मैं कौन हूं? मेरा अतीत क्या है? मैं कुछ नहीं जानती? पर हां जब भी आपको देखती हूं तो लगता है कि मैं वर्षों पुरानी हूं। वरना यही लगता है कि

बस अभी–अभी मेरा जन्म हुआ है। ये क्या रिश्ता है राज? आप ही मुझे बता दो। आखिर कुछ तो अपने बारे में मुझे पता चल सके, वरना एक बच्चे की तरह जिंदगी जी कर एक दिन मर जाऊंगी।''

एंजेलिना की आंखों में आंसू आ गए। उसे कुछ भी बताने के लिए मेरे पास शब्द न थे। पर हां यह जरूर लगने लगा था कि मेरी जिंदगी तभी तक सलामत थी, जब तक एंजेलिना अपने अतीत को भूले बैठी थी।

एंजेलिना को समझते और खुद को संभालते हुए करीब एक साल इंतजार करने के बाद फिल्म पूरी हुई। इस फिल्म के लिए हमने कितनी मेहनत की थी यह पूरी दुनिया का इस फिल्म के प्रति जुनून बता रहा था। फिल्म के ट्रेलर ने ही करोड़ों रुपयों की कमाई करके सारे रिकॉर्ड तोड़ दिए थे। फिल्म के रिलीज होने में अभी एक हफ्ता बाकी था और महीना भर के टिकटों की एडवांस बुकिंग हो चुकी थी। यह हमारी सोच से कहीं ज्यादा ऊपर था। इससे एंजेलिना और मेरे बीच के रिश्ते और भी प्यारे होते जा रहे थे। वह काफी खुश थी और उसने अपने आप से वादा कर लिया था कि वह कभी भी अपने अतीत में खुद को ढूंढने की कोशिश नहीं करेगी। अब वह एक नई और खुशियों भरी जिंदगी की शुरुआत करना चाहती थी।

सारी दुनिया के साथ हमारा इंतजार भी खत्म हुआ। वह फिल्म के रिलीज होने का दिन था। फिल्म देखने के लिए लोगों का जुनून सातवें आसमान पर था। मैं तो कुछ ज्यादा ही खुश था क्योंकि लगने लगा था कि भाई को सूपर–स्टार बनने से अब कोई नहीं रोक सकता।

इस मोड़ पर भी भगवान ने मेरे लिए एक बहुत बड़ा ड्रामा तैयार कर रखा था। लोगों की एक बहुत बड़ी भीड़ से मिलने के लिए फिल्म के सभी सितारे कार से जा रहे थे। एक एक्सीडेंट हुआ जिसमें सभी को काफी चोटें आईं, पर ऐंजेलिना की हालत काफी नाजुक थी। उस समय वह बिल्कुल बेहोश थी और उसके सिर से काफी खून बह रहा था। हम लोग उसे अस्पताल लेकर पहुंचे, जहां तुरंत ही उसका इलाज शुरू हो गया। डॉक्टर का कहना था कि वह काफी गंभीर हालत में है और

जिंदगी व मौत की जंग लड़ रही है। पूरी दुनिया में यह खबर जंगल की आग की तरह फैल गई। सभी लोगों की मानो सांसें ही रुक गई थीं।

मैं न जानता था कि फिल्मों की तरह असल जिंदगी में भी इस मोड़ पर इतना बड़ा बखेड़ा खड़ा हो जाएगा। एंजेलिना को होश आया। मैं उसे देखने के लिए पहुंचा। उसने जैसे ही आंखें खोलीं और मुझ पर नजरें गईं, वह बुरी तरह चिल्लाने लगी। उसकी चीखों से पूरा अस्पताल गूंज उठा। ऐसा क्यों था? कोई न समझ पाया था। मैं भी नहीं।

जिसका डर था, उसी से रूबरू होने का वक्त आ गया था। एंजेलिना की यादाश्त वापस आ चुकी थी। उसे अपने अतीत से जुड़ी हर बात याद आ गई थी। मैं अब एक ऐसे पिंजरे में फंस चुका था जहां से निकलना अब नामुमकिन था। भागकर जाता भी तो कहां?

एंजेलिना ने सारी दोस्ती और प्यार एक पल में भुला दिया। वह अब खुद को उस दुनिया में ले जा चुकी थी जहां टोनी ही उसका सब कुछ था। उसने पुलिस को टोनी की हत्या के बारे में सब कुछ सच–सच बता दिया। मुझे सफाई देने का मौका भी न मिला और फिर अपने आपको बचाता भी तो कैसे? पुलिस ने पकड़कर सीधे जेल में डाल दिया। दिशा व रिया यह सब देखकर दंग रह गए थे। उन्हें यकीन ही नहीं हो रहा था कि जिसने उनकी जिंदगी को इतना खूबसूरत बनाया, वो एक कातिल है। पर उनकी हमदर्दी मेरे साथ थी। इस बुरे वक्त में यही मेरे लिए बहुत बड़ी बात थी। उन्हें मुझ पर इतना यकीन था कि जो भी हुआ होगा उसके पीछे कुछ न कुछ मजबूरी रही होगी। दिशा मुझसे मिलने आई। उसने मेरे अतीत के बारे में सब कुछ जानना चाहा। मैंने भी उसके सामने जिंदगी का सारा कच्चा चिट्ठा खोलकर रख दिया। इतना सब कुछ सुनने के बाद वह मेरे साथ थी, बस मुझे इसका ही सुकून था। दिशा साथ थी, अब मैं दुनिया की हर परेशानी से लड़ सकता था।

एंजेलिना की हालत बिल्कुल एक आदमखोर भूखी शेरनी की तरह हो गई थी। टोनी की हत्या के उन लम्हों को वह बर्दाश्त ही नहीं कर पा रही थी, जो उसे एक अरसे बाद याद आ गए थे। वह दिन–रात

बेचैन थी कि उसके पति का हत्यारा अभी भी जिंदा है और चैन की सांसें ले रहा है।

एक अच्छी कहानी, जबरदस्त अभिनय और संगीत के चलते फिल्म ने पूरी दुनिया में तहलका मचा दिया। लोग फिल्म देखने के लिए इस कदर बेताब थे कि उन्हें कुछ भी होश न था। ऐसी दीवानगी इतिहास में कभी न देखने को मिली थी। मेरे जेल में रहने की बात लोग बिल्कुल भी बर्दाश्त करने को तैयार न थे। जगह–जगह प्रदर्शन चल रहे थे और मेरी एक झलक पाने के लिए उनकी दीवानगी बढ़ती जा रही थी।

एंजेलिना की पहुंच भी कम न थी। वह मेरे भविश्य को पूरी तरह से बर्बाद कर देना चाहती थी। उसने पुलिस वालों को ढेर सारा रुपया दिया, जिससे उन्होंने मुझे मार–मार कर मेरी हालत अधमरों सी कर दी थी।

शायद यह काफी न था। एंजेलिना के बयान के बाद अमेरिका की पुलिस भी हरकत में आ गई। यह मामला उन्होंने अमेरिका की इज्जत के रूप में देखा। उन्होंने मेरे लिए अमेरिका में ही फांसी की मांग रखी और भारत सरकार से यह आशा की कि वह जल्द ही राज आनंद को उन्हें सौंप दे।

शकील डॉन की मौत का राज भी खुल गया। इससे शकील का बेटा और उसके खास आदमी बौखला गए। उन्होंने चौबीस घंटे में मेरा अपहरण कर हत्या करने का ऐलान कर दिया। उनका एक हैलीकॉप्टर अक्सर जेल के चारों ओर घूमता नजर आने लगा। यह भी शायद कम न था। मेरी मौत के ताबूत में आखिरी कील ठोकने के लिए गौरव शर्मा के परिवार के लोग न जाने कहां से आ गए? उन्होंने मुंबई पुलिस से गौरव की मौत की जांच कराई, जो अब पूरी हो गई थी। इसी आधार पर उन्होंने विशाल भारद्वाज को भी गिरफ्तार कर लिया था।

अपनी मौत के इतने सारे दावेदारों को देखकर मैं पागल होने की कगार पर पहुंच गया। मुझे खुद के मारे जाने की कोई चिंता न थी, पर दिशा व रिया का भविष्य दांव पर देखकर शरीर में असहनीय जलन हो रही थी। यह सच था कि मेरी चिता की लपटों की आंच उन तक भी

जरूर पहुंचती। वे दोनों मुझसे मिलकर आंसू बहाने के अलावा कुछ नहीं कर सकती थीं। दिशा मुझे दिलासा दिए जा रही थी कि सब कुछ ठीक हो जाएगा, पर इस बात को तो वह भी जानती थी कि राज आनंद का बचना अब बेहद मुश्किल है।

शरीर से उठती आग की लपटें अब बर्दाश्त से बाहर होती जा रही थीं। मैं वहां जिस हालत में सांस ले रहा था, उसे समझने वाला कोई न था, सिवाय मेरे। दिमागी संतुलन बिगड़ सा गया था। वहां वार्ड के बाहर बदसूरत व खूंखार सी दिखने वाली एक औरत सफेद कपड़ों में मेरी मौत के रूप में अक्सर नजर आती थी। वह अपना नाम कालिंदी बताती थी। मैं जानता था कि वह मेरा भ्रम था, पर वह सच में वहां थी और किसी साधारण इंसान की तरह मैं उसे देख सकता था। उसके चेहरे पर जगह–जगह चाकुओं के ताजा निशान थे, जिनसे खून टपकता रहता था और आंखें रक्त–तप्त लोहे की तरह लाल रहती थीं। उसके अगले दो दांत बाहर निकले थे, जो उसकी भयानकता को और भी भयाभय रूप दे रहे थे। उसके घुटनों तक बिखरे लम्बे बाल उसकी भयानकता को चीख–चीख कर बयां कर रहे थे। वह वहां शैतानी शक्ति के रूप में समय–समय पर प्रकट होती और वार्ड के सरियों को तोड़कर अंदर मेरे पास तक आने की कोशिश करती। इस कोशिश में उसकी चीखों की भयानकता को बर्दाश्त करना बेहद मुश्किल होता था। उसका गुस्सा और तड़प रूह को कंपा देने वाले होते। उसके भयंकर से मौत के नंगे नाच को देखकर मैं घुट–घुट कर मरा जा रहा था।

चीखने चिल्लाने की इन आवाजों को बर्दाश्त करते हुए मैं वहां जिए जा रहा था। वह एक साधारण सुबह थी और मैं देर तक सोया था। अचानक किसी ने मेरे कंधे पर हाथ रखा और जगाने की कोशिश की। इस जेल के अंदर यह स्पर्श बड़ा ही अजीब था। मुझे लगने लगा था कि कालिंदी अंदर आ चुकी है। इस संसार से विदा लेने का वक्त अब पास आ गया है। राज आनंद की जिंदगी अब कुछ ही पलों की मेहमान थी। मौत करीब थी और स्पर्श कर रही थी। उस वक्त एक साधारण इंसान कुछ न कर सकता हो पर मैं काफी कुछ कर सकता था। मैं मां, कनिका, दिशा और रिया के प्यार की खुशबू को गहराई से महससू कर

सकता था। जावेद, जोसफ, अंशुमन, स्मिथ और विशाल के साथ बिताए प्यार भरे पलों को याद कर सकता था। माइकल और गौरव को बेवजह मार देने के लिए उनसे माफी मांग सकता था। टोनी और शकील से एक बार फिर लड़ने की हिम्मत कर सकता था। जीवन भर की सारी घटनाओं और विभिन्नताओं को महसूस कर सकता था।

वह स्पर्श एक बार फिर हुआ और वहां के एक पुलिस अधिकारी की आवाज आई, ''उठो राज, तुमसे कुछ लोग मिलने आए हैं।''

मैंने पलटकर देखा तो सामने एंजेलिना, अमेरिका व मुंबई पुलिस के कुछ लोग, शकील की तरह दिखने वाला उसका बेटा और गौरव शर्मा के परिवार वाले एक साथ वहां मौजूद थे। मैं नहीं जानता था कि वे सब एक साथ इकट्ठे होकर वहां कैसे आ गए थे? पर हां इतना जरूर कह सकता था कि वे सब वहां मुझे मारने और मेरी मौत को बद्तर बनाने में अपनी–अपनी भूमिका निभाने आए थे।

www.ingramcontent.com/pod-product-compliance
Lightning Source LLC
LaVergne TN
LVHW102005210926
848483LV00009B/3